자동차로 떠나는 **발칸반도 여행**

Slovenia • Croatia • Bosnia and Herzegovina • Montenegro

자동차로 떠나는

발칸반도 여행

| 한준호 · 김은주 지음 |

지식공감

"그래, 발칸 쪽으로 가봅시다."

우리 부부는 여행을 일상처럼, 그리고 일상을 여행처럼 살고 싶은 꿈을 갖고 살아간다. 그만큼 여행을 좋아하고 여행에서 얻는 기쁨을 공유하는 취미를 가졌다. 맞벌이 부부로서 교직에 있기 때문에 방학 때마다 배낭을 메고 자유여행을 다녔다.

여행은 준비 단계부터 시작이라고 생각한다. 통상 여행을 서너 달 전부터 준비하기에 신학기 시작부터 여행을 준비하는 삶, 곧 연중 여행하는 삶이 되고 말았다.

우리 둘만의 해외 자유 여행이 잦다 보니, 수많은 외국인들이 운집한 곳에서 가끔 우연히 한국인의 목소리를 듣게 되면 귀를 쫑긋 세우고 괜히 반가운 마음이 든다. 재밌는 것은, 우리나라를 여행하다가도 당연히 들리는 한국어를 보고도 가끔은 언뜻 "여보, 한국인들인가 봐." 하면서 놀라다가 '아니지 여기는 우리나라구나.' 하며 잠시 착각을 할 정도로 해외 자유여행의 환영 幻影 속에 살아가고 있다. 그간 많은 시간 동안이 여행하는 삶이었으며, 여행하지 않는 평소 생활도 늘 여행하는 마음으로 살고 있기 때문인가 보다.

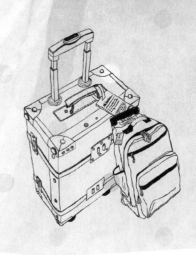

여름방학은 기간이 짧은 터라 멀리 가지는 못한다. 하지만 여름방학보다는 다소 긴 겨울방학에는 시간을 내어 먼 나라로 여행을 하는 편이다. 이를테면 유럽과 같은 먼 곳은 기간이 짧은 여름방학에는 나서기가 쉽지 않다. 비싼 항공료를 내고 먼 거리를 나섰다가 시원찮게 여행하고 돌아오면 항공료도 아까울뿐더러 장거리 비행의 피곤함과 시차적응이 만만치 않기 때문이다. 그래서 항공료가 비싼 먼 나라들은 한 번 나서서 여러 날 여행이 가능한 겨울 방학을 이용하곤 했다.

"다음 여행은 어디로 가야 할까요?"

지난겨울에 다녀온 중남미의 향기가 코끝에서 사라지기도 전에 아내는 벌써 여름 여행준비를 재촉했다.

재작년 겨울엔 남미로, 지난겨울엔 중남미로 여행했고, 재작년 여름엔 라오스로, 작년 여름엔 미얀마를 여행했는데, 아내의 물음에 어디로 갈까 고민하다가 '발칸 반도'로 가자고 통 큰 제안을 했다. 발칸 반도는 볼거리가 다양하고 수많은 사람들의 로망이자 신혼여행으로도 탁월한 여행지로서 그간 우리의 여행리스트에서도 아껴둔 여행지이기에 아내는 의아해하는 눈치였다.

2016년은 우리가 결혼한 지 30주년이 되는 해로, 아껴둔 여행지를 꺼내도 전혀 아쉬울 것이 없었다. 언젠가 마음에 남을 특별한 여행이 되어야 할 때 가봐야겠다고 남겨둔 여행지이기에 이번 여름방학에 그 의미를 담아 그곳으로 여행하고 싶은 것이라는 의견을 전하자 아내는 환한 미소로 반긴다.

"그래, 발칸 쪽으로 가봅시다."

우리에겐 25일 정도 여행할 기간이 주어졌다. 발칸 반도 위쪽으로부터 슬로베니아, 크로아티아, 보스니아 헤르체고비나, 몬테네그로를 돌아보면 어떨까 하고 여행 계획에 나섰다. 지금까진 배낭여행으로 국내선 여객기, 열차, 버스 그리고 배까지 갖가지 교통수단을 이용하며 여행했다. 그러나 이번에는 자동차를 렌트하여 반도를 누벼 볼 생각이다. 마침 운전석도 우리나라와 같이 왼쪽에 위치한 나라여서 운행에도 큰 어려움이 없을 것 같아 자동차 여행으로 마음을 정하고 세부여행지 선정 작업에 들어갔다.

해외 자유여행을 막연히 어려운 일이라 생각하여 선뜻 도전하지 못하는 이들이 더러 있다. 그러나 생각보다 어려운 일이 아니다. 여행 정보가 홍수처럼 쏟아지는 요즈음 시대에는 더욱이 그렇다.

자동차로 떠나는 발칸반도 여행

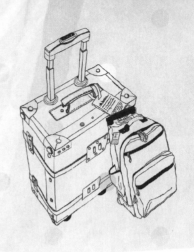

　여행할 나라가 결정되면, 인터넷과 각종 서적을 찾아보며 꼭 돌아보아야 할 여행지를 찾는 일이 우선이다. 여행사의 패키지 상품에 포함된 여행지와 검색하면 가장 많이 보이는 명소를 큰 틀로 잡고, 이전 여행자들이 적어둔 이색적인 장소를 더듬어가며 여행코스를 선정한다.

　우선 몇 년 전에 모 방송국의 배낭여행 프로그램에서 소개하여 우리나라 사람들에게 이름을 알린 장소들이 머리에 떠오른다. 크로아티아의 자그레브, 스플리트, 플리트비체, 그리고 두브로브니크 정도가 그렇다. 우리는 지도를 보며 위 도시들의 위치를 파악한 뒤, 인터넷 검색에 들어갔다.

　슬로베니아의 류블랴나와 블레드 또한 잘 알려진 도시이다. 이들을 포함하여 슬로베니아에서 몇몇 도시들을 더 찾아보았다. 그렇게 하여 여행할 경로가 대강 결정되었다. 발칸 반도의 위쪽에 위치한 크로아티아의 수도 자그레브로 입국하여 더 위쪽에 위치한 슬로베니아의 도시들을 돌아보고 아래로 내려와 크로아티아에서는 아드리아해의 해안선을 따라 내려오기로 하고 크로아티아는 나라가 길어 맨 아래쪽에 위치한 두브로브니크에서 여정을 마치고 국내선 여객기로 다시 자그레브로 이동한 뒤, 그곳에서 우리나라로 입국하는 코스로 여행 계획을 마련하였다.

　그렇게 계획을 하고 보니 몬테네그로는 두브로브니크보다 먼저 들러야 했다. 그런데 보스니아의 사라예보가 내륙 쪽에 위치하여 여행 기간을 고려해서 들어가야 할 것인지를 두고 아내와 논의에 들어갔다. 나는 세계사의 한 획을 그은 사라예보의 역사적 가치를 고려하여 가고 싶다는 의견을 피력하였고, 아내는 여행 기간을 고려하자면 내륙 쪽으로 한참 올라가는 경로를 소화해낸다는 것이 무리가 아닐까 하는 의견을 보이면서 난색을 표했다.

그러나 장고 長考 끝에 조금 무리를 해서라도 강행하기로 결론을 모았다. 여행지를 결정할 때마다 나타나는 여행에 대한 욕심이 또 발동한 것이다. 이 지역으로 언제 다시 여행하겠냐며 이 넓은 세상을 다 가보고 싶은 욕심 말이다.

이렇게 여행지와 여행 경로가 결정되면 다음 준비는 속전속결이다. 항공권과 숙소를 예약할 차례이다. 저렴한 항공권을 구입하기 위해 인터넷을 검색하면서 여행에 대한 준비를 시작한다. 항공권은 시간을 투자하여 자주 검색해보아야 저렴한 항공권을 얻을 수 있다. 또한 각 여행지마다 묵을 숙소를 알아본다. 유명한 숙박 사이트에서 사용 후기를 읽어 보며 평점이 좋은 숙소를 찾아 하나씩 계약하기 시작한다. 항공권과 숙소 예약이 끝나면 해외여행자 보험을 들고, 자동차 렌탈 업체도 찾아서 우리가 타고 다닐 자동차를 선택하여 계약을 마친다.

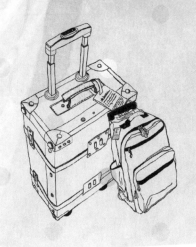

　어느 정도 여행준비가 마무리되면, 틈나는 대로 여행 준비물 리스트를 작성하면서 방 한켠에 여행 가방을 펼쳐 놓고 준비물들을 생각나는 대로 모아둔다. 필요한 물건들을 빠뜨리지 않도록 차곡차곡 챙겨가면서 여행 떠나기 전날까지 점검을 계속해서 반복해야 한다.

　이렇게 우리 부부에게 결혼 30주년이라는 특별한 의미를 갖는 여행지로서 〈발칸반도의 4개국 여행〉이 시작된 것이다. 우리 부부처럼 자유롭게 여행을 하고 싶은데 선뜻 나서지 못하는 모든 사람들에게 용기를 주고 보다 쉽고 편하게 여행할 수 있는 지침서가 되고자 우리 부부의 여행기를 책으로 엮어보았다.

Contents

1일차

출발 start

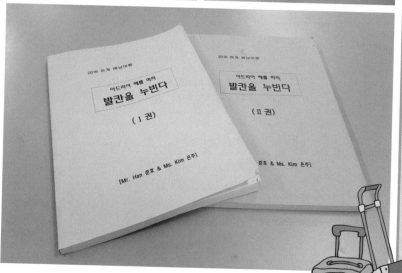

▲ 짐 모으기와 꾸리기
▼ 여행 정보를 모아 직접 제작한 여행 안내 책자

♀ 야, 드디어 떠난다!

인천공항에 도착했다. 공항은 밤인데도 오가는 사람들로 여전히 분주하다. 항공사에 가서 항공권을 발급받고 수화물로 캐리어 2개를 부치고 나서 국제선 출국장으로 향했다. 머릿속에는 아드리아해안을 따라 펼쳐질 발칸반도 낯선 여행지에의 환상이 영화처럼 오버랩 되며 여행에 대한 설렘으로 가득하다.

보안검색과 출국 수속을 마치고 보딩게이트 앞에서 집에 남겨진 아이들에게 문자로 다시 살림살이를 당부하며 비행기 탑승을 기다렸다. 시골에 혼자 계시는 어머니께도 잘 다녀오겠노라고 출국인사를 마쳤다.

내게는 90객 노모가 살아계신다. 아직 끼니도 직접 끓여 드시며 활동도 웬만큼 무리 없이 하시긴 하나 내가 여행 중에는 혼자 계셔야 해서 마음이 편칠 못하다. 그래서 여행을 떠날 때마다 마음 한구석에 불편함이 늘 자리한다. 아울러 노모와 아이들로 인해 언제든 준비를 마친 여행이 수포로 돌아갈 수도 있고, 비록 여행 중이라도 무슨 일로든 여행을 접고 도중에 귀국해야 할지도 모른다는 우려를 항상 떨칠 수 없다.

어찌 됐든 또 한 번의 새로운 여정을 떠난다. 아니, '떠나게 되는구나' 하는 말이 맞는 거 같다. 이번에도 별 탈 없이 여행을 떠날 수 있게 되어 감사한 마음뿐이다. 이런저런 소회 所懷 를 떠올리면서 탑승 대기시간을 보내고 탑승할 시간이 되어 비행기에 올랐다. 자그레브는 직항이 없어 보통 이스탄불이나 도하를 경유해야 한다. 대부분 한국 사람들은 조금 더 친숙한 터키 이스탄불 공항을 주로 선택한다. 우리가 항공권을 검색할 때엔 도하를 경유하는 노선이 대기시간도 짧고 항공료도 싸게 나와서 이를 선택했을 뿐인데 이스탄불 경유를 선택하지 않은 건 천만다행이다. 지금 터키엔 불안한 내정으로 인해 입출국이 제한되고 있어 하마터면 이번 여행에 큰 차질을 빚을 뻔했기 때문이다.

한국에서 도하 공항으로 가는 카타르 항공은 일 1회여서 기내는 한국인들로 가득했다. 덕분에 기내식이나 안내 서비스가 전부 한국인에게 맞추어져 있어서 불편함을 덜 수 있었다. 비행기에는 탄자니아로 봉사를 가기 위한 젊은이들이 단체로 탑승했다. 그들로 인해 기내는 활기차고 시끌벅적한 웃음소리로 가득했다. 그들을 보면서 얼마 전까지만 해도 외국으로부터 지원을 받던 한국이었는데 이제는 다른 나라의 지원을 위해 나서는 나라가 되었다는 것이 새삼 마음에 와 닿았다.

밤늦게 인천공항을 출발한 비행기는 10시간을 비행하여 새벽 4:30에 카타르 도하의 '하마드 국제공항'에 도착했다. 비행기 트랩에서 내리자 후끈한 열기가 피부에 확 와 닿았다. 조금 전 이 지역의 외부 기온이 영상 35도라는 기내 방송이 현실로 느껴지는 순간이었다. 새벽임에도 이렇게 덥다는 것에 놀랐고, 한낮의 기온을 생각하니 눈앞이 캄캄했다. 그래도 발칸은 여기보다 조금 더 북쪽이니 이보단 낫겠지 하고 위로했지만 앞으로 다닐 여행에서의 무더위 불안감이 와락 엄습해온다.

자동차로 떠나는 발칸반도 여행

　도하 공항에 잠시 머물다가 다시 자그레브행 비행기에 올랐다. 옆 좌석에
는 나이 지긋하신 할머니 한 분이 앉으셨다. 할머니의 일행은 통로 저편에
있으신 모양이다. 자주 고개를 돌려 즐겁게 얘기를 나누시곤 하더니 우리
에게 물었다.

　"어디를 가는 중이세요?"
　"여행객입니다. 슬로베니아, 크로아티아 등 4개국을 돌아볼 참입니다."
　"아, 우리가 크로아티아 사람들인데 크로아티아 경치가 끝내줍니다."
　그래서 물었다.
　"크로아티아에 사세요?"
　"아니, 지금 살고 있는 건 아니고, 옛날에 살다가 지금은 호주에서 사는
데 친구들이랑 고향에 가고 있는 중이라오. 우리는 모두 70살 동갑내기들
입니다. 헤헤헤"

　그리고 할머니께서 본인의 친구들에게 우리의 여행 사실을 알리자, 그들
또한 엄지손가락을 치켜세우며 크로아티아와 아드리아해의 빼어난 경치에
대한 자랑을 늘어놓으셨다. 우리는 할머니들과의 대화에 잠시나마 비행의
피로를 잊을 수 있었다.

기내의 앞좌석에 부착된 모니터에는 도착시간이 2시간 정도 남았다고 예고한다. 아내는 갑자기 발칸의 역사를 설명하기 시작한다.

"발칸은 예부터 유럽의 화약고였어요. 그러다 1차 세계대전 이후, 발칸은 세르비아가 중심이 되어 유고슬라비아 왕국이 탄생하게 되고, 크로아티아는 1991년 슬로베니아와 함께 유고연방에서 독립합니다. 이를 반대하는 유고연방군과 크로아티아 내 세르비아계가 합세하여 크로아티아를 공격하게 되면서 크로아티아 내전이 발생하게 되지요."

이처럼 발칸은 외세의 침공과 내전, 독립 등 파란만장한 역사를 지니고 있다는 설명을 듣다 보니 어느새 시간이 훌쩍 지나 현지 시각 오전 11:55에 자그레브 공항에 도착했다. 이곳은 아침이고 한국은 오후다. 이제부터는 시차에 적응해야 할 터이다. 어제 아침부터 여행을 출발했으니 집을 나선 지 만 24시간 만에야 자그레브의 땅을 밟았다. 참 멀고도 먼 길이다.
자그레브의 날씨는 맑았다. 입국 절차는 간편했다. 입국 카드나 세관 신고가 따로 없이 수속장을 빠져나왔다. 자그레브 공항은 시골 버스터미널처럼 작고 아담했다. 활주로도 한 개뿐이었고, 심지어 화장실에는 소변기가 두 개밖에 없었다. 국제공항이라는 명칭이 무색할 정도로 환경이 열악했다.
눈을 들어 입국하는 탑승객들의 면면을 두루 살펴보니 가끔씩 한국인 관광객들이 눈에 띄긴 하는데 생각보다는 적었다. 곰곰이 생각해보니 대부분의 한국인 관광객들은 아마도 이스탄불 공항을 이용하여 육로로 크로아티아에 들어오는 것은 아닌가 하는 생각이 든다.
공항에서 환전을 마치고 공항 밖으로 나오자 지나는 사람들마다 친절한 미소를 띠고 반겨주니 첫 여행지에서의 느낌이 낯설지 않고 편안하다. 덕분에 자그레브에서의 첫인상은 매우 좋았다.

이제 드디어 발칸반도의 여행이 시작된 것이다.

자동차로 떠나는 발칸반도 여행

여행 계획 일정 2016. 7.25 ~ 8.17

일차	나라	도시	일정
7.25 월 (1일차)	한국		• 18:00 인천행 공항 버스 승차
7.26 화 (2일차)	한국	Incheon	• Incheon Intl Arpt (ICN) 26JUL16 01:20 • Doha Intl Arpt (DOH) 26JUL16 04:40 • 비행시간 09시간20분 - 공항대기 02시간40분
	카타르	Doha	• Doha International Arpt (DOH) 26JUL16 07:20
	크로아티아	Zagreb	• Zagreb Arpt (ZAG) 26JUL16 12:05 • 12:05 Zagreb 도착 • Dolac Market–대성당 –반 옐라치치 광장–Zagreb's eye
7.27 수 (3일차)	크로아티아	Zagreb	• Stone Gate • 우스피냐차 케이블 카 • 로트르슈차크 탑 전망대 • 성 마르코 성당–이별 박물관
7.28 목 (4일차)	크로아티아	Zagreb	• 10시 자동차 픽업
		Varazdin	• Varazdin 경유
	슬로베니아	Jeruzalem	• Jeruzalem이동 (Zagreb–Jeruzalem 150km–2시간) • Jeruzalem–Ptuj (35km– 약40분)
		Ptuj	• 1:00 Ptuj로 출발
		Maribor	• 3:00 Maribor로 출발
7.29 금 (5일차)	슬로베니아	Maribor	• Maribor~Ljubljana(130km–2h)
		Ljubljana	• 오후 Ljubljana 시내 구경
7.30 토 (6일차)	슬로베니아	Ljubljana	• 오전 Bled로 출발(60Km–50m)
		Bled	• Bled 호수 구경

자동차로 떠나는 발칸반도 여행

일차	나라	도시	일정
7.31 일 (7일차)	슬로베니아	Bled	• 9:30 Postojna로 출발(100k-2h)
		Postojna	• 11:00 Postojna 동굴 투어(2시간 정도)
		Predjama	• 1:00 Predjama 성(셔틀버스로 10분) • 2:00 Piran으로 출발(75k-1h30m)
		Piran	• 3:00 Piran 도착 • Postojna-60km-Koper-7km -Izola-10km-Piran
8.1 월 (8일차)	슬로베니아	Piran	• 오전: Piran 구경 (성벽-성 조지교회-타르티니 광장)
	크로아티아	Motovun	• 오후 Motovun으로 출발(50km-1h)
		Rovinj	• Motovun~Rovinj(50km-1h)
8.2 화 (9일차)	크로아티아	Rovinj	• 오전 Rovinj 구경 -주차장-유페미아 성당- 티토 광장
		Pula	• Rovinj~Pula(36km-40m)
		Rastoke	• Pula~Rastoke(240km-4h30m)
8.3 수 (10일차)	크로아티아	Rastoke	• 오전 Rastoke 구경 후
		Plitvice	• 오후 Plitvice 이동(30Km)
8.4 목 (11일차)	크로아티아	Plitvice	• Plitvice 트레킹(H 코스)
8.5 금 (12일차)	크로아티아	Plitvice	• Plitvice~Zadar로 이동(120km-2h)
		Zadar	• Zadar 도착
8.6 토 (13일차)	크로아티아	Zadar	• Zadar~Zrimosten(150km-2h30m) • Zadar~Sibenik(75km-1h30)
		Primosten	• Sibenik~primosten(30km-30m)
		Trogir	• Primosten~Trogir(35km-40m)
8.7 일 (14일차)	크로아티아	Split	• Trogir~Split(30km-30h)
8.8 월 (15일차)	크로아티아	Split	• Split~Cravice Waterfall (130km-1h40m)
	보스니아	Kravice	• Cravice Waterfall(30km-30m)
		Mostar	• Počitelj~Mostar(30km-30m)

일차	나라	도시	일정
8.9 화 (16일차)	보스니아	Sarajebo	• Mostar~Sarajevo(130km−2h30m)
8.10 수 (17일차)	보스니아	Sarajebo	• Sarajebo tour
8.11 목 (18일차)	보스니아	Sarajebo	• Sarajebo~Kotor(270km−5h)
	몬테네그로	Perast	• Perast
		Kotor	• Kotor
8.12 금 (19일차)	몬테네그로	Kotor	• 오전: Kotor
		Budva	• 오후: Budva로 출발 −Sveti Stefan
8.13 토 (20일차)	몬테네그로	Budva	• Budva~Dubrovnik (100km−2h30m) • 9:00 부드바 출발
	크로아티아	Dubrovnik	• 12시까지 두브로브니크 도착하여 자동차 반납
8.14 일 (21일차)	크로아티아	Dubrovnik	−성벽 투어
8.15 월 (22일차)	크로아티아	Dubrovnik	−구시가지 구경 −스르즈 케이블카 탑승
8.16 화 (23일차)	크로아티아	Dubrovnik	• 4:00 두브로브니크 공항으로 출발(택시) • 6:25~7:20 두브로브니크~자그레브 (크로아티아항공)
		Zgreb	• Zagreb Arpt (ZAG) 16AUG16 13:05
		Doha	• Doha International Arpt (DOH) 16AUG16 19:25 • 비행시간 05시간20분 − 공항대기 06시간50분
8.17 수 (24일차)	카타르	Doha	• Doha International Arpt (DOH) 17AUG16 02:15
	한국	Incheon	• Incheon Intl Arpt (ICN) 17AUG16 17:05

자동차로 떠나는 발칸반도 여행

여행 숙박지 예약 내용				
Date	Place	Accommodation	Local Rate	Korean Rate
7/26~27	Zagreb (자그레브)	Apartment Cilindar	€ 108.00	140,992
28	Maribor (마리보르)	Hostel Pekarna	€ 48.00	63,000
29	Ljublnjana (류블랴나)	Apartment Vosnjakova	€ 59.00	78,725
30	Bled (블레드)	Guesthouse Marko	€ 49.00	65,382
31	Piran (피란)	Villa Bellevue	€ 72.00	96,072
8/1	Rovinj (로빈)	Rooms Alice	€ 62.10	82,862
2	Rastoke (라스토케)	Apartment Pavlešić	€ 40.00	54,040
3~4	plitvice (플리트비체)	Apartment Zafran	€ 99.00	132,099
5	Zadar (자다르)	Guest House Pegla	€ 55.00	70,784
6	Trogir (트로기르)	Apartment Gogol	€ 50.00	64,630
7	Split (스플리트)	Apartments Veky 3	€ 58.50	75,617
8	Mostar (모스타르)	Apartments Konak	€ 31.50	40,717
9~10	Sarajevo (사라예보)	Studio Park	€ 79.20	101,929
11	Kotor (코토르)	Apartments kotor Kelly	€ 55.00	72,000
12	Sveti Stefan (스베티 스테판)	Apartment Steni	€ 65.00	86,000
13~15	Dubrovnik (두브로브니크)	Apartments Viola	€ 270.00	349,000
Total			€ 1,201.30	1,491,000

2일차

자그레브 첫 날

Zagreb

◎ 발칸반도의 첫걸음, 자그레브

자그레브는 크로아티아의 수도이다. 크로아티아 북부 내륙에 자리잡은 전형적인 중유럽 도시로서 서부, 중부 유럽에서 아드리아해와 발칸 반도로 이어지는 도로와 철도망의 주요 연계지 역할을 하고 있으며, 백만 명의 주민들이 살아가고 있는 곳이다.

도착한 날, 자그레브의 날씨는 하늘은 흰 구름 조각이 조금 떠 있는 화창한 날씨인데다 도하처럼 덥지도 않고 딱 좋았다. 숙소 주인이 승용차로 픽업해준다는 것을 마다하고 대중 교통수단도 체험해보려고 고집을 부려 공항버스를 이용해 시내로 들어간 뒤 다시 트램으로 갈아타는 루트로 결정했다.

트램 티켓 판매소와 트램 티켓

자동차로 떠나는 발칸반도 여행

공항버스에서 내려 이제 트램 매표소를 찾는 일부터 생소한 체험이 시작되었다. 버스에서 내려 주위를 살펴보니 여러 대의 차량이 연결된 파란색 트램이 하늘 위에 매달린 전선줄을 따라 운행되고 있었다. 우리는 캐리어를 끌고 트램 티켓을 구매하기 위해 'Tisac'이라는 조그만 가게로 갔다. 우리나라의 신문 가판대와 비슷하게 생긴 이곳은 트램 티켓과 간단한 음료 등을 함께 팔고 있었다. 이곳에서 10쿠나 짜리 티켓 2장을 사들고 횡단 보도를 건너 트램 정거장에 도착하자마자 트램은 출발해버렸다. 그리고 놓쳤다고 아쉬워할 겨를도 없이 다음 트램이 또 들어왔다. 빠른 배차간격에 놀라며 트램에 승차했다. 우리를 태운 트램은 곧바로 덜컹거리며 승강장을 출발하여 달린다. 처음 타보는 트램은 생소하기 그지없었다. 티켓을 어찌해야 하나 주위를 두리번거리다 출입구 바로 안쪽 기둥의 손 닿을 만한 높이에 티켓 체크기가 매달려 있는 것을 발견했다. 아내는 티켓을 들고 체크기 입구에 밀어 넣으려 하며 주위에 동의를 구했다. 이를 본 현지인 승객이 맞다는 눈짓을 보내준다. 그렇게 밀어 넣은 티켓은 체크를 마치고 다시 내쳐진다.

우리가 해외여행을 할때면 버스, 트램 그리고 지하철 등 다양한 대중교통을 사용했는데, 나라별로 사용 방법이 매우 다양하다. 티켓을 사기만 하면 되는 곳, 기사에게 보여주면 되는 곳, 이곳처럼 기계로 티켓을 체크하는 곳 등. 따라서 어느 곳이나 교통수단 이용 방법을 배우는 것이 급선무다. 이제 트램 이용 방법을 익히게 되자 어느새 자그레브의 도시에 익숙해진 듯 뿌듯해졌다. 새로운 지역에서의 새로운 문화 하나를 터득한 것을 흐뭇하게 여기며 자리에 앉았다.

우연히 트램의 맨 뒤쪽에 앉아 가게 되어 뒤쪽 유리창을 통해 두 개의 레일을 뒤로 하고 달리는 트램의 분위기를 한껏 느낄 수 있어 좋았다. 파란 하늘에 얼키설키 얽힌 전깃줄이 가지런히 놓인 트램 길을 따라 자꾸자꾸 뒤쪽으로 밀어내지는 색다른 풍경을 보면서 앞으로 펼쳐질 새로운 여행지에서의 기대와 설렘이 한층 더 배가 倍加 되었다.

아내는 미리 수집한 정보를 가지고 다섯 정거장 후 하차하자고 이야기했다. 그리고는 고개를 들어 천장에 매달린 전광판에 다음 정거장의 이름이 적혀 올라오는 것을 발견하고는 마음을 놓는다. 아니나 다를까 트램이 정거장을 5번째쯤 지났을 때 '반 옐라치치'라 적힌 전광판의 안내를 볼 수 있었다. 이어 거대한 광장이 펼쳐져 있는 정거장에 수많은 사람들과 함께 트램에서 내렸다.

우리를 내려준 트램이 바로 출발하고 사람들은 당연하다는 듯 트램 레일 위를 횡단한다. 우리는 기차 레일 위를 걷는 것이 위험하다는 깊은 인식 때문에 그 광경이 처음엔 매우 어색했다. 알고 보니, 트램이 지나가고 없는 트램 길은 자동차뿐만 아니라 자전거나 사람도 일반 길처럼 다니고 있었다. 이 또한 새로운 문화에 맞닥뜨린 순간이다. 우리도 사람들을 따라 트램 길을 횡단하여 건너편 승강장으로 들어서니 앞쪽에 시원스레 펼쳐진 광장이 나타났다. 이곳이 자그레브의 중심인 반 옐라치치 광장임을 단번에 알아차릴 수 있었다.

자동차로 떠나는 발칸반도 여행

　시원한 광장 풍경에 반해버린 나는 캐리어를 세워 놓고 목에 메고 있는 카메라로 광장 주변의 건물들과 사람들의 모습을 놓칠세라 연신 셔터를 눌러 꼭꼭 담았다. 숙소 쪽으로 앞서 가던 아내는 사진 찍기에 여념이 없는 나를 돌아보더니 멈춰 서서 뒤따라 오는 나를 기다리느라 가다 서다를 반복했다. 나는 시시각각 새로운 풍경을 놓치지 않으려고 사진 촬영에 온 신경을 집중했다.

　아내는 얼른 숙소부터 들르자며 손짓을 해대며 재촉했다. 가는 길의 광장 끄트머리쯤 계단 아래에는 꽃을 파는 노점상들이 즐비하게 자리하고 있었다. 지나면서 꽃을 사들고 집으로 가려는 시민들의 발길이 끊이지 않는다. 지팡이를 짚은 할머니 한 분이 꽃 파는 아줌마와 웃으며 인사를 주고받는 모습이 매우 정겹게 느껴졌다. 나는 그 다정한 모습을 사진에 담고자 또 멈춰섰고, 아내는 앞쪽의 꽤 높은 계단 길을 손으로 가리키며 뭐라고 하면서 앞서 가고 있었다. 나는 아내가 '저 계단으로 오세요' 라고 말한 줄로만 알고 알아들었다는 사인을 보내고는 사진 찍는 일에 열중하다가 사진을 다 찍고는 얼른 아내를 따라가야겠다는 생각에 계단이 있는 곳으로 향했다. 그런데 눈을 들어 앞을 보니 지금쯤 캐리어를 들고 낑낑거리면서 계단을 오르고 있어야 할 아내가 보이지 않는다.

이상하다. 나는 부리나케 다시 돌아서서 아까 헤어졌던 그 자리로 가 보았다. 이쪽저쪽을 다 돌아봐도 아내가 가고 있는 뒷모습을 발견할 수 없다. 아내를 잃어버렸다. 그렇다면 내가 생각보다 시간을 많이 지체하여 아내는 더 많이 올라간 것이 아닐까 하는 생각에 계단 아래에 캐리어를 놓아둔 채 계단 위로 쏜살같이 뛰어 올라가 위쪽을 이리저리 두리번거려 보았다. 그곳에도 아내는 없다. 나는 다시 계단을 내려와 헤어졌던 곳에서 기다려 보기로 하고 원점으로 되돌아 왔다. 우리가 여행 중에 헤어지면 항상 헤어졌던 자리에서 기다리기로 하는 우리만의 무언의 약속이 있었기 때문이다.

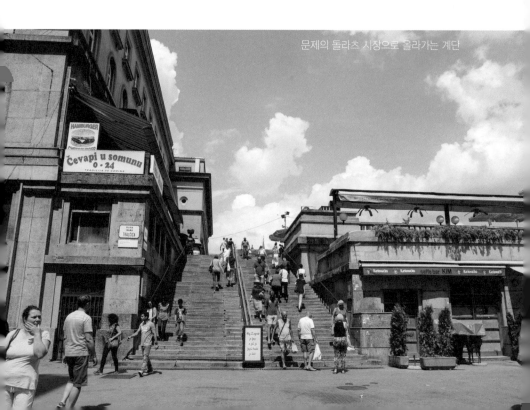
문제의 돌라츠 시장으로 올라가는 계단

물론 휴대 전화가 있어 찾으려면 금방 찾을 수 있겠지만 아주 잃어버린 것이 아니고 너무 짧은 시간에 서로를 놓쳐버린 상황인 것이다. 아무튼 이리저리 헤매느라 힘에 겨워 땀을 뻘뻘 흘리는 더위를 잠시 식히면서 한 곳에 서서 두리번거리고 있을 때 아내가 나타났다. 아내는 내가 갔으려니 생각하는 계단 쪽이 아닌 반대편에서 나타나 아무 일도 없었다는 듯이 빨리 오지 않고 뭐하냐는 식으로 이쪽으로 오라며 손짓을 했다. 나는 순간 화가 치밀어 올랐다.

　"아니 계단 쪽으로 손가락을 가리키며 그쪽으로 오라 하지 않았어?"
　"언제 그랬어요? 저쪽이 '돌라츠 시장'이라고 그냥 가리킨 거였지요."

　이유를 듣고 보니 허탈했다. 내가 사진 찍기에 몰두하느라 잘못 듣고 그쪽으로 오라는 말로 오해를 한 데서 비롯된 사건이다. 이렇게 해서 하마터면 여행 초장부터 부부싸움으로 번질 뻔한 실종 소동이 일단락되었다. 누군가와 함께 여행하면 이런 일들이 종종 발생한다. 세상 살다 보면 다 그렇듯 오해가 풀리면 다행이지만 많은 사람들은 오해를 풀지 못하고, 혹은 풀려 하지도 않은 채 서로가 오해의 감정을 안고 살아가기도 한다. 이렇게 여행에서 또 하나의 삶의 교훈을 느낀다.

　이렇게 잠시 헤어졌다 다시 만난 우리는 아내가 나와 헤어져 있는 동안에 이미 체크인해둔 방으로 들어갔다. 아파트형 숙소 2층에 배정을 받았는데, 반바지 차림의 젊은 주인은 우리를 반갑게 맞이하며 숙소 사용 방법을 자세히 설명해준 후 열쇠를 인계하고 시원하게 가버렸다. 아 참, 일반 숙소처럼 직원이 프론트에서 관리를 하지 않으니 필요한 사항이 있으면 전화로 연락하라며 전화번호가 적힌 쪽지를 건네고는. 숙소는 쾌적하고 깔끔해 맘에 쏙 들었다. 구 시가지 내의 건물이어서 외관은 낡았지만, 내부 시설은 현대식으로 잘 갖추어져 있고 창문을 열면 바로 아래가 광장으로 내려가는 큰 골목길이어서 여행객들이 드나드는 모습도 내려다볼 수 있는 곳이었다.

라면으로 점심을 때우고 외출을 하기 위해 숙소를 나섰다. 우리는 계단을 따라 돌라츠 시장에 가보기로 하였다. 계단을 오르면 시장 입구에 돌라츠 시장의 상징인 광주리를 머리에 인 여상 女商 의 동상을 만난다. 옛날 우리나라의 보따리 상인의 모습과 흡사하다. 크로아티아의 여인도 물건을 머리에 이고 팔러 다녔던 모양이다. 동상의 표정에서 물건을 팔아 생을 이어가며 힘들게 살아가는 보따리 상인의 애환이 서려 있는 듯하다.

동상을 지나니 붉은 파라솔 아래 과일, 채소, 꽃, 기념품 등이 가득한 재래시장이 펼쳐있었다. 자그레브 시민들이 자주 애용하는 노천 시장이라고 한다. 흥정하는 모습까지 우리의 재래시장과 별반 다르지 않았다. 숙소에 들어갔다가 나온 사이에 잠시 비가 내렸는지 상인들이 많이 철수해버려 여기저기 파라솔이 걷히고 파장이 된 분위기이다. 내일 다시 오기로 하고 시장을 나왔다. 아내는 시장에서 간식거리로 자두, 포도, 체리를 사고는 우리나라에서는 비싸서 사먹기 힘든 체리가 매우 싸다며 여행하는 동안 많이 사먹어야 되겠다고 한껏 들떠 있는 표정이었다. 그리고 찬거리로 배추, 마늘. 계란 등 한 보따리를 구입했다. 이제부터 식사를 해결해야 할 여행 살림이 시작된 것이다.

마침 숙소가 가까워서 구입한 야채 보따리를 숙소에 넣어두고 다시 나와 반 옐라치치 광장으로 나섰다. 반 옐라치치 광장은 자그레브의 중심이자, 만남의 장소이면서 여행자들의 출발지이기도 하다. 이곳은 트램을 제외한 교통수단 운행이 금지된 보행자 전용 광장이다. 그래서인지 시민의 발인 트램 노선은 이곳을 중심으로 여러 갈래가 엮이어 운행되고 있다. 광장 중앙에는 오스트리아–헝가리 제국의 침입을 물리친 전쟁 영웅 반 옐라치치의 동상이 세워져 있다. 짐작했겠지만, 광장의 이름도 그의 이름을 딴 것이다. 반 옐라치치는 크로아티아의 지폐에도 초상화가 실려 있을 정도로 국민들에게 추앙을 받는 인물이라고 한다. 광장은 현대적이면서도 고풍스런 건물들로 둘러싸여 있는데, 각기 다른 건축양식의 건물들이 세워져 있고, 색도 각각 다름에도 불구하고 죽 둘러보면 아주 조화롭다는 느낌을 받는다. 광장에는 여유로이 일상을 살아가는 시민들과 무리지어 움직이는 분주한 관광객들이 뒤섞여 묘한 분위기를 연출한다.

광장을 걷다가 한쪽에 만두쉐바츠라는 조그마한 분수를 발견했다. 옛날에 길을 가던 장군이 목이 말라 한 여자아이에게 이곳에 있던 우물의 물을 길어 달라 했다는데 그 전설로 인해 크로아티아 말로 '물을 긷다'는 뜻의 '자그라비티'에서 변형되어 '자그레브'라는 지금의 이 도시 이름이 유래되었다고 한다. 이 분수는 그 여자아이의 이름을 따 붙인 것인데 실제 1986년 광장을 공사 하던 중 우물이 발견되어 그 자리에 이 분수가 만들어진 것이라 한다. 규모도 작고 별다른 치장도 없어 지나쳐 버리기 쉬운 작은 분수에 담긴 의미는 깊기도 하다.

자동차로 떠나는 발칸반도 여행

　광장을 지나 작은 언덕배기를 오르니 눈앞에 엄청 높은 성당의 첨탑이 보인다. 자그레브 대성당이라는 것을 금방 알 수 있었다. 광장에는 수많은 여행객들이 여기저기 무리를 지어 모여서 가이드의 설명을 듣느라 한창이다.

　우리는 광장 앞 벤치에 걸터앉아 고개를 바짝 들어 108m에 이르는 첨탑을 바라본다. 화재, 전쟁, 지진으로 파괴와 복구가 반복되어 왔고, 지금도 첨탑의 한쪽은 공사 중이었다. 성당 앞에는 높은 기둥 위에 세워진 황금빛 성모 마리아상이 햇빛을 받아 반짝반짝 빛난다.

　성당 안으로 들어가 보기로 했다. 성당 입구의 섬세하고 아름다운 조각들에 놀라고 건물 자체의 웅장함에 압도되었다. 성당 내부로 들어서니 두 손을 모으고 조용히 기도하는 신자들의 모습이 엄숙했다. 우리도 조용히

묵상에 빠져들었다. 이처럼 믿기지 않을 만큼 엄청난 역사를 견뎌낸 성당 안에 내가 발을 딛고 들어와 서 있다는 것이 감사할 따름이다. 조용히 성당 내부를 거닐 땐 벽면 전체의 아름다운 스테인드글라스를 마주하고 넋을 잃고 바라보았다. 제단 뒤에선 크로아티아를 대표하는 성인^{聖人} 스테피나크 추기경의 밀랍 인형을 볼 수 있었고, 입구 쪽으로 걸어 나오면 10~16세기 크로아티아에서 실제 쓰였던 상형문자가 한쪽 벽면에 크게 붙어있는 것을 볼 수 있었다.

자동차로 떠나는 발칸반도 여행

성당에서의 뭉클한 감동을 추스리면서 그림처럼 아름다운 구 시가지의
길을 따라 걷다가 노천카페에서 맥주와 커피를 마시는 여행객들이 붐비는
트칼치차 거리를 만났다. 옛날에는 상업의 중심거리였으며 지금은 길 양쪽
으로 카페와 음식점이 쭉 펼쳐져 수많은 여행객들의 발길을 사로잡는 곳이
다. 우리도 카페에서 쉬면서 옛 정취를 느끼는 여행을 하고 싶었지만 아쉽
게도 여정이 바빠 그들과 마음으로 느낌을 공유하며 가던 길을 재촉했다.

트칼치차 거리의 끝에는 양산을 들고 있는 여
자의 동상이 있는데 검색해보니 크로아티아 최
초의 여성 작가 마리아 유리츠 자그르카의 동
상이라고 한다. 이 사람은 작가로서도 많은 업
적을 남겼지만 크로아티아의 여성 인권에 대해
서 많은 노력을 기울여 그녀의 글 덕분에 여성
들이 인권을 확보할 수 있는 계기가 되도록 한
사람이라 한다.

그리고 동상 뒤에는 오래된 건물의 벽면에 해시계가 있었다. 우리나라의
해시계와 비교하여 역사적 우위를 비교하려 했지만 이 해시계의 발명 시점
을 알 수 없어 그만두었다. 단지 대단한 발명을 고안해 낸 옛사람들의 지혜
가 감탄스러울 뿐이다.

여성 작가의 동상 옆 벤치에는 노출된 팔목에 현란한 문신을 한 젊은 여
성 한 명이 앉아서 노트에 열심히 스케치를 하고 있었다. 나는 호기심에 다
가가 그림을 보면서 어디서 왔는지 물으니 포르투갈에서 왔단다. 혼자서
배낭 하나를 메고 세상을 떠돌아다니며 여행지마다 눈에 들어오는 대로
스케치를 하고 다닌단다. 나 또한 의미 있는 여행을 하고 있지만, 이 여인
의 여행은 얼마나 행복할지 생각해보니 내심 부러운 마음이 들었다.

자동차로 떠나는 발칸반도 여행

트칼치차 거리가 끝나는 지점이 숙소 앞이었다. 숙소로 들어와 각종 전자기기를 충전시켜 놓고 밥을 지어 식사를 했다. 쌀밥에 곁절이 반찬 하나. 타지에서는 이 반찬만으로도 형용할 수 없을 만큼 맛있다. 우리는 여행 때마다 밥을 다 먹고는 밥솥에 물을 부어 숭늉을 만들어 먹는 것이 하나의 소소한 행복이자 습관이다. 마찬가지로 이번에도 그 숭늉 맛을 그리며 밥솥에 물을 부어 끓였는데 숭늉을 마시려고 하니 비누 냄새 비슷한 향이 진하게 나면서 도저히 마실 수가 없는 것이다. 아내는 냄새를 맡더니 생수에 문제가 있다는 진단을 내렸다. 가게에서 사온 생수의 뚜껑을 열었더니 같은 냄새가 코끝을 자극한다. 잘못 구입한 것이었다.

외국의 생수는 가스가 들어 있는 것과 없는 것, 두 가지 종류가 있는데 가스가 없는 것이 우리가 보통 마시는 생수다. 하지만 우리는 편의점에서 주의를 기울이지 않고 그냥 집어와 가스가 들어 있는 생수를 구입한 것이다. 생수를 구입할 때에는 외부모양만 가지고는 구분이 안 될 때도 있으므로 종업원에게 반드시 'No-Gas' 또는 'Natural'인지를 물어보고 구입해야 한다. 미처 인지하지 못한 문화 차이 때문에 또 한 번의 해프닝을 겪어야 했다.

저녁을 먹은 후에는 씻고 인근에 있는 반 옐라치치 광장에 야경도 구경할 겸 바람을 쐬러 나가기로 했으나 식사를 마친 우리는 긴 비행시간에 피곤했는지 잠깐 누워 있는다는 것이 깊은 잠에 빠져버렸다.

3 일차
쟈그레브 둘째 날
Zagreb

♀ 자그레브의 아침, 돌라츠 시장

자그레브에서의 처음 맞는 아침이다. 숙소가 쾌적하고 날씨 또한 춥지도 덥지도 않아 푹 자고 일어났다. 시차가 꽤나 있음에도 불구하고 긴 비행의 피로가 싹 풀린 듯했다. 눈을 뜨면 버릇처럼 휴대폰을 켜고 고국에서 보내온 연락들을 확인한다. 오늘은 친구의 부친께서 돌아가셨다는 부음을 접한다. 그렇지 않아도 신경이 쓰이는데 오늘따라 혼자 계시는 노모가 더욱 걱정스럽다.

하루의 시작을 알리는 성당의 종소리가 시내 전역에 은은하게 울려 퍼졌다. 시계를 보니 6시를 가리키고 있다. 맑은 종소리를 듣고 모두들 잠에서 깨어났는지 이곳저곳에서 분주한 소리가 들리기 시작했다. 이렇게 자그레브에서의 첫날 아침이 밝았다. 창문을 열었더니 살랑살랑 불어오는 자그레브의 아침바람이 상쾌하다.

가볍게 챙겨입고 어제 제대로 둘러보지 못한 돌라츠 시장으로 나갔다. 아침 일찍 장에 가면 신선한 야채를 만날 수 있다고 들었기 때문이다. 이른 새벽인데도 장이 활짝 열리고 벌써 손님들로 북적인다. 붉은 파라솔이 넓은 광장에 빼곡하게 줄지어 늘어선 모습은 그야말로 장관이다.

커다란 수박과 먹음직스런 포도를 가지런히 진열하던 콧수염을 기른 과일 가게 주인은 나와 눈이 마주치자 눈웃음을 지으며 반갑게 맞는다. 막 피어난 꽃들을 들여온 꽃가게 아줌마는 예쁜 꽃들에게 물을 뿌려가며 신선도를 유지하려고 분주하다. 아빠 가게에 물건 파는 것을 도와주러 나온 두 딸아이가 사과 두 개를 양손에 들고 내게 사진 포즈를 취한다. 내가 사진을 막 찍으려는 순간 그 옆으로 물건을 나르던 아빠가 갑자기 두 딸 사이에 얼굴을 들이대고 익살스럽게 웃어 젖히는 바람에 그들의 가족사진이 찍히고 말았다. 야채가게 앞에선 나이 지긋한 수녀님이 물건을 사면서 상인과 웃음 가득한 아침 인사를 나누는 모습이 참으로 평화롭게 보인다. 이처럼 돌라츠 시장엔 삶의 냄새가 진하게 묻어난다.

◉ 크로아티아의 심장, 자그레브

오늘은 자그레브 시내를 돌아보기로 했다. 아내는 시장에서 사온 오이로 김치를 담근다며 나더러 먼저 나가서 돌아보다가 반 옐라치치 광장 건너편 고층 건물 위의 360도 카페에서 만나자고 했다. 그곳은 자그레브 시내가 잘 보이는 곳으로, 여행에 오기 전부터 포토존으로 꼽아 놓은 곳이기 때문에 내가 먼저 가서 사진을 찍고 있으면 그리로 오겠다는 것이다. 아내는 내가 혼자서 길을 잃을까 봐 구글 지도에 숙소 위치를 잘 찍어두고 나가라고 신신당부를 한다. 구글 지도는 해외여행에 아주 적합한 도구이다. 와이파이 없는 곳에서도 작동이 잘 되어 길을 찾는데 용이한 앱이다. 지도 앱이 없던 시절 어찌 여행을 했을지 아득하다.

홀로 숙소를 나와 반 옐라치치 광장으로 걸어나갔다. 아침이어서인지 일터로 나드는 사람들로 트램 역 주변이 북새통이다. 트램 레일을 건너면 16층 높이의 고층 건물이 있다. 높은 건물을 마음대로 지을 수 없는 구 시가지에서는 꽤나 높은 건물이다. 아마 이 주변에서는 가장 높은 건물일 것이다. 건물 앞에 당도하니 젊은 여성이 연설대처럼 생긴 탁자를 놓고 서 있다가 내게 다가오며 묻는다.

"이 건물에 들어가실 겁니까?"
"네. 맨 위층 카페에 가려는데요."

했더니 앞장서서 나를 안내했다. 이 여인이 없었더라면 문을 찾느라 한참 헤맸을 생각을 하니 고마웠다. 유리 현관문 몇 개를 통과하고 미로처럼 생긴 입구를 걸어가서는 엘리베이터 앞에서 16층 버튼을 눌러주면서 그녀는 나를 공손히 배웅했다.

자동차로 떠나는 발칸반도 여행

　엘리베이터가 꼭대기에 도착하자 들어왔던 문의 반대편 문이 열리면서 카페의 여종업원이 나를 반겼다. 입구에서 카페 이용법에 대해 자세히 설명을 듣고 열어주는 문을 통하여 발코니로 나갔다. 발코니는 한 사람이 걷기에 적당할 만큼의 넓이로 되어 있었다. 고층이어서 위험하니 바깥쪽은 견고한 쇠창살로 가려져 있어서 창살 사이로 카메라를 넣어 사진을 찍어야 했다.

　자그레브 시내가 한눈에 들어온다. 바로 앞에는 구 시가지가 펼쳐져 있고 잘 보이지 않는 저쪽 끝에는 신시가지의 모습도 얼핏 보인다. 우선 광장과 트램 역이 발아래로 보이고 수많은 시민들의 오고 가는 모습이 개미떼처럼 보인다. 다른 쪽으로 방향을 틀면 구 시가지의 골목길을 따라 펼쳐진 붉은 지붕의 옛 건물들이 줄지어 보인다. 우리가 묵은 숙소도 보이고, 두 개의 첨탑이 우뚝 선 대성당, 체크무늬 지붕의 성 마르크 성당, 그 옆의 캐서린 성당, 붉은 파라솔이 빼곡한 돌라츠 시장 등을 찾아볼 수 있다. 이곳을 '자그레브 Eye'라는 이름으로 부르고 있었다.

사진을 찍으며 외벽을 두어 바퀴쯤 돌았을 때 숙소에서 늦게 나온 아내
가 들어왔다. 아내와 함께 다시 한 바퀴를 돌며 시내 이곳저곳을 조망하고
는 곧바로 내려왔다. 트램 길을 따라 조금 걸어서 카피톨 지역에서 우스피
나챠 케이블카를 타고 그라데츠 지역으로 갔다. 이 케이블카는 이 두 지역
을 연결해주는 교통수단으로서 하늘의 케이블을 이용하지 않고 톱니바퀴
를 이용하여 차량을 운송하는 푸니쿨라이다. 운행 구간이 매우 짧아 케이
블카로 끝나는 지점까지 1분도 채 지나지 않아 도착한다.

케이블카에서 내리면 바로 앞에 로트르슈차크 탑이 보인다. 중세시대에
도시를 방어하기 위해 13세기에 지어진 탑으로 보존이 잘 되어 있다. 이곳
에 20쿠나씩을 내고 들어가 보았다. 여기서도 구 시가지의 면면을 볼 수 있
지만 이미 360도 카페에서의 감흥 때문인지 그다지 새로운 느낌은 없었다.
다만 발아래에 골목 골목으로 이어지는 구 시가지의 아기자기한 모습이 예
쁘게 다가왔다. 전망대를 내려오면 시내 방향으로 포문을 댄 대포가 놓여
있는 것을 볼 수 있다. 이 대포는 매일 정오에 종 대신 대포를 발사하여 시
민들에게 기준시를 알려주는 역할을 했는데 1887년부터 100년 이상 이어
져 오는 자그레브의 전통이라 한다.

자동차로 떠나는 발칸반도 여행

　탑에서 내려와 앞쪽으로 '스트로스 마르트레'라고 적힌 아치를 통과하면 조용한 산책길로 이어진다. 잠시 건물을 등지고 신록이 푸르른 고목들이 양옆으로 길게 늘어선 산책로를 걸으니 잠시나마 마음이 정화되는 느낌이었다. 나는 왜 여기까지 왔는가. 오랜 옛 건물과 옛사람들의 문화를 구경하면서 시간을 거슬러 옛날로 돌아간 듯한 착각에 빠져 있다가 갑자기 꿈에서 깨어난 듯 현실로 돌아온 느낌이랄까. 천천히 걸어본다. 옆에서 같이 걷는 아내도 산책길의 매력에 푹 빠져 있었다.

　산책로를 지나 탑 옆으로 나있는 조그만 골목길을 따라 걷다 보니 반짝거리는 보석처럼 눈앞에 나타나는 '성 마르크 성당'을 만났다. 빨강, 파랑, 흰색의 아름다운 체크무늬의 지붕으로 유명한 이 성당은 자그레브를 대표하는 건축물 중 하나이다. 지붕 위에 모자이크 타일로 크로아티아 국가의 문장과 자그레브 시市의 문장을 새겨 놓은 남동유럽의 가장 소중한 보물이라 여기는 곳이며 후기 고딕 양식과 로마네스크 양식이 혼합된 독특한 외관이 아름답다. 알록달록한 타일 모습이 어찌나 예쁘던지 마치 건물 자체를 손바닥 위에 올려놓고 가지고 놀면 딱 좋을 만큼 깜찍한 모습이다.

  성 마르크 성당을 등지고 내려오면 정면으로 새하얀 건물이 우뚝 눈앞에 나타난다. 바로 자그레브에서 가장 아름다운 바로크 양식의 '성 캐서린 성당'이다. 캐서린은 귀족 가문에서 태어났는데 기독교 박해가 극에 달했을 때 끝까지 기독교를 버리지 않고 고문을 받다 순교했던 사람으로서 그를 기리기 위해 지어진 성당이라 한다. 이 성당은 17세기에 지어졌다가 1880년 지진으로 파괴된 후 복원되었다. 성당 전면에는 성모상과 4복음사가의 조각상이 있다. 왼쪽부터 사람 마태오, 사자 마르코, 소 루가, 독수리 요한이라 한다.

성 캐서린 성당 옆 건물엔 '이별 박물관'이 있다. 세상 사람들의 이별에 얽힌 사연들과 함께 이별에 관련된 편지나 물품들이 전시되어 있는 특이한 박물관이다. 남녀 간의 이별뿐만이 아니라 부모와의 관계, 친구와의 관계, 내가 소중하게 생각했던 물건 등 사연이 있는 사진, 물건들이 전시되어 있다. 그 물건들만 보면 아무것도 아닐 수 있는데 그 물건에 담겨 있는 사연들을 알게 되면 그 느낌이 상당히 달라진다. 일반 박물관과 달리 이런 특별한 컨텐츠를 이끌어낸 아이디어에 놀라울 뿐이다.

박물관에서 나와 성 마르코 성당 앞을 지나 아래쪽으로 내려오면 '스톤 게이트'가 나온다. 원래는 그라데츠 지역으로 들어가는 입구였다. 올드타운 성벽에 연결된 유적의 일부로 1266년에 지어진 것으로 추정되고 있다. 1731년의 대화재로 대부분이 소실되었는데 지붕 모양의 돌문만 남아 옛 모습을 전해주고 있다. 이 화재에도 성모마리아 그림은 기적적으로 피해를 보지 않아 이를 기념하여 스톤 게이트 아치 내에 그 성모마리아 그림을 보존하고 예배당이 만들어져 성지가 되었으며 지금은 이곳을 지나며 기도하는 사람들의 발길이 끊이지 않는 곳이기도 하다.

스톤 게이트를 지나 내려오면 성 조지 동상을 기점으로 오른쪽으로 라디체바 거리가 이어지는데 그 도로를 따라 내려오면서 오늘의 여정을 맺는다. 숙소로 돌아와 얼마나 피곤했는지 저녁 식사도 잊고 잠에 빠져 버렸다. 한참 잠을 자다가 문득 잠에서 깨어 시간을 보니 밤 열한 시가 다 된 시간이다. 화들짝 놀라 일어났다.

"아! 야경. 야경을 보아야 하는데…."

　주섬주섬 옷을 가볍게 챙겨 입고는 숙소를 나섰다. 시간이 너무 늦다 생각했지만 오산이었다. 반 옐라치치 광장엔 하루 일과를 끝내고 밤을 즐기는 시민들로 불야성이었다. 특히 데이트를 즐기는 젊은 남녀 연인들을 심심치 않게 볼 수 있었다. 광장을 빠른 걸음으로 지나 다시 360도 카페 건물로 갔다. 낮에 근무하던 여종업원은 근무가 끝났는지 남자 종업원이 오전과 같은 방법으로 안내했다. 똑같이 카페에 올라 발코니로 나가서 야경을 바라본다. 그런데 멀리 첨탑에 불빛을 비추어 그곳이 대성당임을 알 수 있는 정도이고 아직 불을 밝히고 트램이 오가는 반 옐라치치 광장만이 훤하게 보일 뿐 기대했던 시내 야경은 그다지 큰 느낌이 없었다. 실망스럽게 카페를 내려와 광장으로 와서 벤치에 걸터앉아 시원한 밤바람을 쐬면서 쉬었다. 불빛에 반사되어 반짝이는 건물들과 늦은 밤 시민들을 실어 나르느라 쉬지 않고 오가는 트램을 바라보고 있으려니 시간이 많이 되었는지 점점 사람들의 발길도 뜸해진다. 우리는 다시 숙소로 돌아와 잠을 청했다.

자동차로 떠나는 발칸반도 여행

자그레브에서 바라쥬딘과 예루살렘을 거쳐 마리보르까지

⊙ 굿바이, 자그레브

세차게 내리던 비가 아침 식사를 마치자 언제 그랬냐는 듯 비가 그쳤다. 아직 시차 적응이 안 되었는지 깊은 잠을 이루지 못하고 뒤척이다가 아침을 맞았다. 오늘도 맑은 소리로 시내 전역에 울려 퍼지는 성당의 새벽 종소리와 함께 자그레브에서의 두 번째 아침이 열렸다.

창문을 열어보니 하늘에는 옅게 구름이 끼어 있으나 날이 밝으면 활짝 갤 것 같았다. 그러나 아침을 먹고 설거지 후에 밖을 보니 갑자기 또다시 비가 내린다. 큰일이다. 자그레브에서 떠나면서부터는 렌터카를 이용하기 위해 렌터카 회사로 가야 하는데 대중교통 수단을 이용해야 한다. 캐리어를 끌고 광장까지 나가서 트램을 타고 이동해야 하는데 하필 오늘 비가 온단 말인가. 이곳은 구 시가지여서 택시도 들어오지 못하는 동네이다. 그러니 우산을 쓰고 나간다 하더라도 이 빗속에 캐리어를 끌고 나가면 다 젖어 버릴 텐데 걱정이 태산이다. 그러나 우리가 버스나 기차를 타야 하는 정해진 시간이 있는 게 아니라서 다행이긴 하다. 그래서 짐을 꾸려 놓고 비가 그치길 기다리기로 했다. 그런데 우리의 기도가 하늘에 닿았는지 짐을 꾸리는 사이에 비가 그치고 햇볕이 창문으로 비춘다. 아. 다행이다. 유럽의 날씨는 참 변덕이 심하구나.

짐을 꾸려놓고 나가려니 아쉬운 마음이 생겼다. 나는 아내에게 물었다.
"어제 검색 사이트에서 보았던 지진에 멈춰진 시계를 보아야 할 텐데?"
"그럴까요? 짐을 여기 숙소에 두고 나갔다 와서 체크아웃합시다."
"인터넷에 보니까 대성당 옆인 것 같은데 어제 못 보고 지나쳤나 봐."
"저는 인터넷을 검색하다가 알게 된 시내 조감도를 못 봐서 아쉬웠거든요. 잘됐네요."

자동차로 떠나는 발칸반도 여행

실은 우리 둘 다 어젯밤에 인터넷을 검색하다 알아냈으나 보지 못하여 아쉬운 곳이 하나씩 있었던 것이다. 그렇게 다시 숙소를 나섰다. 광장의 분수를 지나 언덕을 오르다가 오른쪽에 청동 주물로 시내를 조그맣게 만들어 놓은 시내 조감도를 찾아냈다. 조감도에는 두 첨탑이 우뚝 솟은 대성당을 중심으로 자그레브를 하늘에서 내려다보는 것처럼 살펴볼 수 있어 재미있었다. 조감도 귀퉁이에는 지도에서처럼 방향을 표시하려는 것 같은데 별 모양을 만들고 그 가운데로는 동그란 구가 박혀있다. 별 모양에는 동서남북이 표시되어 있고 가운데 구는 빙글빙글 돌아가는 구슬처럼 박혀있는데 여러 나라의 말로 환영한다는 메시지가 쓰여 있고 그중에 한글 문구도 발견하여 반가웠다.

대성당 옆에는 병풍처럼 외벽이 둘러쳐져 있는데 이는 몽골족의 침입을 막기 위해 세워진 것이라 한다. 그 외벽에 매달린 멈춰진 시계를 발견했다. 커다란 시계가 1880년 11월 8일에 대지진이 일어나 오전 7시 3분 3초에 멎었는데 아직도 그 모습을 그대로 간직하며 우리게 교훈을 주고 있다. 대재앙 앞에 커다란 성당도 속수무책이었을 것을 생각하니 안타깝기 그지없다.

　떠날 때가 되니 이 도시도 익숙해져 골목을 통해 지름길로 숙소에 돌아올 수 있었다. 짐을 챙겨 어느 한 곳도 부족함이 없이 잘 갖추어져 편안하게 머물렀던 숙소를 나섰다. 숙소 입구에는 약속된 체크아웃 시간이어서 주인이 나와 있었다. 큰 캐리어를 들고 아래층으로 내려가려니 약간 걱정되었는데, 숙소 주인은 무거운 두 개의 캐리어를 양손에 들더니 계단을 성큼성큼 걸어서 내려가 건물 아래까지 내려다 주고는 악수로 우리를 배웅한다. 우리는 친절한 주인에게 감사의 인사를 전하고 큰길로 나왔다.

　　　　　　　　　　　　　　　　　자동차로 떠나는 발칸반도 여행

　도로 위로 캐리어를 끌자 바퀴 굴러가는 소리가 요란하다. 이 소리는 여행에서 여행의 기분을 북돋고 설렘을 안겨주는 소리다. 어디론가 떠나는 소리. 생면부지의 새로운 여행지로 기대를 가득 안고 떠나는 행복함이 밀려오는 소리인 것이다.

　우리도 이제 크로아티아의 심장, 자그레브를 떠난다. 그리고 새로운 여행지가 우리를 기다림에 또다시 마음이 설렌다. 반 옐라치치 광장 트램 승강장에서 트램을 타고 신 시가지로 들어간다. 이제 트램 타는 방법도 익숙해졌다. Tisac에 가서 티켓을 끊어 지난번 이 광장에 들어온 반대방향의
트램에 올랐다. 출퇴근시간이 아니라 그런지 트램 안은 한가했다. 차창 밖으로 구 시가지를 지나고 아파트들이 보이기 시작하며 신 시가지로 들어선다. 네 정거장을 지나 하차했다.

⚲ 자동차 여행, 시작해 볼까?

아내는 미리 예약한 렌터카 회사를 찾아 앞장서 걸어간다. 자전거를 탄 시민들이 지나다니는 한적한 도시 변두리 길이다. 주택에는 대문 위로 붉게 핀 능소화가 치렁치렁 길게 드리워져 우리네 도시 인근처럼 어색하지 않다.

"여보, 가고 있는 이 길이 맞는 거야? 시내로 들어서는 길이 아닌 것 같은데?"

아내는 가던 길을 멈추고 구글 지도 앱을 펼쳐 들었다.

"아니네. 반대 방향이었어."

우리는 오던 길로 되돌아서 조금 전 트램에서 내렸던 승강장을 건너서 반대편으로 걸었다. 한참을 더 걷다 보니 걷기에는 꽤 멀다는 생각이 들었다. 그렇다고 택시를 탈 정도의 거리는 아닌 것 같은데 짐을 들고 이동하려니 멀다고 느껴지는 것 같다. 그런 생각을 하는 사이에 우리는 목적지에 도착했다.

◀ 자동차 렌털 계약서
▶ 렌터카 회사 사무실

자동차로 떠나는 발칸반도 여행

무거운 캐리어를 문 앞에 두고 사무실로 들어서니 젊은 직원 둘이서 반갑게 악수를 하고 자리로 안내한다. 자리에 앉으며 출력해 온 렌트 예약 확인서를 제출했더니 여권과 국제면허증을 보여 달란다. 그는 컴퓨터 앞에서 우리의 예약 상황을 확인하더니 사무실 안쪽에서 자동차 열쇠와 증명서처럼 보이는 서류를 챙겨와 책상 위에 내어놓았다.

자동차를 인계하기 전에는 보증금으로 4,000쿠나 한화 720,000원 정도 를 예치해야 한다고 한다. 현금을 예치하면 그 돈은 자동차를 반납할 때 다시 내어 줄 것이며, 신용카드로 예치하면 결제 요청만 해두었다가 취소하면 된다고 한다. 우리는 신용카드를 이용하기로 하고 신용카드를 내어 주었다. 그는 카드를 긁어 영수증을 내어놓더니 이번엔 보험에 대해 설명했다. 예약 당시 기본 보험은 들어 있어 작은 사고는 처리가 될 것이나 자동차를 잃어버리거나 큰 사고를 대비하여 슈퍼보험을 들려면 보험료를 더 내야 하는데 어떻게 할 것인지 물었다. 우리는 예전에 독일과 스페인에서 렌터카를 이용할 때 슈퍼보험을 들었으나 사고가 나지 않으니 별로 효용성이 없었던 것이 생각나 이번에는 그냥 일반 보험으로 하기로 했다.

준비된 서류들과 모든 설명이 끝난 후에 자동차 열쇠와 그린 카드라 하면서 초록색으로 생긴 자동차 등록증을 우리게 내어 주며 자동차 있는 곳으로 안내했다. 도로 앞에서 주차된 검은 승용차가 우리의 차였다. 그는 간단한 점검 이후 잘 다녀오라며 차를 인계해주었다. 트렁크에 캐리어를 싣고 작은 배낭은 뒷좌석에 던져 넣고는 앞문을 열고 들어가 운전석에 앉았다.

"이 차가 앞으로 우리를 태우고 발칸 반도를 누빌 승용차구나."

괜스레 새 차가 생긴 기분, 설렘과 벅참이 차 안에 감돌았다. 조수석에 앉은 아내는 오늘 먼저 들려야 하는 '바라쥬딘'을 목적지로 입력했다. 내비게이션은 맨 먼저 안내할 언어를 선택한다. 한국어로 선택하고 목적지를 입력하면 되는데 물론 입력은 영어 문자로 하도록 되어 있다. 그런데 도시를 입력하기 위해 그에 앞서 해당된 나라 이름을 입력해야 한다. 오늘 가야 할 곳이 크로아티아의 '바라쥬딘'이기 때문에 국가명 입력란에 크로아티아를 넣어야 하는데 아무리 찾아도 크로아티아라는 나라가 없다. 찾으면서 알게 된 사실이지만 크로아티아는 크로아티아 사람들이 'Hrvatska'라고 부른다고 한다. 따라서 'Hrvatska'를 입력해야 되는 것을 몰라 한참 헤맨 것이다. 나라 이름도 제대로 모르면서 여행하고 있었으니 한심하다는 생각에 잠시 부끄러웠다. 그리고 도시명과 이미 조사하여 만들어 온 가이드북에 적혀 있는 정확한 주소를 집어넣음으로써 내비게이션 세팅이 완료되었다.

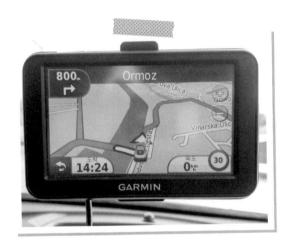

차를 움직이려는데 기어의 스틱 형태도 다른데다 타지의 도로에서 자동차를 운전하려니 출발하면서부터 면허를 처음 딴 초보 운전자처럼 어색하기 그지없다. 기어를 변속할 때마다 클러치를 밟아야 되는 발놀림도 어색하고, 출발할 때에도 자동차가 부드럽지 못하고 덜컹하면서 움직이게 되는 등 여간 어설픈 게 아니다. 그래도 기억을 더듬어 스틱 기어에 점점 익숙해지려 노력하면서 겨우 도로에 진입했다.

도로 사정 또한 운전하기에 만만치가 않다. 일단 중앙선이 황색으로 되어 있지 않고 중앙선이든 차선 분리선이든 모두 하얀색으로 되어 있어 자꾸 헷갈린다. 그리고 횡단보도에서는 보행자가 우선이다. 보행자는 주위를 살피지도 않고 횡단보도에 들어서서 앞만 보고 건너는 것 같다. 차량들은 보행자가 나타나면 4~5m 전에서부터 정지하고 보행자가 건너길 기다려야 한다. 보행자가 차량을 잘 살피며 조심해서 건너는 우리나라 교통문화에 익숙해져 있는 나는 때때로 나도 모르게 우리 문화대로 횡단보도를 성급히 지나려다가 깜짝 놀라곤 한다. 이 나라의 교통 문화를 알면서도 습관 때문에 잘 지켜지지 않는 것이다.

　그리고 우리나라와 일부 다른 교통 신호 체계 때문에 곤혹을 치른다. 우리나라는 직진과 좌회전 신호가 있고 우회전 차량은 보행자를 유의하여 신호없이 우회전하면 된다. 그런데 유럽 나라들은 직진은 신호를 따르되, 좌회전 신호가 따로 없다. 좌회전 차량들은 직진 신호 때에 왼쪽 차선에 차량을 정지시키고 깜박이등을 켠 채 대기하다가 앞 도로에서 전진하는 차량이 없는 적당한 시기에 비보호로 좌회전해야 한다. 그리고 우회전 차량은 반드시 우회전 신호에 따라야 하는 것이 우리와 크게 다른 교통 신호 문화이다.

　이처럼 다른 신호 체계를 알면서도 실제 운전에서는 좌회전하려면서 나오지 않는 신호를 기다리느라 좌회전 시기를 놓치거나 우회전을 신호도 나오지 않았는데 임의로 우회전하려 하는 등 습관에 따라 잘못 운전하는 실수가 빈번히 나타나 시내 운전이 극히 조심스러웠다. 이와 같이 익숙하지 않은 기어 변속에다 다른 교통문화와 신호 체계까지 신경을 곤두세워야 하니 운전이 여간 힘든 것이 아니다. 겨우 시내를 빠져나가면서 생각하기를, 아내보다 더 최근에 스틱 기어를 다루어 본 나도 이렇게 어색한데 더 일찍 스틱 기어에서 손을 뗀 아내가 이 같은 곳에서 운전할 수 있을까. 어렵겠구나. 아내와 번갈아 가면서 운전하려 했던 야무진 꿈을 접고 발칸반도에서의 2,000여km나 되는 거리의 운전의 고난은 시작되었다.

웬만큼 자동차와 도로 상태에 익숙해지는 사이에 자동차는 시내를 벗어나 시골 마을이 보이는 도로를 달리고 있었다. 농촌 마을의 집들은 천편일률적으로 같은 모양이다. 붉은 지붕에 하얀 벽면. 그리고 마을의 모습은 겉보기에도 잘 사는 마을이다. 자동차가 달리면서 점점 시골 깊숙이 들어가는데도 집들은 깨끗하고 반듯한 모양이며 삶의 질이 예사롭지 않게 보인다. 운전하는 내내 이들의 부유한 농촌 모습에 감탄사를 연발했다. 깨끗한 외관에 집집마다 건물 외벽엔 꽃 화분을 걸고 여유로운 삶의 모습이다. 우리네 시골과 비교되어 질투가 날 정도다.

한참 감탄을 하다 보니 고속도로에 진입했다. 따가운 햇살에 운전하려니 운전대를 잡은 팔이 그을러 걱정스럽다. 그런데 아내가 가방을 뒤지더니 팔에 끼우는 햇빛 가리개 토시를 내어준다. 살갗이 타고 따가운 여름 햇볕을 피하는 토시는 유럽 사람들은 사용하지 않으므로 이곳에서는 구입하기도 어려운 물건이다. 이것까지 어떻게 알고 챙겨왔는지를 물었더니 아내는 "내가 누굽니까? 여행이 하루 이틀이에요?" 하면서 가져온 물건이 유익하게 쓰인듯하여 매우 뿌듯해 한다.

차창 밖으로 들판에 키가 큰 옥수수 대가 빼곡히 들어찬 옥수수밭과 해바라기가 무성히 심어진 해바라기밭도 가끔씩 눈에 들어온다. 1시간 반을 달렸을까 고속도로 톨게이트가 나오고 우리나라처럼 창문을 열고 요금소 직원에게 고속도로 통행료를 지불했다.

한 편의 동화 속으로, 바라쥬딘

　바라쥬딘에 도착했다. 시골이긴 하지만 현대식 건물들이 많고 도로 옆으로 편의시설들이 갖추어진 작은 도시이다. 오른쪽 차창 밖으로 고성古城의 모습이 보이고 주차를 하기 위해 한참을 두리번거렸지만 주차장을 발견할 수 없었다. 마침 도로 옆으로 지나가는 주민이 있어 차를 세우고 물었다.

　"바라쥬딘 성에 가고 싶은데 입구가 어느 쪽이며 주차는 어디에 해야 하나요?"
　"입구는 바로 저쪽이에요. 주차는 이 주차된 차량들처럼 도로 가에 하시면 됩니다. 입구 쪽에 가시면 주차 티켓 발매기가 있어요."

　그렇구나. 그래서 도로 한쪽 옆에는 주차선이 쭈욱 그려져 있고 차량들이 줄지어 주차되어 있었구나. 우리도 빈 주차공간을 찾아서 차를 주차하고 주차 티켓 발매기를 찾아 나섰다. 성으로 들어가는 입구에서 주차 티켓 자동 발매기를 찾았다. 그런데 설명이 모두 크로아티아어로 되어 있어서 무슨 말인지 도저히 알 수가 없다. 한적한 시골이라 지나는 사람도 없어 그저 난감하다. 그러나 어쩔 것인가. 어떻게든 주차 티켓을 발매해야 한다.

아내와 나는 머리를 맞대고 발매기 앞에서 '1시간에 5kn'이라고 적힌 문구를 찾아내고는 5kn을 넣으니 딸그락거리며 발매기가 작동하고 티켓 발행구로 영수증처럼 얇은 티켓이 나왔다. 그리고 그 티켓에는 현재시간 12:48과 1시간 후의 시간 13:48이 적혀 있는 것이다. 이 티켓은 앞으로 1시간 동안의 주차를 허용하는 것이므로 이 티켓을 주차된 차량의 실내 앞쪽에 올려놓아야 한다는 것은 이미 유럽 여행에서 주차할 때 겪어보았기에 잘 알고 있었다.

실내 앞쪽에 올려놓으면 주차료 검사요원이 밖에서 앞유리를 통해 이 주차 티켓의 시간을 확인하고는 이 주차된 차량은 주차료를 지불한 것을 알 수 있어 견인에서 제외된다는 것이다.

이렇게 주차를 하고 나서야 주차 티켓 발매기 옆의 작은 길로 고성에 입장할 수 있었다. 들어가는 입구에서 읍내 쪽으로 바라보니 커다란 성당이 오래된 모습으로 우뚝 솟아 있다. 첨탑 중앙에는 어김없이 종이 매달려 있고 곧 성당의 종소리가 울릴 것만 같다. 고성의 입구는 잔디가 잘 조성된 구릉을 끼고 옆으로 나 있는 포장되지 않은 한적하고 조용한 오솔길이었다.

우리가 걷는 옆으로 동네 아주머니 한 분이 자전거를 타고 휘익 지나간다. 5분 정도 걸어 들어가니 작고 아름다운 고성이 눈에 들어온다. 성의 전경이 마치 동화 속에 그려진 그림처럼 아담하고 예쁘다. 성으로 이어지는 작은 오솔길에는 금방이라도 성에 사는 어린 공주가 걸어 나올 것만 같다. 13세기에 요새로 세운 이 성은 현재 시립박물관으로 운영되고 있다고 한다.

성의 아름다운 모습에 취해 있을 때 성을 구경하고 나오는 외국인 여행객 한 명이 우리게 말을 걸어왔다.

"어디서 오셨습니까?"

"한국에서 왔습니다."

"아 그렇군요. 저는 이탈리아에서 왔습니다."

"혼자 여행하시는 건가요?"

"네. 혼자입니다. 이 성이 참 아름답군요."

"그렇습니다. 반갑네요. 우리도 10여 년 전에 이탈리아에 여행한 적이 있답니다."

"그래요? 어디를 다녀가셨나요?"

"로마, 두오모, 피렌체, 나폴리, 베네치아 등."

"그러셨군요. 저도 여행을 좋아하는데 언젠가 한국에 가고 싶습니다."

"꼭 그렇게 되기를 빕니다. 한국도 참 아름다운 나라거든요."

그 사람도 우리처럼 여행하면서 좀처럼 남들과 얘기할 시간이 없이 돌아다니다가 이야기할 누군가를 만나니 반가웠나 보다. 한참 이야기꽃을 피우다 헤어졌다. 그는 바라쥬딘의 구 시가지를 구경하기 위해 마을 한가운데 큰 느티나무가 서 있는 쪽으로 갔고, 우리는 아쉽게도 다음 지역으로 이동해야 하는 일정이 빠듯하여 구 시가지를 돌아보지 못하고 오던 길로 돌아 나와야 했다.

자동차로 떠나는 발칸반도 여행

끝없이 펼쳐진 포도밭 대평원, 예루살렘

바라쥬딘을 나와 예루살렘으로 가기 위해 20여 분을 달리니 조그만 강이 보였다. 그리 크지 않은 다리를 건너, 막 왼쪽으로 돌아나가려는 순간 국경 사무소가 나타났다. 톨게이트처럼 생긴 작은 국경 사무실 앞에 서 있는 경찰관이 여권과 자동차의 여권에 해당하는 그린카드를 요구했다. 여권을 받아든 그는 여권을 사무실에 넣어 주니 사무실 직원은 검사를 마치고 여권에 출국 스탬프를 찍어 되돌려 주었다. 그리고 다시 차를 몰아 상징적인 국경을 건너고 나니 5m 정도 떨어져 있는 바로 옆의 사무실에서 또 여권을 요구한다. 이곳은 슬로베니아 입국 사무소인 것이다. 이곳에서 입국 수속을 마치고 여권을 돌려받고서야 우리는 슬로베니아 땅으로 들어오는 것이 허락되었다. 이렇게 국경 통과하는 출입국 절차가 모두 끝나기까지 총 7분밖에 걸리지 않았다.

지난 겨울 중남미 여행 때 과테말라 입국사무소에서의 있지도 않은 입국세를 달라고 생떼를 쓰던 직원들의 공공연한 부패행위와 그들의 고압적인 자세로 여행객들이 불편해하는 후진국들의 국경에서의 기억이 떠올라서 국경을 넘는다는 것은 늘 긴장되고 복잡한 수속을 거쳐야 한다는 인식이 되어 있는데 이처럼 간단히 마무리되는 절차가 오히려 어색할 정도였다.

국경을 지나 농촌 들녘을 사이에 두고 나 있는 좁은 자동차 도로를 달렸다. 포도 와이너리로 유명한 예루살렘 지역을 찾아가는 것이다. 시골 길처럼 생긴 도로를 30여 분을 달렸을까 언덕 위에 올라서니 차량을 20여 대쯤 주차할 수 있는 주차장이 나오고 깃대에 예루살렘이라고 쓰인 깃발이 휘날린다. 좀더 살펴보니 길 건너 쪽에 커다란 건물이 보였다. 차를 세우고 들어가 보니 관광객을 위한 호텔이었다. 호텔 사방에는 드넓은 포도밭이 끝없이 펼쳐져 있었고, 언덕 한쪽에는 도로를 따라 파란 하늘을 배경으로 미루나무 수십 그루가 줄지어 늘어서 있는 풍경이 마치 그림엽서처럼 아름다웠다.

이 지역의 포도밭 옆에 지어진 농가들은 하나같이 부티가 흐른다. 예쁘
게 지어진 집에 고궁의 정원처럼 잘 꾸며진 정원이 갖추어진 농가. 이곳 또
한 농촌 사람들의 풍요로운 삶의 모습을 느끼기에 충분했다.

자동차로 떠나는 발칸반도 여행

📍 프투이를 거쳐 마리보르까지

이제 마리보르를 가기 전에 오래된 도시 프투이를 찾아 나섰다. 1시간을 더 달려 프투이에 도착했다. 프투이는 슬로베니아 북동부에 위치한 도시로 약 25,000명의 인구가 살고 있는 도시이다. 석기 시대부터 사람이 산 흔적이 있어 슬로베니아에서 가장 오래된 도시로 여겨지고 있으며, 철기 시대 후반부터 켈트인이 살았다. 기원전 1세기 로마 제국의 속주가 되었고 1555년 슈타이어마르크 공화국의 영지가 되었다. 1945년 이후부터 슬로베니아인이 시 전체 인구의 다수를 차지하고 있는 도시이다.

차에서 내리니 바람이 세고 하늘엔 구름이 잔뜩 끼어 곧 비가 쏟아질 것만 같다. 프투이는 큰 드라바 강을 끼고 강 너머에 구 시가지가 조성되어 있는데 프투이로 들어가는 큰 다리는 차량 통행이 금지되어 있다. 드라바 강에 비치는 프투이 구 시가지의 반영은 아름답기로 유명한데 오늘은 날씨가 좋지 않아 반영을 볼 수 없어 아쉽다. 저렇게 예쁜 시가지의 모습이 강에 반영되어 비치는 그야말로 그 멋진 풍경을 사진에 담지 못하고 돌아간다는 아쉬움이 머리를 떠나지 않는다.

"와. 예쁘네. 저 시가지가 강물에 반영되면 얼마나 아름다울까. 왜 하필 오늘 날씨가 이래서 그 멋진 풍경을 사진에 담을 수 없는 거야." 했더니 아내는 "원하는 대로 다 할 수 있나요?" 하며 아쉽지만 포기할 줄도 알아야 한다는 식으로 대답한다. 맞다. 하고 싶은 대로 다 하고 살 수는 없는 것이다. 사진은 못 찍었지만 경치를 볼 수 있는 것만으로도 다행스럽게 여기라는 의미의 위로인 것이다.

프투이 또한 짧은 일정 때문에 구 시가지에 들어가 보지 못하고 마리보르를 향해 출발했다. 이렇게 입구에서 돌아온다 생각하니 여러 곳을 돌아보기 위해 빡빡하게 일정을 잡은 여행 계획이 아쉽게 느껴진다. 하지만 여

자동차로 떠나는 발칸반도 여행

행할 때마다 그런 고민을 안고 계획하게 마련이다. 다시 또 와볼 수 없는 지역인데 한곳이라도 더 가보고 싶은 욕심과 한 곳을 더 자세하게 들여다 보고 싶은 마음과의 갈등은 어떤 식으로든 결말이 나지 않는 평행선이다. 프투이를 떠나 한참을 달리는데 톨게이트가 없이 일반 도로와 이어져 지금 달리는 도로가 고속도로인지를 모르는 사이에 우리는 고속도로에 진입해 있었다.

"여보, 고속도로 아니에요?" 하고 아내가 묻는다.
"이정표를 보니까 그런 것 같네. 언제 들어왔지? 톨게이트 통과도 않고"
했더니 아내는 이미 슬로베니아의 고속도로 이용 방법을 파악하여 알고 있었다.

　슬로베니아는 고속도로 통행료 지불 방법이 다소 특이했다. 고속도로 휴게소에 들러 '비넷'이라는 통행권을 구입해 유리창 앞면에 보이도록 놓고 고속도로를 주행해야 하는 것이어서 따로 통행료를 받는 톨게이트가 존재하지 않는단다. 우리는 나타나는 첫 번째 휴게소로 들어갔다. 휴게소 내의 편의점에서 15유로를 내고 1주일 통행권 '비넷'을 구입해 차량 앞쪽에 비치했다. 여기서부터는 슬로베니아의 화폐로 유로를 사용한다. 비넷을 비치한 우리는 다시 고속도로로 나갔다. 그리고 또 톨게이트 없이 고속도로를 빠져나와 목적지 마리보르 시내로 들어섰다. 좌충우돌 낯선 새로운 나라의 문화를 하나둘 알아가면서 날은 어두워지고 어느새 오늘의 종착지 마리보르에 도착한 것이다. 숙소에 도착하여 주차장에 주차하고 차에서 내리자마자 또 다시 소나기가 세차게 퍼붓는다.

마리보르에서 묵을 숙소는 유스호스텔이다. 방이 2인실인데 침대와 책상, 옷장이 대칭적으로 1개씩 따로 나뉘어져 놓여 있다. 유스호스텔이어서 입소자 2인이 균등하게 1개씩 자기 영역을 사용할 수 있도록 구성된 것이다. 같은 방에 취사실과 욕실이 딸린 아주 깨끗한 방이다. 천장엔 창문이 달려 있고 투명하여 가리개를 걷으면 햇빛도 직접 받을 수 있는 특이한 구조인데 작은 방이지만 수납공간도 많고 참 좋다.

오늘은 여행 일정이 많았음인지 숙소에 들어오는 시간도 늦었기에 라면으로 허기를 면하고 바로 잠자리에 들었다. 천장에 달린 창문 위로 '두두둑' 하고 소나기 내리는 소리가 요란하다. 내일은 마리보르 구 시가지의 아름다운 모습을 보아야 한다. 비가 그쳐야 할 텐데 걱정이다. 그러나 변덕이 심한 이곳의 날씨 형태를 잘 알기에 분명 좋아질 것이라는 강한 기대와 기도로 잠자리에 들었다.

5 일차
마리보르 Maribor

마리보르에서 프투이를 거쳐 류블랴나까지

2시간 11분
178 km

©Google Maps

⚲ 드라바 강에 비친 올드타운의 반영에 빠지다

아침이면 습관처럼 눈을 뜨고는 날씨를 확인한다. 여행에는 날씨가 관건이고 나처럼 사진을 찍고자 할 때에는 날씨에 따라 그날의 소득이 크게 달라지기 때문이다. 이 숙소는 특이하게 천장에 창문이 달려 있다. 창문을 열어 고개를 내밀고 하늘을 본다. 어제 내리던 비는 멎었고 얇은 구름 사이로 달과 별빛이 보인다. 날이 새면서 맑았으면 좋겠다. 갑자기 덜컹거리며 기차 지나가는 소리가 정적을 깨운다. 첫 기차인가 보다. 이렇게 마리보르에서의 새로운 아침이 밝았다.

아침 식사를 마치고 짐을 꾸려 체크아웃하고 주차장으로 나왔다. 비가 그치고 맑게 개었다. 하늘은 구름 한 점 없이 파랗다. 내 기도가 또 한 번 하늘에 닿은 모양이다. 드라바 강가의 멋진 마리보르의 풍경이 눈앞에 아른거리며 벌써부터 마음이 설렌다. 차를 움직여서 다시 구경을 하러 나왔다.

오래된 나무들이 빽빽하게 들어선 푸른 초지의 넓은 시민공원을 지난다. 아침 공기가 맑아 산책하면 신선한 공기에 몰입되어 산소가 펑펑 쏟아질 것 같은 장소다. 공원 안에는 아침 청소를 하는 환경미화원의 손놀림이 분주하고 잔디 위의 벤치에는 신문을 읽으며 한가하게 아침을 맞는 시민들의 모습이 평화롭다.

마리보르는 스타예르스카 지역의 주도이며 슬로베니아의 제2의 큰 도시로 12만 명의 인구가 살고 있는 곳이다. 보통 슬로베니아가 옛 동구권 국가라고 해서 못 사는 나라로 착각하는 경우가 많은데, 슬로베니아의 1인당 국민소득은 우리나라와 비슷하다. 이번 여행 중 보아온 것만으로도 그들의 생활이 여유로움을 격하게 느낄 수 있다.

오늘은 드라바 강 유역에 조성된 구 시가지를 가 보기로 했다. 강변에는 둥근 원통형 지붕으로 된 건물이 이색적이고 그 아래로 백조들이 유유히

떠다니며 노니는 모습이 한 폭의 그림같이 아름답다. 이 탑은 Water Tower 인데 터키의 침략을 방어하기 위해 1555년에 지어진 요새이다. 후기 르네 상스 형식으로 지어졌고 지붕이 5각형으로 이루어진 이 건축물을 아내는 무척 좋아한다.

조금 전에 차를 타고 건너온 다리 위로 다시 올라갔다. 다리 위에서 강에 반영된 구 시가지의 모습을 보고 싶었기 때문이다. 다리의 중앙은 차도이고 양옆으로는 인도인데 아침이어서 출근하는 시민들이 인도로 바삐 움직인다. 자전거를 타고 이동하는 사람들도 많다.

다리를 중심으로 좌우로 펼쳐진 붉은색 지붕과 독특한 옛 건축물들이 줄지어 선 구 시가지 모습이 드라바 강에 반영되어 비친다. 푸른 하늘과 강에 비친 구 시가지의 붉은 지붕으로 된 건물들의 반영. 그야말로 환상적이다. 시가지의 모습이 마치 거울에 비친 것처럼 강물에 반영된 모습에 아내와 나는 감탄사만 연발하며 말을 잇지 못했다. 우리 부부는 이 아름다운 장면을 담으려고 연신 카메라의 셔터를 눌러댔다.

촬영하며 다리를 따라 걸어오다가 다리 끝에서 유명하다고 소문난 아이스크림 가게를 만났다. 아이의 손을 잡고 온 엄마, 서로의 손을 꼭 잡은 연인들, 자전거로 운동하다 들른 젊은 청년 등 명성만큼이나 아이스크림을 사려는 사람들로 문전성시를 이룬다. 우리도 뜨거운 태양이 내리쬐는 다리 위를 걷느라 지친 더위를 식히기 위해 달콤한 딸기 아이스크림을 하나씩 사서 먹었다. 명성만큼 특별한 걸까. 더위 때문일까. 입안에서 살살 녹는 맛이 최고였다.

다시 다리를 건너서 시가지로 가보기로 한다. 다리 끝 부분에는 다리 아래로 내려가는 계단이 있었다. 계단을 내려가자 카페와 음식점들이 줄지어 있고 이어서 Old Vine House가 있다. 건물의 1층과 2층 경계 부분을 일직선으로 덮고 있는 넝쿨 식물은 얼핏 담쟁이 넝쿨처럼 보이지만 세계에서

제일 오래된 포도나무라고 한다. 하나의 포도나무가 400년의 세월을 보내면서 이 2층 건물의 벽을 온통 짙은 녹색으로 물들여 놓고 있는데, 이 나무는 제일 오래된 포도나무로 기네스북에도 올라 있으며 넝쿨에는 아직까지도 포도 열매가 주렁주렁 매달려 있다. 포도넝쿨이 감싸고 있는 이 건물은 지금은 포도주 박물관으로 쓰이고 있다.

　강을 따라 조금 더 걸어 올라가다 또 다른 요새인 Judgement Tower를 만난다. 이 또한 마리보르를 방어하기 위해 건설된 탑이다. 14세기 초에 처음 지어졌다가 1540년에 재건축이 되면서 원뿔 모양의 지붕 형태를 지녔었는데 17세기에 화재에 의해 완전히 소실되었다가 그 후 여러 번의 증축을 거쳐 지금에 이른 것이다. 이 탑 건너편에는 강가에 한그루의 큰 나무가 서 있고 그 나무 그늘 아래의 벤치에 앉아서 하염없이 흘러가는 강물을 바라보며 휴식을 취하는 노인의 모습은 마냥 평화롭다.

　이제 이 탑을 끼고 올라 시가지 안으로 들어갈 차례다. 계단을 타고 오르다 온통 노란색으로 칠해진 건물에 문이 판자를 붙여 만들어진 독특한 건물을 발견한다. 파란 하늘을 배경으로 건물을 사진에 담으니 마술사의 집 같은 이색적인 모습이 연출되었다.

　구 시가지 안으로 들어서자 중앙 광장인 Glavni 광장이 나타난다. 한쪽에는 제일 큰 건물인 시청사가 자리하고 있으며 광장의 한가운데에는 Plague Column이 우뚝 서 있다. 마리보르에서 가장 아름다운 이 탑은 1680년에서 1681년 사이에 이곳 주민 1/3의 목숨을 앗아간 흑사병을 퇴치한 기념으로 1743년에 지금의 모습으로 세워졌다. 하얀 옷을 입은 성인 6명의 보호를 받으며 황금색 옷을 입은 마리아가 8m 높이의 꼭대기에 서 있는 이 기둥은 마리보르의 메인 광장인 Glavni 광장을 더 돋보이게 한다.

젊은이들이 카페에서 한가롭게 차를 마시며 즐기는 골목길을 지나 마리보르 대성당에 이른다. 마리보르 성당은 1248년에 처음으로 지어질 때는 하나의 중앙통로와 2개의 측면 통로가 있는 로마네스크 바실리카 양식이었으나 15세기에 들어서서 지금의 모습인 고딕양식으로 바뀌었다. 그 뒤 16세기와 18세기에는 바로크 양식의 작은 예배당이 건축되었다. 내부에는 화려하게 치장한 제단이 있는데 이 제단에서 나오는 빛으로 성당 내부를 훤하게 비추고 있다. 또한 1999년의 요한 바오르 2세의 슬로베니아 방문을 기념하기 위해 만들어진 스테인드글라스가 볼만하다. 성당의 첨탑에 오르니 시내 전경이 내려다보이고 성 프란치스칸 성당과 마리보르 옛 성도 한눈에 들어온다. 저 멀리 알프스 자락도 보이고 오른쪽으로는 언덕 위에 Piramida 지역의 넓은 포도밭이 초록색으로 또렷이 보인다.

　성당에서 조금 더 걸어 내려오니 우리가 여태 보아온 성들과는 다른 모습을 하고 있어 성이라기보다는 호화로운 정부 기관 빌딩 같아 보이는 마리보르 성을 만났다. 이 성은 원래 1555년에 고딕양식으로 지어진 귀족의 저택이었으나 많은 리모델링을 거쳐왔다. 17세기에는 서쪽의 파사드와 함께 르네상스 양식의 요새들이 증축되었고 18세기에는 현재의 계단이 설치되었다. 지금은 마리보르 지역의 예술품들을 소장하고 있는 박물관으로 사용되고 있다.

　성을 지나면 자유의 광장에 거대한 공 모양의 독립 기념탑이 있다. 이 탑은 2차 세계대전 중에 나찌의 점령에 대해 반대하다가 그들에게 총살된 사람들을 기리는 탑으로 1975년에 청동으로 제작되었다. 이 기념비에는 독일 군인들에게 사형을 당한 667명의 명단이 새겨져 있어 그들의 우울한 역사는 마음을 아프게 했다. 그런데도 재미있는 것은 이 지역사람들이 그 탑의 모양을 빗대어 '대머리'라는 별명을 붙여서 부른다고 한다.

자유의 광장에서 드라바 강 쪽으로 내려오니 아침에 주차했던 주차장이
나온다. 우리가 구 시가지를 한 바퀴 돌아 제자리로 돌아온 것이다. 오후 1
시가 다 되었다. 다행히 그늘에 주차하여 자동차는 햇볕에 덜 달구어졌다.
자동차 문을 열어 내부의 더위를 식히면서 자동차 안에 넣어 두었던 주차
티켓을 꺼내어 주차요금 4유로를 지불하고 주차장을 빠져나왔다.

류블랴나로 출발하기 직전, 우리는 고민에 빠졌다. 다음 가야 할 목적지
는 류블랴나인데 가는 도중에 어제 들렀으나 비가 올 것 같은 하늘에 쾌청
한 모습을 보지 못했던 프투이를 다시 들러 갈 것인가, 말 것인가 하고 갈
등하게 된 것이다. 우리는 점심시간을 아껴서 프투이를 둘러보고 나오는 것
으로 흔쾌히 결정하고 우리는 마리보르를 떠났다. 여행 중 가끔씩 계획되
지 않은 일정을 꾸려야 하는 경우가 생긴다. 자유여행에서만 할 수 있는 고
민이다. 여행이라는 것이 목적지에 도달하기 위한 것만이 전부는 아니다.
여행을 계획하고 수정하는 것 또한 여행일 터이니 목적지와 경유지를 고민
하고 수정하는 절차는 늘 여행의 즐거움이리라.

♀ 두 번이나 찾은, 프투이

자동차는 얼마 지나지 않아 프투이에 도착했다. 어제 들렀던 곳이라 지리가 매우 익숙하다. 오늘도 도로 한편에 주차하고 차에서 내려 다리 위로 올라갔다. 프투이 구 시가지 모습이 한눈에 들어온다. 파란 하늘 아래 눈부시도록 아름답게 펼쳐진 프투이의 구 시가지가 짙푸른 드라바 강물 위로 반영된 모습을 사진에 담는다. 이곳 프투이는 패키지 여행에서는 좀처럼 안내하지 않는 곳이어서 이처럼 아름다운 장면을 눈에 담고 사진에 남길 수 있는 여행을 할 수 있는 건 자유여행이 준 선물이라는 생각이 들었다.

한참을 달리다 또 고속도로로 진입했다. 태양이 뜨겁게 내리쬔다. 배낭에서 토시를 꺼내 팔에 끼웠다. 장시간 운전하며 뜨거운 태양을 직접 받으며 운전대를 잡고 있어야 하는 팔목을 보호하기 위해 토시를 챙겨 온 아내가 계속 고맙게 느껴진다. 고속도로를 달리다 보면 표지판에 'P'라고 적힌 쉼터를 만나게 된다. 이곳에 들어가면 차를 주차할 수 있는 작은 주차장이 있으며, 인근 숲 속에는 식탁이 딸린 벤치가 한두 개씩 놓여 있다. 땅덩어리가 넓은 유럽에서는 장시간 운전하는 여행객이나 물류를 수송하는 트럭들이 심심치 않게 보인다. 따라서 장시간 운전하는 사람들이 직접 준비해 온 도시락을 펼쳐놓고 먹을 수 있도록 만들어 놓은 편의시설이 곳곳에 있다. 쉼터의 크기에 따라서 화장실이나 편의 시설이 갖추어진 곳도 있으며 그렇지 않고 주차시설만 되어 있는 곳도 있다. 사람들은 이곳에서 식사도 하지만 장시간 운전의 피로를 풀며 잠시 휴식을 취하다 가기도 한다.

잠시 쉬고, 우리는 다시 고속도로에 들어 뜨겁게 내리쬐는 여름의 강렬한 햇빛을 온몸으로 받아내며 제한속도 130km인 고속도로를 신나게 달린다. 기껏해야 110km가 최고속도인 우리나라 도로와 달리 20km의 속도 차이가 크게 느껴진다. 쌩쌩 바람 소리를 내며 달리는 자동차들의 흐름을 따라 시원하게 달리면서 얼마 지나지 않아 류블랴나 시내에 들어섰다.

시내 주행은 항상 긴장되었다. 보행자 우선, 보행자 우선, 계속 되뇌어도 생각처럼 습관이 잘 고쳐지지 않았다. 그리고 교차로에서 차량이 서로 마주쳐 어느 차가 먼저 가야 할지 망설이는 경우에 맞닥뜨릴 때면 앞쪽 차량이 전조등을 깜박이는 경우가 있다. 이는 나더러 먼저 가라는 신호인 것이다. 우리나라에서는 전조등을 깜박이는 경우는 자기 차량이 먼저 가겠다는 신호인데 이 또한 우리나라와 다른 문화여서 조심해야 한다.

이렇게 초보운전자처럼 점점 시내 운전에 익숙해지면서 류블랴나 숙소에

자동차로 떠나는 발칸반도 여행

도착했다. 숙소는 시내 도로 바로 옆에 위치한 5층짜리 아파트였다. 3층에 위치한 숙소는 세탁기까지 갖추어져 있는 꽤 넓은 아파트였다. 다만 에어컨이 없어 더위를 식히기에는 좀 아쉬웠다. 숙소 주인은 취사도구와 숙박도구가 든 서랍장을 열어가며 사용법을 설명하는데 말이 무척이나 빠르다. 그는 내일부터 친구들과 여행을 가야 해서 시내에 없기 때문에 도움을 줄 수 없어 미안하다며 유사시엔 자기 지인에게 전화하면 도움을 줄 것이라며 지인의 전화번호를 남기고 숙소를 나갔다. 우리는 숙소 주인이 어디론가 여행 가려고 마음이 바쁜지 말까지 빠르다며 웃어넘겼다.

숙소에 짐을 풀고 이때다 싶어 모아둔 빨래를 모조리 세탁기에 집어넣고 빨래를 했다. 빨래는 했는데 건조대가 없어 방 이곳저곳에 빨래를 널어야 했다. 오늘 저녁과 내일 시내 관광을 하고 들어와 체크아웃하기 전까지는 마를 거라 생각하며 이렇게 빨래만 해 놓고 잠자리에 들어도 마음이 편안하고 좋았다. 어떤 방법으로든 겨우 연명하면서 삶의 형태를 갖추어가며 살아가는 유목민들도 어설픈 삶 속에서지만 이런 행복함이 있었던 건 아닐까.

맛있게 식사를 마치고 밀린 빨래까지 해서인지 오늘 밤은 마음 부자가되어 편안히 잠자리에 든다.

6 ^{일차} 류블랴나, 블레드
Ljubljana, Bled

♀ 슬프고도 •아름다운 류블랴나

유럽의 가운데 이탈리아와 오스트리아, 크로아티아 사이에 위치한 작은 나라, 슬로베니아. 면적은 전라도 크기이지만 1인당 국민소득이 2만 불이 넘는 부국 富國 이다. 제1차 세계대전 후 독립을 선언하지만, 얼마 지나지 않아 제2차 세계대전이 터지고 독일, 이탈리아, 헝가리에 의해 분할 점령되었다. 제2차 세계대전 후 슬로베니아 게릴라군을 이끌었던 티토가 유고연방을 꾸려 대통령이 되었는데 슬로베니아는 티토가 죽은 이후 1991년 독립을 선포하고 지금까지 이르렀다. 이처럼 슬로베니아는 오랫동안 이어져 온 굴곡 많은 슬픈 역사를 간직한 나라다. 오늘은 슬로베니아의 수도, 류블랴나를 여행한다.

류블랴나에서 맞는 아침은 하늘이 구름 한 점 없이 맑고 깨끗했다. 숙소가 시내 중심지와 가까워서 시내 구경을 하고 다시 돌아와 체크아웃하기로 결정했다. 이렇게 하기로 한 첫 번째 이유는 시내로 차를 몰고 가기엔 주차가 마땅치 않고, 둘째는 어제 해놓은 빨래가 마를 시간을 확보하기 위해서, 그리고 마지막은 숙소에서 식사를 해결하여 식비를 절약하기 위한 것이다. 조금 비싸더라도 숙소를 여행지의 중심 인근에 얻는 것은 불필요한 경비와 시간을 절약할 수 있는 하나의 팁이다.

제일 먼저 시민들의 중심지인 프레세렌 광장에 들어섰다. 이른 아침이라 반바지 차림에 조깅을 하는 시민들이 많다. 광장 인근에는 독특한 복장을 한 엔터테이너들이 공연할 좋은 자리를 잡기 위해 대기하고 있는 광경이 여기저기서 보인다. 광장 중앙에는 슬로베니아의 국민 시인이자 이 광장의 이름이기도 한 프레세렌 동상이 있다. 슬로베니아의 국가를 작사하기도 한 그는 사랑했던 여인 유리아와 신분의 차이로 사랑이 좌절된 이야기로도 유명하다. 광장에 세워진 프레세렌 동상의 시선을 따라가 보면, 그리도 사랑했던 여인 유리아의 조각상도 만날 수 있다. 이처럼 감동적인 순애보로도, 시를 통해 독

자동차로 떠나는 발칸반도 여행

립운동을 펼쳤던 독립 운동가로도 유명한 프레세렌의 이름을 딴 광장이 류블랴나 여행의 중심지에 위치하고 있다는 것은 당연한 것일지 모른다.

▲ 이 광장의 이름이 된 프레세렌의 동상
▼ 프레세렌이 사랑한 여인 유리아의 조각상이 붙어 있는 집

프레세렌 광장은 류블랴나 시민들의 휴식처이자 만남의 장소로 사랑받고 있다. 광장에 있노라니 시간이 지날수록 사람들이 점점 모여들어 발 디딜 틈 없이 북적였다. 광장 주변엔 다양한 건축 양식으로 지어진 건물들이 있고 광장 전면에는 프란치스칸 교회가 우뚝 서 있다. 프란치스칸 교회는 17세기에 지은 바로크 양식의 건축물로 유명하다. 이 광장은 우리나라에서 최근 방영된 어느 방송국의 드라마 촬영지로 더 잘 알려져 있어 이 교회 모습 또한 한국인들의 눈에 익숙하다.

이어서 류블랴나 시의 상징인 용 조각상이 세워져 있는 다리를 건넜다. 류블랴나의 상징인 용상이 세워져 있어 '용의 다리'라고 불리는 이 다리는 1901년에 원래 목조 다리로 건설되었던 것을 재건하면서 지금과 같은 모습이 되었다. 다리의 네 귀퉁이에는 용이 한 마리씩 있다. 날개부터 꼬리까지 섬세하게 조각된 용은 류블랴나를 대표하는 이미지로 많이 등장하기도 한다. 이 다리는 슬로베니아에서 아스팔트를 사용한 최초의 다리이고, 유럽 최초의 철근 콘크리트 다리로도 역사적 가치를 갖고 있다.

다리를 건너 조금 올라가니 메사르트나 광장이 나온다. 그곳에는 류블랴나의 손꼽히는 바로크 건축물인 로바 분수가 있다. 조각가이자 건축가인 프란세스코 로바에 의해 1743년과 1761년 사이에 건축되었다. 여기에서 바라보는 르네상스 양식의 류블랴나 시청도 장관이다. 로바는 베네치아에서 태어났으나 그의 대부분의 일생을 류블랴나에서 보냈다. 로마의 분수 형식을 본따서 만든 이 분수가 류블랴나에서 로바의 마지막 작품이라 한다. 이 작품을 하는 동안 아주 가난해진 그는 작품을 끝내자마자 자그레브로 가버렸기 때문이다.

13세기 로마네스크 양식의 목조로 지어진 성 니콜라스 성당을 지나서 류블랴나 최대의 노천 시장이 열리는 보든코브 광장에 이르렀다. 채소나 과일, 꽃, 육류 등을 판매하는 상점들이 즐비해 있다. 현지인들은 주로 이곳에서 식료품과 생필품을 구매하고, 여행객들은 기념품을 구입하기 위해 이곳을 찾는다.

광장을 지나 류블랴나 성에 오르기 위해 푸니쿨라 승강장으로 갔다. 이른 아침이어서 아직 운행을 개시하지 않은 터라 10여 분을 기다린 뒤에 매표소에서 각 10유로를 주고 티켓을 끊어 오늘 첫 개시되는 푸니쿨라에 올랐다. 푸니쿨라가 올라갈수록 류블랴나 시내가 한눈에 보인다. 푸니쿨라는 금방 정상에 도착했다. 정상에서 조금 더 올라야 볼 수 있는 류블랴나 성은 11세기에 지어졌는데 감옥, 요새 등으로 쓰였으나 지금은 관광지로 탈바꿈했다. 성 안에는 넓은 공연장과 조명시설이 있어 젊은이들의 락밴드가 괴성을 지르며 음악 공연을 할 것 같은 분위기이다. 한쪽에는 카페가 있고 마당까지 파라솔과 의자로 손님 맞을 준비를 하고 있었고, 온통 현대식 구조물로 가득 차 있었다.

　　　　　　　　　　　　　　　　　　자동차로 떠나는 발칸반도 여행

앞쪽에 우뚝 솟은 전망대에 얼른 올라가고 싶어졌다. 입구에서 다시 티켓을 검사하고 망루에 오를 수 있었다. 좁은 계단이 원을 그리며 위로 오르도록 되어 있다. 계단을 타고 빙글빙글 돌아가며 올라서 망루 정상에 도착하자 류블랴나 시내가 한눈에 들어온다. 성 바로 아래에는 뺑 둘러서 붉은색 지붕들을 한 오래된 건축물들이 늘어선 구 시가지가 보이고 멀리는 고층 건물들이 늘어선 신 시가지도 볼 수 있다. 프란치스칸 교회가 우뚝 선 프레세렌 광장도 찾아볼 수가 있었다.

성이 새로 증축되어 옛 모습은 보이지 않고 다른 용도로 활용되고 있어 덜 매력적이긴 하나 도시의 가장 높은 곳에서 오랜 시간 동안 자리하고 있었다는 사실만으로도 역사적인 장소로서의 느낌을 갖기에 충분했다.

⚲ 절벽 위에 올라앉은 블레드 성

성에서 내려와 숙소로 돌아가는 길은 더위 때문에 무척이나 힘들었다. 숙소에서 점심을 먹은 후 짐을 꾸려서 이제 블레드로 향한다. 11:45에 출발하여 1시간 만에 숙소가 있는 블레드 마을에 도착했다. 마을엔 전형적인 유럽식 가옥들이 빼곡하다. 한적한 시골 동네로 진입하여 차량 한 대가 겨우 지날만한 작은 골목길을 주행하다가 조그만 마당이 보이는 가정집 앞에서 내비게이션이 안내를 마쳤다. 잘 정돈된 울타리 너머로 푸른 잔디가 깔려 있고 베란다 창문마다 빨간색 꽃이 활짝 핀 화분들이 가지런히 놓여 있는 깨끗한 목조 건물이 우리가 묵을 숙소다. 일종의 민박으로서 쿠바의 '까사 Casa'와 비슷한 형식이라 하겠다.

차량을 마당 앞에 주차하려 하자 건장하고 잘생긴 주인 아저씨가 반갑게 맞이했다. 세모 뾰족한 지붕의 유럽풍 가정집과 창가에 예쁘게 핀 화분이 숙소 분위기를 한껏 밝게 고조시킨다. 주인은 목조 계단을 올라가 3층으로 우리를 안내했다. 나무로 만든 계단이어서 걸을 때마다 삐걱삐걱하고 둔탁한 소리를 낸다. 방 앞의 복도에는 의자와 탁자가 놓여 있는 쉼터가 있었다. 고풍스런 가구들로 배치된 넓은 방이 참 아늑하다. 우리 방이 맨 윗층이어서 천장이 높다. 아내는 하얀색 커튼을 걷고 창문을 열어 바깥을 내다보며 탄성을 지른다.

"아, 예쁘네요. 저기 집들 좀 보세요. 이런 곳에서 살면 얼마나 좋을까요."

창 밖으로 보이는 뒷마당에는 과실수들이 심어져 있고, 울타리 너머에 펼쳐진 검은 세모 지붕 또는 붉은 다각형 지붕을 한 유럽풍 가옥들이 숲속에 마을을 이루고 있는 풍경을 보면서 아내는 온통 마음을 빼앗긴 듯했다. 달력에서나 볼 법한 전경을 직접 눈으로 보고 있으니 탄성을 지르기에 충분했다. 여행이 고달프긴 해도 어느 때는 이런 행복감을 주기도 한다.

자동차로 떠나는 발칸반도 여행

짐을 대강 풀어놓고 숙소를 나선다. 날씨가 꽤 덥다. 조금만 걸어도 땀이 흘렀다. 예쁜 집들이 있는 마을의 길을 벗어나는데 아내는 건물들과 골목 길을 잘 보아두라 당부한다. 아닌 게 아니라 골목들이 많고 울타리 모양이 비슷비슷하여 자칫 잘못 들어서면 집 찾느라 고생할 수도 있을 법하다. 우리는 걸으면서 주위를 돌아보며 특징적인 건물을 눈에 담아 숙소로 들어가는 골목을 잘 익혀 두었다.

골목을 벗어나자 큰 도로가 나오고 가끔씩 웃옷을 벗고 운전하는 피서객들의 차들이 지나다니는가 하면, 차량 위에 보트를 싣고 달리는 등 휴양지다운 기분이 한껏 느껴진다. 큰 도로를 건너 조금 걸으니 드넓은 호수가 눈에 들어온다.

"아 이 호수가 그 유명한 '블레드 호수'란 말인가."

　호수로 나아가는 작은 숲에는 아름드리나무가 그늘을 만들고 있고, 그 아래에는 파란 잔디가 잘 자랐다. 잔디 위에는 젊은 연인들이 누워 책을 읽는다. 그리고 여기저기 벤치에는 피서를 즐기는 가족 단위의 여행객들이 보인다. 이렇게 여유있게 살아가는 모습을 보면서 슬로베니아 사람들의 풍요로운 삶을 또 한 번 느끼게 된다. 호숫가에는 파란 잔디밭 사이로 예쁜 꽃들이 피어 햇살에 비추니 눈이 부시게 아름답다. 호수에 이르니 젊은 아빠와 어린아이가 낚싯대를 던졌다 들어 올렸다를 반복하고 아이는 좋아서 어쩔 줄을 모른다. 그 아이는 고기를 낚지는 못해도 낚시의 즐거움은 어느 낚시꾼보다 내공이 더 많은 것처럼 보인다.

　입구에는 블레드 성에 오르는 표지판이 있고 성까지는 15분이라고 적혀 있다. 길은 한두 사람이 지날 만큼 좁은 길인데 숲 속으로 나 있어 그늘지고 호젓하여 좋다. 그런데 오르는 길이 갑자기 구불거리며 가팔라진다. 가파른 언덕을 오르자니 허리를 구부려 무릎에 손을 대가면서 숨소리마저 거칠도록 힘겹게 올랐다. 땀이 뻘뻘 흐른다. 입구에 적힌 대로 15분가량 올랐을까. 넓은 공터가 나오고, 그곳에는 앞서가던 많은 사람들이 주변의 바위에 걸터앉아 올라오면서 흐른 땀을 식히고 있었다.

　　　　　자동차로 떠나는 발칸반도 여행

매표소를 통과하여 성에 들어서자마자 맨 처음 우물을 발견했다. 이렇게 높은 곳에 우물이라니 놀랍기만 하다. 지금은 사용하고 있지 않아 뚜껑을 덮어 두었는데 그 위에 물통이 놓여 있고 옆에는 바퀴 모양의 둥근 손잡이가 달린 기구가 있는 것으로 보아 매우 깊은 우물이었나 보다. 조금 더 올라가니 호수 위에 외롭게 떠 있는 그 유명한 블레드 섬의 모습이 보인다. 첨탑이 솟은 성당 건물을 품고 있는 조그만 섬이 깜찍하게 예쁘다. 그러나 호수 가운데 신비스럽게 둥둥 떠있는 섬의 멋진 항공사진을 보아왔던 터라 그런 섬의 모습을 느낄 수 없어 약간 실망스러웠다. 이 섬의 또 다른 뷰포인트는 성의 반대편에 있는 케이블카를 타고 올라 전망대에서 내려다보는 방법이라 알려져 있는데 그곳에서는 이 정도 이상의 모습을 볼 수 있으려나 하고 궁금해졌다.

　계단을 더 올라서서 조금 걸으니 커다란 정원이 나온다. 그리고 앞에는 담쟁이 넝쿨이 벽을 감싸고 있는 붉은 지붕의 고풍스런 건물이 나타났다. 이 건물에는 16세기에 지어진 작은 교회도 있고, 이 성의 역사와 종교에 관한 화려한 중세의 전시물들을 볼 수 있는 작은 박물관도 있다. 박물관에 들어가 전시물들을 구경하다 창으로 내다보이는 블레드 호수와 주변 마을의 빼어난 풍경에 또 한 번 놀랐다.

　　　　　　　　　　　　　　　　　　　자동차로 떠나는 발칸반도 여행

⊙ 블레드 호수 둘레길, 경치에 반하다

　성에서 내려와 호수를 끼고 걸을 수 있도록 조성된 둘레길로 트래킹에 나섰다. 이 둘레길에는 산책하는 여행객들로 붐볐다. 또한 둘레길 중간에 위치한 해수욕장에는 수영복을 입고 썬탠을 하면서 물놀이를 즐기는 피서객들로 가득하다. 섬의 중앙에 뾰족하게 솟은 성당의 종탑에서는 간간이 은은한 종소리가 호수 전역으로 울려퍼진다.

둘레길을 걸을수록 블레드 호수 한 가운데 자리잡은 블레드 섬의 경치가 보는 각도에 따라 색다른 모습으로 다가왔다. 각기 다른 모습의 블레드 섬을 카메라에 담으며 시간 가는 줄 모르고 걸어 처음 그 자리로 다시 돌아왔다. 어느새 4시간을 훌쩍 넘겨 걸었다. 빼어난 경치에 매료되어 힘든 줄을 모르고 있다가 이제야 피곤함이 급격히 몰려온다. 아침 7시부터 외출하여 앞에 언급한 빡빡한 스케줄들을 소화하려니 얼마나 많이 걸었는지 발이 붓고 발가락에는 물집이 잡혔다. 한 걸음 한 걸음 디딜 때마다 발바닥을 불 위에 딛는 것처럼 힘들고 곧 쓰러질 것 같은 지경에 다다랐다. 등에서는 땀이 줄줄 흐르고 거의 탈진 상태다. 얼른 숙소에 들어 발을 쭉 뻗고 쉬고 싶은 마음뿐이다. 그런데 이 험한 여정을 따라준 아내는 어땠을까. 행여 몸살이라도 나면 어쩌나 하는 걱정스러운 마음에 옆에 걷고 있는 아내를 슬며시 보았다. 아내도 지친 모습이 역력하다.

"여보, 괜찮아요?"

"다리에 힘이 없어요. 그래도 견딜 만해요."

힘에 겨운 듯 말소리도 나지막이 기어들어가는 아내의 지친 모습이 측은하게 느껴진다. 집 떠나온 지 5일째인데 그간 쉬지 않고 여행에 시달렸으니 피곤한 거야 당연하지만 이제 겨우 우리 여행 일정의 5분의 1밖에 소화하지 못했는데 앞으로의 여행길이 아득하기만 하다.

숙소로 돌아가는 길은 아까 나오면서 예견했던 것처럼 골목이 비슷비슷해서 눈여겨 익혀두지 않았더라면 숙소를 찾는데 헤맸을 뻔했다. 눈에 익힌 건물들을 짚어가면서 우리 숙소로 제대로 찾아들었다. 파김치가 다 되어 들어오는 우리에게 마당에 나와 있던 주인이 반갑게 인사를 한다.

"사진은 많이 찍었나요?"

"네. 참 아름답고 좋았습니다."

"내일 아침에 일찍 나가도 좋은 사진을 찍을 수 있을 것이오."

"아. 네. 고맙습니다."

자동차로 떠나는 발칸반도 여행

　우리는 더 이야기할 기력도 없어 대충 대답하고는 얼른 현관문을 열고 들어가 우리 방으로 올라갔다. 짐을 내려놓고 아내는 쌀을 씻어 전기밥솥에 밥을 안치고, 대충 얼굴을 씻은 뒤에 둘 다 침대에 벌러덩 누워 금세 곯아떨어졌다. 한참 자다가 열린 창으로 들려오는 성당의 종소리에 잠에서 깨었다. 시간을 보니 밤 9시. 하루 일과를 마무리하고 편안한 잠자리에 들기 전 저녁 기도 시간을 알리는 종소리인 모양이다. 나는 종소리에 이끌려 창문으로 갔다. 아무도 오가지 않는 시골 마을에 종소리만 은은히 울려 퍼지는 저녁 풍경이 평화롭고 아늑하다.

　아내도 잠에서 깨었고 우리는 두어 시간을 꿀송이 같은 단잠을 잤나 보다. 몸이 한결 나아진 기분이다. 이제야 저녁 식사를 한다. 그리고 설거지를 마치고 하루를 정리한다. 일기도 쓰고 사진도 저장하고 배터리 충전도 해야 한다. 그런데 갑자기 열어 두었던 창문이 덜커덩하고 닫힌다. 무슨 일인가 하고 내다보았더니 바람이 거세게 불고 빗방울이 떨어지기 시작한다. 곧이어 천둥 번개까지 요란하다. 아니, 금방까지 맑은 하늘이었는데 비가 오다니. 그리고 내일은 섬엘 들어가야 해서 비가 오면 큰일이다. 그러나 어쩔 것인가. 유럽의 변화무쌍한 날씨는 익히 접한 터이니 내일 아침에 맑게 개길 기다리는 수밖에.

7^{일차} 블레드 섬, 포스토이나

Bled,
Postojna

♀ 블레드 섬에서의 특별한 이벤트

아침 일찍 잠에서 깨었다. 아직 동이 트기 전이다. 창문을 통해 날씨를 확인했다. 어젯밤의 천둥 번개가 무색할 정도로 하늘은 구름 한 점 없이 맑다. 블레드 호수의 이른 아침 풍경을 사진에 담으려고 카메라를 메고 숙소를 나섰다. 어제 걸었던 산책로 중에서 블레드 섬이 잘 보이는 곳에서 멈췄다. 잔잔한 물결이 이는 호수 위로 섬이 반영되어 또 다른 모습을 연출하고 있었다. 이윽고 먼동이 트면서 붉은 해가 솟아 올랐다. 그런데 짙은 구름에 가려 기대했던 환상적인 일출 속 호수섬을 담아내는 데는 실패했고 계획된 일정 때문에 하루 더 머물지 못하는 아쉬움만 갖고 발길을 돌렸다.

숙소로 돌아와 짐을 꾸려 나갈 채비를 했다. 케이블카를 타고 오르는 전망대에 올라 어제와 다른 모습의 블레드 섬을 보고자 했으나 케이블카를 타려고 줄을 서서 기다리느라 시간을 허비해버리면 일정에 차질이 있을 것 같아 전망대에 오르는 것을 포기하기로 했다. 대신 오늘 일정은 블레드 섬에 들어갔다 나와 피란으로 가는 중간에 '보힌 호수'를 들러 보는 것으로 정했다.

블레드 섬으로 여행객들을 실어나르는 '플래트너'라고 부르는 작은 배

우리가 이런저런 이야기를 나누는 중에 차는 플래트너 선착장에 도착했다. 그런데 주차할 공간이 없다. 도로 가장자리에 주차해 둘 정도로 한가한 도로가 아니어서 불법 주차는 힘들 것 같고 아무리 둘러봐도 주차를 할 공간은커녕 유료 주차장도 보이질 않는다. 마침 선착장 건너편에 넓은 주차장을 가진 대형 음식점이 눈에 들어 온다.

"여보, 저곳에 주차하면 안 될까?"

"음식점에서 허락하겠어요?"

"한 번 두드려보지 뭐. 주차료 주면 되잖아."

"어디 한 번 물어보세요."

일단 음식점 앞 버스 승강장에 정차하고 음식점으로 들어갔다. 식당엔 아침식사를 하는 손님들로 분주하다. 주인을 만나서, 섬에 들어가야 하는데 주차할 곳이 마땅치 않아 음식점 주차장에 차를 대고 싶다며 주차료는 줄 테니 부탁을 들어달라 했더니 주인은 빙그레 웃어 보이며 선뜻 그렇게 하란다. 밖으로 따라 나온 주인은 주차장 차단기를 열어 차를 주차하도록 해주고 주차료에 관한 언급이 없이 식당으로 들어가 버린다. 뭐야. 무료로 해주겠다는 거야. 주차료를 받겠다는 거야. 에라 모르겠다. 일단 주차했으니 어찌 됐든 얼른 섬에나 다녀와야겠다.

아무튼 주차하게 되어 다행이다. 챠량 안의 음식이 들어 있는 비닐팩이 햇빛을 덜 받도록 좌석 아래 그늘진 곳에 잘 놓아두고, 작은 배낭만 메고 선착장으로 나섰다. 바로 앞 선착장에는 '플래트너'라고 부르는 20여 명이 탑승할만한 날렵한 보트가 손님을 기다리고 있었다. 승객이 차는 대로 출발하는 모양이다.

　우리는 노부부가 탑승해 출발을 기다리고 있는 보트에 올라탔다. 내가 올라타서 노인 옆에 앉고 이어 아내가 타고 내 옆에 앉으려 하자 배가 한쪽으로 심하게 기우뚱거린다. 그러자 건너편에 앉은 할머니가 아내를 자기 옆으로 와 앉으라 한다. 그 할머니는 재미있다는 듯이 미소를 보이며 이 배는 균형을 잡기 위해 양쪽으로 같은 수의 사람들이 앉아야 한다고 설명해 준다. 잠시 후에 젊은 여성 4명이 올라타면서 배가 심하게 기울자 균형을 잡기 위해서 2명씩 나눠 양쪽으로 이동해가며 자리하고는 배가 안정을 찾아가자 재미있다는 듯이 소리를 내어 웃어가며 수다를 떠느라 시끄럽다.

　그러던 중에 선글라스를 끼고 편한 복장을 한, 잘생긴 젊은 사공이 나타나 노를 잡았다. 호수가 잔잔해서 보트는 조금도 흔들리지 않고 미끄러지듯 바람을 가르며 섬으로 향했다. 10여 분 후에 섬에 당도한 사공은 뱃삯이 1인당 14유로 한화 약 18,000원 정도 라며 섬에서 나올 때 지불하란다. 1시간의 시간을 줄 테니 구경이 끝나고 자기 보트를 잘 찾아오라며 보트에서 내려주었다.

보트에서 내리자마자 섬으로 오르는 가파른 계단이 보인다. 신랑이 신부를 안고 이 99개의 계단을 올라 성당으로 들어가서 결혼식을 올리면 평생을 행복하게 산다는 속설이 있어 지금도 가끔 이 성당에서 결혼하는 신랑은 신부를 안고 계단을 오른다고 한다. 이 속설을 들은 부부 여행객들 중에는 이 계단 앞에서 부인을 들어보려고 낑낑거리다 넘어지고는 숨이 넘어가도록 웃어 젖히는 사람들이 많다.

우리는 평범히 계단을 올랐는데도 숨이 찬다. 그냥 오르기도 힘든 계단을 어떻게 신부를 안고 올랐을까. 사랑의 힘은 대단하다는 생각을 하면서 계단을 오르다 보니 첨탑이 우뚝 솟아 있는 성당이 나타났다. 바로크 양식으로 1698년에 지어진 이 성당엔 성모 마리아의 삶을 그린 프레스코화가 아직까지 잘 보존되어 있다. 이곳에는 '기원의 종'이 있는데 종을 울리면 소원이 이루어진다고 한다. 우리도 성당 안

으로 들어가 제단 앞으로 내려온 긴 밧줄을 당겨 종을 울려 보았다. 밧줄을 당길 때마다 첨탑 위의 종소리가 크게 울려 퍼진다. 지금껏 듣기만 했던 성당의 종소리를 우리가 직접 울려서 블레드 호수 전체로 퍼지도록 한다고 생각하니 감회가 새로웠다.

성당에서 나와 아내에게 물었다.
"종을 울리며 소원을 빌었나요?"
"당연히 빌었지요."
"무슨 소원을 빌었는데?"
"비밀이예요." 하고 웃어버린다.

나는 아내가 무슨 소원을 빌었으면 하고 바라면서 질문했을까. 질문했던 내가 머쓱해지는 순간이었다. 그렇지만 나도 비밀이라고 말하고 싶었는데 물어주지 않아 대답을 못했다. 말하지 않아도 가족의 건강과 행복을 기원하지 않았을까 하면서 비밀은 무슨 비밀이냐고 나 혼자 씩 웃었다.

그리고는 성당 옆의 '벨 타워'라고 부르는 첨탑에 올랐다. 꼭대기에 오르니 엄청난 크기의 톱니바퀴가 연결된 대형 시계가 설치되어 있었다. 이 톱니바퀴가 맞물려 돌아가면서 정해진 시간에 종소리를 울리도록 만들어진 것이다. 옛사람들의 지혜에 놀랍고 이래서 시계에 관한 역사가 유럽에서 앞설 수밖에 없었나 싶다.

섬 관광을 다 마치고 정원에서 블레드 호수를 바라보며 섬에서 나갈 보트 시간을 기다린다. 아내가 벤치에 앉아 쉬고 있을 때, 나는 배낭 속에서 숨겨 온 작은 현수막 하나를 펼쳐 들었다. '축 결혼 30주년, 여보, 사랑해요' 라고 적힌 현수막이다. 아내는 현수막을 보고는 깜짝 놀라 눈이 휘둥그레졌다. 뜻밖의 이벤트에 기쁘기도 하지만 사람들 앞이라 쑥스러운 눈빛이

다. 우리는 이 현수막을 들
고 지나가는 여행객에게 사
진을 찍어 달라 부탁했다.
대부분이 외국인 여행객들
인데 그들은 한글을 모르니
사진을 찍어주며 현수막 내
용이 무슨 뜻이냐고 묻는다.
'결혼 30주년 기념'이라 설명
하자 현수막을 들고 사진을
찍는 우리에게 축하의 박수
를 보내며 환호했다.

누구나 꿈꾸지만 아무나 할
수 없는 해외 자유여행을 행
복한 사람을 곁에 두고 같이

한다는 것은 천만다행이 아닐 수 없다. 나는 항상 아내에게 마음에 담아두
었던 이런 고마움을 마침 결혼 30주년을 맞는 올해의 여행 중에 작은 이벤
트를 통해 전달하면서 행복한 마음을 아내와 격하게 나누고 싶었다. 신랑
신부가 계단을 오르며 행복을 약속한다는 뜻깊은 자리에서 이런 이벤트로
마음을 나눌 수 있게 되어 정말 기분이 좋았다. 우리 인생에 오래 기억될
의미 있는 사진 한 장을 찍고는 다시 보트를 타고 선착장으로 나간다. 생면
부지의 우리가 서로 만나 그동안 아이 낳아 기르며 살아온 30년이란 세월
이 주마등처럼 스치며 지나간다. 특히 여행을 취미로 가진 우리 부부가 수
많은 추억을 쌓아 온 해외여행의 시간들도 떠올리며 아내와 나는 보트가
선착장에 도착할 때까지 아무런 말도 없이 상념에 젖어 있었다. 블레드 섬
에서의 특별한 추억이 우리 부부에겐 오래오래 기억될 것이라 믿는다.

발도 못 들인, 보힌 호수

음식점 주차장에서 요구하는 대로 주차료로 4유로를 지불하고 맡겨두었던 차를 찾아 보힌 호수로 향한다. 보힌 호수로 가는 길은 지방의 작은 도로였다. 중앙선마저 없고 도로 옆으로 간간이 잘 가꾸어진 화단을 가진 집이 있는 동네도 지나고 푸른 잔디밭 한가운데 첨탑을 가진 성당이 자리한 동네도 지나는 시골길이었다. 집집마다 창가에 붉은 꽃이 화사하게 핀 화분을 기른다. 8월의 따뜻한 햇볕을 받아 잘 자란 신록의 시골 마을들은 볼수록 아름답고 예쁘다. 예쁜 마을을 지나면서는 자동차를 세워 카메라를 들고 밖으로 나가 사진에 담는다. 카메라 렌즈에 들어온 들에 핀 이름 모를 노오란 야생화가 바람에 흔들리며 환상적인 자연의 빛깔을 만들어낸다.

이렇게 어느 곳에 시선을 두어도 지루하지 않은 시골 도로를 따라 1시간을 달리니 조그만 도시가 나타난다. 그리고 도로 주변에는 수영복을 입고 튜브를 든 가족 단위의 사람들이 수도 없이 지나다니며 시끌벅적 요란하다. 도로 옆으로 차량들이 주차되어 있는데 그 끝이 안 보인다. 얼마를 더 주행해 내려갔을까. 짙푸른 호수가 넓게 펼쳐져 보인다. 보힌 호수다. 보힌 호수는 알프스 산맥이 감싸고 있는 빙하가 녹은 피오르드 호수로, 한쪽에서서 호수 전체를 다 볼 수는 없지만 아기자기한 블레드 호수에 비해 웅장한 느낌이다. 호수에는 보트를 타고 물놀이하는 사람들로 가득하다. 그나저나 이번에도 주차 공간을 찾을 수 없다. 더 내려가 보니 왼쪽으로 큰 주차장이 있는데 이미 만차라 들어갈 수가 없다. 도로엔 우리가 온 쪽도, 반대쪽도 이곳으로 들어오는 차량들이 끊이질 않는다. 주차장은 없는데 차량은 계속 들어오고 어쩌란 말인가.

"안 되겠다. 돌아서 나가야겠어요."
"어찌 됐든 보힌 호수는 봤는데 뭐. "
"역시 레포츠의 천국이라더니."

자동차로 떠나는 발칸반도 여행

주차할 곳이 없으니 별수가 없었다. 이렇게 슬로베니아의 가장 큰 호수인 보힌 호수는 1시간을 달려온 우리를 받아 들여주지 않아 눈도장만 찍고 돌아 나가야 했다. 바로 나가자니 아쉬운 마음이 들어 다운타운으로 들어가 도로에 주차된 차량들 옆에 이중 주차를 하고 잠시 멈췄셨다. 아내는 이중 주차를 하였기에 차를 비울 수 없으니 차 안에서 대기하고 있겠다며 나더러 잠깐이라도 호수를 구경하고 오라 한다. 얼른 뛰어나가 호숫가로 내려가 보았다. 호수로 내려가는 물줄기 위로 다리가 놓여 있고 다리 건너편에 오래된 성당 건물도 보인다. 빠르게 눈에 풍경을 저장하고 얼른 뛰어서 차로 돌아와 오던 길로 돌아 나갔다.

보힌 호수 마을에서 나와 자동차 오일을 채워야 했기에 도시를 벗어나기 전 외곽지역에서 주유소를 들렀다. 셀프주유이기 때문에 주유대가 여러 대라서 어느 곳에서 주유해야 하나 하고 두리번거렸으나 주유박스에 붙어 있는 연료 이름에 Gasoline과 Diesel은 있는데 유로 디젤이 없다. 렌터카 회사에서 설명하던 직원이 연료는 반드시 '유로 디젤'을 사용해야 한다는 말이 생각났기 때문이다. 셀프주유소이기에 직원은 없고 마침 옆 주유대에서 주유하고 있는 현지인이 있어 다가가 어느 것이 유로디젤인지를 물었다. 그랬더니 그분은 여기 있는 디젤은 다 유로디젤이니 안심하고 주유해도 된다고 하며 검은색 주유구는 다 유로디젤이라고 덧붙여준다. 아니나 다를까 주유구마다 색깔이 다른데 디젤은 다 검은색으로 칠해져 있었다.

　나는 예전에 유럽에서 이미 자동차를 렌트하여 여행한 적이 있기에 셀프주유하는 데에는 별 무리가 없었다. 내가 해외에서 처음 자동차를 렌트하여 여행하던 2004년도에는 우리나라에 셀프 주유소가 전혀 없던 때였는지라 유럽에서의 셀프주유가 많이 생소했던 기억이 난다. 하지만 지금은 우리나라에도 셀프주유소가 많이 보급되어 있어서 주유소 직원이 연료를 넣어주는 방식이 아닌 내가 직접 주유하는 방식에 많이 익숙해져 있다.

　그러나 같은 셀프주유라 할지라도 유럽에서의 주유는 우리나라의 주유 방법과 다르다. 우리나라는 '선 결제 후 주유' 방식인 방면 이곳 유럽은 '선 주유 후 결제' 방식인 것이다. 유럽에서는 맨 먼저 주유소에서 주유구로 주유한 후에 주유 손잡이를 주유대에 거치하면 주유량과 주유값이 전면 숫자판에 표시된다. 그런 후에는 내가 주유한 주유대의 번호를 보고는 몇 번인지 확인하여 사무실로 들어가서 직원에게 주유대의 번호를 말하고 숫자판에 적힌 만큼의 주유료를 지불하면 된다. 사무실 전산에도 각 주유대의 주유량이 떠오르기 때문에 직원은 전산을 보면서 주유요금을 받는 것이다. 그러나 우리나라에선 선결제이기에 주유하기 전에 주유대에서 현금 또는 카드로 미리 돈을 지불하고 결제한 양만큼만 주유되니 그 과정이 다르다.

  다시 말해서 우리나라는 돈을 먼저 내야 기름을 주고, 유럽은 기름을 받고 돈을 내는 방식이니, 우리나라는 주유료를 안 내고 줄행랑치는 것을 방지하려는 방식인 듯싶어 고객에 대한 불신 대응이 씁쓸하게 느껴지는 대목이기도 하다.

  그리고 덧붙여 말하자면, 만약 차량에 사람이 없고 자신이 혼자 운전하는 경우라면 주유값을 계산하러 사무실에 들어갈 때 차량 문을 잠그지 않은 상태로 사무실로 들어간다면 흑심을 품은 도둑들이 지켜보고 있다가 그대로 자동차를 몰고 달아나는 경우가 종종 있다고 한다. 따라서 혼자 주유하는 경우라면 반드시 차량의 키를 손에 들고 문을 잠근 후에 사무실로 들어가야 하는 것이 주유시 주의사항이기도 하단다.

♀ 자연 동굴의 위대함, 포스토이나

다음 여정은 포스토이나였다. 옆으로 이동하여 포스토이나 주차장에 도착하니 딱 3시였다. 티켓을 사서 입장시간을 확인하니 4시 티켓이다. 거의 1시간을 기다려서 4시가 되어서야 맨 앞쪽에 줄을 서서 입장했다. 포스토이나 동굴은 세계에서 두 번째로 큰 석회동굴이다. 슬로베니아는 국토의 43%가 석회질 땅인 카르스트 지형이기 때문에 이런 동굴이 형성될 수 있었다.

그동안 국내는 물론이고 해외에서조차 이곳저곳에서 많은 동굴들을 보아 온 터라 별로 기대를 하지 않고 들어갔는데, 규모 자체가 남달랐다. 입구에서 2km 남짓을 소형 기차를 타고 들어가는가 하면, 동굴에 조성된 종유석과 석순의 다양한 아름다움이 이루 말할 수 없을 정도이고 맨 마지막에 구경한 콘서트홀은 로마의 콜로세움만큼 커서 10,000명 정도 수용 가능하다는 점에 또 한 번 놀라지 않을 수 없다.

114   자동차로 떠나는 발칸반도 여행

또한 포스토이나 동굴에서만 볼 수 있다는 세계 유일의 희귀 동물, 프로테우스를 볼 수 있었다. 길이 30cm 정도 되는 동물로, 빛이 있는 곳에서는 살 수 없다는데 자세히 보면 사람처럼 손가락, 발가락을 가지고 있어 '인면어'라고도 불리는 정말 신비스러운 동물이다.

동굴에서 나와 포스토이나 성으로 향했다. 이정표에 9km라고 적혀 있었다. 주차장을 나와 포스토이나를 가리키는 화살표 방향으로 10분쯤 직진하여 성에 도착했다. 프레드야마 성이라고 불리는 이 성은 700년 동안 123m 높이의 절벽에 꼼짝도 않고 붙어 있는 요새이자 성이다. 독특하게 동굴에 보존된 성으로서 '세계에서 가장 큰 동굴 성'으로 기네스북에 등재되었다고 한다.

아쉽게도 시간이 늦어 성에는 입장할 수 없었다. 주차장에서 높은 절벽 위에 아찔한 자태로 서있는 성의 모습만 바라보고 되돌아와야 했다. 마침 성 앞에서 합창단이 공연을 하고 있었는데, 합창단의 장엄한 화음이 산 속에 울려 퍼지니 전율을 느끼는 감동으로 와 닿았다.

프레드야마 성을 뒤로하고 이제 피란으로 향한다. 지방 도로를 조금 지나 고속도로에 진입해서 1시간 정도를 달리면 먼 곳으로 바다가 보이기 시작한다. 아드리아해 연안에 위치한 피란이 가까워졌다는 이야기이다.

피란에 들어서자 아드리아해의 푸른 바다가 우리를 제일 먼저 반겨주었다. 우리를 시내 번잡한 길로 안내한 내비게이션은 방향을 잃고 같은 길을 반복하며 계속 헤맸다. 결국은 아내가 구글지도를 펼쳐 놓고 내비게이션과 길찾기 경쟁에 나섰고, 우여곡절 끝에 아내의 구글지도가 내비게이션을 제쳐두고 숙소를 찾아내는 데 성공하는 진풍경이 벌어졌다. 숙소는 언덕배기 위에 있었기에 시내에서 다시 위로 올라가야 했고 큰 도로를 따라가다가 우측 도로변에 마련된 주차장에서 우리가 예약한 숙소 간판을 발견할 수 있었다. 차를 주차장에 주차하고 우리는 내비게이션의 망령에 헛웃음을 보내야 했다.

숙소는 주차장에서 콘크리트 계단을 따라 한참을 내려가야 한다. 또 다시 캐리어를 옮기는 문제에 부딪혔다. 계단이어서 끌지도 못하고 2개나 되는 캐리어를 들고서 또 낑낑거리며 아래로 내려가야 했다. 오늘은 반드시 짐을 정리하여 캐리어를 하나만 이동하도록 해야겠다고 방법을 강구했다.

자동차로 떠나는 발칸반도 여행

　우리가 묵을 숙소는 앞에 아드리아해 바다가 넓게 펼쳐지고 해안에 질서 있게 정박해 있는 수많은 요트들의 모습이 보이는 평화로운 곳이었다. 다만 우리 방 안에서는 전망을 볼 수 없어 아쉬웠다. 방에서 요리하여 방 앞에 마련된 식탁에서 저녁을 먹었다. 날씨도 선선해서 바깥에서 식사하는 분위기가 좋다.

　오늘도 블레드 섬의 새벽 촬영으로 시작해서 보힌 호수, 포스토이나 동굴, 프래드야마 성 등을 거쳐 피란에 오기까지 피곤한 여정을 마쳤다. 내일 피란 여행에 대한 기대를 가득 안고 잠자리에 들었다.

8 일차
피란, 모토분
Piran, Motovun

피란에서 **모토분**을 거쳐 **로빈**까지

♀ 눈물과 감동의 전경, 피란

새벽에 눈을 떴다. 밖에서 비 오는 소리가 들린다. 그러나 이젠 비가 걱정되지도 않는다. 아침을 먹고 나서 아내는 점심 도시락용 김밥을 싸느라 요란하다. 점심을 밖에서 먹게 될 경우를 대비하여 김밥 재료를 준비해왔던 것이다. 오늘은 밖에서 점심을 먹어야 할 것 같아 도시락을 싸는데, 이 국땅에서 김밥을 말고 있는 모습이 오히려 생소하다. 아내는 오랜만의 김밥 준비에 신이 났다.

나는 어제 다짐했던 대로 캐리어의 짐을 분류하여 다시 꾸렸다. 매일 필요로 하지 않는 짐을 캐리어 한곳에 넣고 트렁크에 두고서 숙소로 옮겨 오지 않을 심산이다. 이렇게 꾸려진 캐리어를 먼저 들고 계단을 올라가 트렁크에 실어두고 내려왔다. 이제부터는 캐리어 하나만 들고 다니면 된다. 이렇게만 해놓아도 짐에서 해방된 듯하여 마음마저 가볍다. 그리고 보니 언제 비가 왔었느냐는 듯이 날씨가 화창하게 개었다. 봐라. 새벽에 내리는 비를 보고 걱정도 안 했는데 말끔히 개이지 않는가. 참 변덕스런 날씨다.

점심 도시락을 배낭에 넣어서 나갈 준비를 마치고, 아래채 카페의 테라스로 나가 보았다. 지하에는 자그마한 수영장도 있고 테라스에는 안락의자와 파라솔이 비치되어 있어 탁 트인 전망과 함께 휴식을 취하기 좋은 장소였다. 우리도 카페에서 커피를 마련해와 테라스의 파라솔 아래에서 아드리아해의 푸른 바다를 바라보며 분위기 있는 커피 타임을 가지면서 피란에 대해 공부를 했다.

이스트라반도의 끝에 자리잡은 피란. 그리스어 'pyr'에서 유래했고 '불'을 의미한다고 한다. 이탈리어로 피라노 Pirano 라 불리는 피란은 바이올린의 명장 쥬세페 타르티니의 고향이다. 에메랄드빛이 하늘을 파랗게 물들이는 피란은 일 년 내내 타르티니의 바이올린 소나타가 끊이지 않는 음악의 도

자동차로 떠나는 발칸반도 여행

시다. 오늘날의 피란은 슬로베니아의 휴양 도시지만 과거엔 베네치아 공국에 속해 있던 작은 항구 도시였다. 베네치아를 그대로 옮겨 놓은 듯 피란은 아드리아해의 '작은 베네치아'라는 별칭이 너무나 잘 어울리는 곳이다.

이제 피란을 구경하러 나간다. 체크아웃을 하고 차는 주차장에 그대로 주차해 두고 다시 계단을 내려와 숙소에서 시내로 가기 위해 아래로 한참을 더 내려갔다. 내려가는 길이 매우 가파르다. 뒤따라 오던 아내가 갑자기 미끄러져 넘어지는 사고가 났다. 길이 가파른데 길 위의 작은 모래에 신발이 미끄러져 넘어진 것이다. 깜짝 놀라 일으켜 세웠으나 다행히 무릎에 약간 긁힌 상처가 났을 뿐 큰 사고가 아니어서 다행이었다.

시내의 큰 도로를 따라 잠깐 걸으니 로터리가 나온다. 여기가 어제 숙소를 찾으며 내비게이션을 방황하게 했던 그 장소였다. 바로 옆에 버스 터미널이 있어 구 시가지로 가기 위해 버스티켓을 구입하려 했더니 버스에 타서 기사에게 요금을 직접 지불하면 된다고 한다. 버스가 많지는 않은지 20분 정도 기다려야 버스를 탈 수 있었고, 우리를 태운 버스는 시내를 통과하며 10분 정도 달려서 구 시가지 터미널에 내려 주었다. 터미널을 나와 요트들이 빼곡히 정박해 있는 해안을 따라 걷다 보니 타르티니 광장에 도착했다.

피란 여행의 시작점이자 종착점이 되는 타르티니 광장은 피란 출신의 음악가인 쥬세페 타르티니에서 붙여진 이름이다. 타르티니는 18세기 초반인 바로크 시대의 이탈리아 음악가 중 한 명이다. 타르티니가 활동했던 시기는 피란이 이탈리아에 속해 있던 시기였기 때문에 그는 이탈리아에서 주로 음악 활동을 했었다. 그가 죽은 후 피란은 슬로베니아에 속하게 된다. 이탈리아인으로 살았든 슬로베니아 출신이든 바이올린 음악가로 잘 알려진 타르티니는 피란의 가장 유명한 인물이다. 광장 중앙에는 바이올린을 들고 있는 타르티니의 동상이 세워져 있고, 광장을 중심으로 타르티니의 생가를 비롯해 그의 이름을 딴 호텔과 기념관 등이 있다. 또한 광장 부근에는 피란의 주요한 건물들이 세워져 있는데, 가장 눈에 띄는 연분홍색 건물인 베네치안 하우스는 이 광장에서 가장 오래된 건축물 중 하나다.

자동차로 떠나는 발칸반도 여행

광장을 걷던 아내가 갑자기 언덕 위에 우뚝 솟은 종탑을 보면서 반가운 듯 외친다.

"여보, 저기 성 죠지 성당의 종탑이 보이네요."

고개를 들어 언덕 위를 올려다보니 꼭대기에 미카엘 천사가 올려져 있으며 벽면에는 시계가 부착된 우리 눈에 익숙한 종탑이 눈에 들어왔다. 이렇게 해서 타르티니 광장에서의 시간을 더 보내지 못하고 뭔가에 이끌린 듯 종탑이 있는 방향으로 걸음을 재촉했다. 좁은 골목을 통해 언덕 위로 오르니 하얀 건물의 성 죠지 성당이 보였다. 성 죠지 성당은 피란의 대표적인 랜드마크로, 아름다운 풍경을 볼 수 있는 곳이기도 한데 피란의 수호성인인 성 죠지를 기념하기 위해 1344년 처음 세워졌다. 그리고 성당 옆에는 베네치아 종탑을 본떠 만든 종탑이 세워져 있고 이 종탑의 종은 매일 2시에 울린다. 얼른 종탑에 올라 보고 싶었다.

입구에 들어서자 입장료를 받는 나이 지긋하신 할머니가 우리를 보자 굉장히 큰 소리로 인사를 하며 함박웃음으로 우리를 반긴다. 우리도 답례인사를 하자 무엇이 그리 즐거운지 꼴딱거리며 웃어 젖힌다. 이 분은 이곳에서 일하는 것이 아니라 사람들을 만나며 생활을 즐기고 있는 것처럼 보였다. 우리는 할머니의 긍정적인 삶의 자세가 맘에 들어 함께 사진을 찍자고 제안했다. 사진을 찍는 동안에도 할머니는 웃음을 그치지 않으셨다. 종탑을 오르면서도 낙천적인 삶을 살아가시는 할머니의 잔상이 머릿속에 오래 남는다.

종탑의 네 벽면에 부착된 좁은 계단을 뱅글뱅글 돌면서 한참을 올라야 전망대에 도착한다. 종탑 꼭대기에 도착하자 좁은 전망대에 사람들이 발 디딜 틈 없이 가득했다. 겨우 발을 옮겨 바깥쪽 난간으로 나가서 밖을 내려다보는 순간 숨이 막히고 말았다. 세상에 이렇게 아름다운 풍경이 있을 수 있단 말인가. 붉은 지붕들이 빼곡히 들어선 구 시가지의 모습이 저 멀리 아드리아해안의 끝까지 이어지는 환상적인 풍경은 꿈을 꾸고 있는 듯 내 눈을 의심할 정도로 아름다웠다.

자동차로 떠나는 발칸반도 여행

"와, 이렇게 아름다운 풍경이 있을 수 있을까?"

"있을 수 있기는? 지금 있으니까 보고 있잖아요."

"세상에, 어쩌면 저런 풍경이…" 하면서 말문이 막혔다.

나는 아름다운 풍경에 매료되어 사진을 찍어야 하는 것도 잊고, 말없이 전경을 내려다보면서 감정이 복받쳐 나도 모르게 눈시울이 붉어졌다. 아내에게 눈물 흘리는 모습을 보이면 부끄러울 것 같아 붉어진 눈시울을 보이지 않으려고 슬며시 자리를 옮겨 반대 방향으로 갔다. 네 방향의 난간을 돌아가며 아드리아해와 구 시가지, 그리고 마을을 끼고 나 있는 성벽까지 피란의 아름다운 모습의 감동을 가슴에 안고 눈에 모조리 담으며 종탑을 내려왔다.

　성당의 뒷마당을 지나 성벽으로 가려 하는데 사람들이 아드리아해를 내려다보며 웅성거리고 있었다. 바 속에서 팬티 한 장 걸치지 않은 채 수영을 즐기는 사람이 있었던 것이다. 이곳이 저렇게 나체로 수영을 즐기는 사람들이 모이는 곳이라고 한다. 성당 뒷마당에서 나와 아드리아해의 먼 바다를 바라보며 가파른 언덕배기를 걸어올라 성벽에 오른다. 성벽을 걸으며 내려다보는 피란의 모습 또한 한 폭의 그림처럼 아름답다. 피란은 두브로브니크와 지형적으로 상당히 비슷한 구조를 가지고 있다. 삼면이 아드리아해에 둘러싸여 있고 육지로 통하는 길은 높은 돌산과 언덕에 가로막혀 있어 외부의 침략이 쉽지 않은 지형이다. 아직 가보진 않았지만 두브로브니크는 둘레 2㎞ 정도의 성곽이 도시를 둘러싸고 있는 반면 피란은 마을 언덕에만 성벽을 쌓아 외부의 침입을 막았다는 것이 차이점이라 한다. 내 마음에 강렬하게 다가온 매우 인상적인 도시, 피란의 황홀한 풍경들의 여운이 채 가시지 않은 채 다음 도시로 향한다.

자동차로 떠나는 발칸반도 여행

　다시 주차장으로 돌아온 우리는 차 속에서 준비해온 김밥으로 점심을
때우고 차를 출발하여 모토분으로 향한다. 모토분은 크로아티아에 있다.
이제 슬로베니아를 떠나 다시 크로아티아로 들어가야 한다. 유럽의 작은
나라이면서 이탈리아의 동쪽에 위치한 슬로베니아. 국토의 60%가 삼림인
풍부한 자연 속에서 풍요롭게 살아가는 슬로베니아 사람들의 넉넉한 인심
을 마음에 새기며 슬로베니아를 떠난다.

앗, 돌발 사고!

슬로베니아에 들어올 때처럼 출입국 심사를 간단한 여권 확인으로 대신했다. 이제 크로아티아로 다시 들어온 것이다. 모토분에 거의 도착하여 차는 도로 양옆으로 숲이 우거진 밀림지대를 통과하면서 격하게 구불거리는 도로를 타고 산속으로 올랐다. 웬만큼 올라가더니 구릉에 커다란 주차장이 나왔는데, 주차구역이 그려지고 포장된 주차장이 아니고 흙으로 다져진 공간을 넓게 마련하여 주차장으로 쓰고 있는 곳이다.

모토분에 가려면 이곳에 주차하고 셔틀버스를 이용하여 가는가 싶어 일단 주차를 했다. 그러나 마땅한 안내 표지판을 볼 수 없어 나는 차 안에 대기하고 있고 아내가 차에서 내려 모토분 입구에서 차량을 통제하고 있는 안내데스크에 상황을 물어보기 위해 내렸다. 그사이에 검은색 차량 한 대가 내 차 옆으로 주차했다.

안내데스크에서 안내를 받고 돌아온 아내는 조수석 차량 문을 열고 들어오려는데 아까와 다른 상황이 된 걸 인지하지 못하고 문을 열다가 앞문이 옆에 주차된 차량의 옆을 살짝 긁는 사고가 났다. 놀래서 나가 보았더니 보일락 말락 하는 작은 스크래치가 났길래 다행이라 생각하고 미안하다고 이야기하려던 참에 상대 차량 운전자가 차에서 내려 스크래치를 손으로 문질러 보더니 심각한 표정으로 우리에게 어떻게 할 것인가를 묻는다. 그래서 미안하게 됐다며 우리가 잘못한 건데 보상해주어야 되지 않겠느냐고 어떻게 하면 좋겠느냐고 되물었다. 그는 그에 대한 대답은 하지 않고 고개를 갸우뚱거리며 수리하려면 400유로는 들 것이란 말만 혼잣말처럼 되풀이했다.

그는 독일에서 와서 여행 중이라 했으며, 부인과 아이들이 함께 여행 중인 모양이다. 우리와 사고 협상 중인 모습이 보기에 좋지 않다 생각했는지 가족들을 다른 곳으로 보냈다. 그리고 물론 우리에게 400유로를 달라는 말은 아니지만 혼자서 중얼거리는 이 말을 들은 아내는 안 되겠다 싶었는지 내게 보험 처리를 하자고 제안한다. 처음에 미안한 마음이 들어서 보상해주려던 마음이 가시고 이 사람이 우리에게 덤터기를 씌우려는 작태라 보여져 그렇게 하기로 하였다. 사고 처리를 위해 차량의 상태와 주차 상태를 사진에 담았다. 그리고 상대 운전자에게 단호하게 다시 한 번 물었다.

"합의가 되지 않으면 보험 처리를 하려 하는데 얼마를 보상해주면 되겠습니까?"

한참을 망설이더니 "300유로는 주셔야 합니다."라고 대답한다.

우리는 안되겠다 싶어 보험으로 처리하기로 마음먹고, 아내는 렌트 계약서에 있는 회사의 전화번호를 찾아 전화했다. 그런데 전화가 걸리질 않는다. 나도 내 휴대폰으로도 시도해 보았는데도 마찬가지였다. 참 이상하다. 렌트 계약서에 적혀 있는 유사시에 연락하라는 경찰 전화번호로 통화를 시도해봐도 '긴급전화만 가능하다'는 메시지가 뜰 뿐 통화가 되지 않는다. 그래서 혹시 도움을 받아보려 하고 나라를 이동할 때 자동으로 전송되어 온 외교부 영사관의 연락처를 연결해보려 했다. 그 전화도 연결되지 않는다. 이는 내 핸드폰의 해외 연락 방법에 문제가 있는 것 같았다.

이렇게 전화기와 씨름을 하고 있는데 차창 밖에서 상대 운전자가 문을 두드리며 나와 보라 했다. 나갔더니 자기들도 다른 곳으로 이동해야 하는데 언제 경찰이 올 때까지 기다려야 하느냐며 경찰을 부르면 합의금도 더 많이 나올 것인데다 시간도 없고 하니 200유로로 합의하자고 값을 내려 제안을 했다.

나는 아내와 상의해 보겠다고 말하고는 다시 차 안으로 들어왔다. 그런데 마침 아내는 전화가 연결되었는지 어디론가 통화를 하고 있었다. 내용을 들어보니 렌트 회사와 통화 중이었다. 전화를 마친 아내에게 물었다.

"렌트 회사와 통화했어?"

"네. 우리 렌트 차량이 슈퍼 보험이 아니고 베이직 보험을 든 건데 그 보험으로도 웬만한 사고는 보험에서 처리해 준다며 경찰을 불러 보험 처리를 하라네요."

"아. 우리나라는 보험 처리할 때 보험회사 직원이 나와 처리하는데 여기는 경찰이 나와서 처리하는구나."

"그러게요. 신고를 하면 경찰이 출동하여 보험 처리와 합의 중재를 하는 모양이에요."

"그래서 렌트 회사에서 차량 내어 줄 때 유사시에는 경찰에게 연락하라는 말을 했었구나. 그런데 당신이 전화하는 동안에 저자가 내게 200유로에 합의하자고 제안을 다시 해오네?"

"그래요? 참 나쁜 사람이네. 보이지도 않는 작은 스크래치 사고를 저리 돈을 받으려고…."

"그리고 경찰이 올 때까지 기다려야 하고 또 처리하려면 시간도 많이 허비될 텐데 그냥 저자와 합의해버리고 갈까?"

"그렇긴 해요. 여기가 산 위인데 경찰이 언제 올지도 모르고."

"우리가 베이직 보험이 처리해주는 한도를 잘 모르니, 경찰이 출동하여 중재한들 합의금이 200유로보다 더 작을 수도 있지만 더 비쌀 수도 있지 않겠어?"

"이렇게 합시다. 저자가 200유로를 제안했으니, 우리도 150유로를 제안해서 받으면 그렇게 합의하고, 안 된다고 하면 경찰을 불러 보험처리 하는 걸로 합시다."

"그래. 그게 좋겠어. 내가 150유로에 합의하자고 제안해 볼게."

그리고 차에서 내려 밖에서 기다리는 그자에게 이런 상황을 설명했다.

"우리도 주의하지 못한 잘못이 있지만 비좁은 우리 차량 옆으로 주차한 당신에게도 책임이 조금은 있습니다. 그리고 당신 못지 않게 우리도 바쁩니다. 그러니 나도 보험 처리하면 돈도 안 들고 좋겠지만, 경찰을 부르면 우리가 언제까지 여기에서 기다리고 있어야 할지도 모르고 하니 서로 양보해서 150유로에 협상하고 끝냅시다."

그가 잠시 생각해 보는 듯하더니 그렇게 하겠다고 동의하여 내가 150유로를 건네주고 사고처리는 일단락되었다.

사고 처리를 마무리하고 차 있는 곳으로 돌아오니 아내가 시무룩해져 있었다. 나는 아내를 달랬다. 예기치 못한 사고는 늘 있을 수 있는 것이고 그나마 다행이라 생각하자며 모토분으로 향했다. 주차장을 빠져 나와 입구로 가서 주차비를 지불하고 차량은 산길로 또 구불구불 오른다. 마을 입구에는 도로 옆에 차들이 길게 주차되어 있었다. 우리도 주차된 차량의 맨 뒤에 주차하고 모토분 마을로 들어섰다.

○ 산꼭대기의 마을, 모토분

모토분은 입구에서부터 언덕 위까지 골목으로 연결되어 있다. 골목에는 상점, 카페, 식당들이 늘어 서 있고, 약 1,500명의 주민들이 옹기종기 살아가고 있으며 와인을 파는 상점들이 즐비하다. 와인 광고 포스터가 크게 붙어 있는 큰 가게에 사람들이 많아 들어가 보았다. 마을 사람들이 경작하는 포도로 만들었다며 와인을 진열해 놓고 팔고 있는데 관광객들로부터 인기가 많다.

골목을 걸어 올라가다 성문을 통과하여 성 안으로 들어갔다. 성 안의 광장에서 성 스테판 성당을 만났다. 이 성당은 17세기 초에 후기 르네상스 건축양식으로 지어졌다. 성당 안에는 성 스페판과 로렌스의 대리석상이 있고, 제단 위에는 한 베네치아 화가가 그린 '최후의 만찬'이란 그림이 걸려 있다. 성당 앞 광장에 있는 우물은 지금은 폐쇄되었지만 14세기 때부터 있었

자동차로 떠나는 발칸반도 여행

다고 하니 이 높은 곳에 위치한 성과 마을 사람들에게 물을 공급하는 젖줄이 아니었을까 생각해 본다.

성벽을 따라 거슬러 올라가니 포도밭과 참나무 숲이 넓게 펼쳐진 이스트라 지역의 사면의 풍경이 한눈에 들어온다. 거인 하나가 나무를 뽑아 집어 던질 기세로 서 있는 모습의 벽화를 보게 되었는데 이는 모토분에 전해져 내려오는 전설의 거인 벨리 요제 Veli Joze 라고 한다.

옛날 이스트리아 지역에는 무슨 연유인지 거인들이 많았다고 한다. 거인들의 숫자는 많지 않지만 돈과 힘이 있는 사람들의 하인으로 고용되어 힘든 일을 도맡아 했었다. 벨리 요제도 그중의 한 거인이었는데 그의 주인 역시 포악했다고 한다. 어느 날 그는 포악한 주인에게 너무 분노가 치밀어 종탑에 가서 두 팔로 종탑을 껴안고 온 힘을 다해 흔들어댔는데 그의 힘이 얼마나 셌던지 탑이 금이 가기 시작하더니 옆으로 기울어져 버렸다고 한다. 그래서 지금도 종탑이 그 때문에 기울어진 상태라고 한다. 벨리 요제는 처벌을 피할 순 없었고 근처의 철제 대포에 매달려 죽임을 당했다고 전해진다. 이처럼 모토분의 특별한 전설의 주인공인 거인 벨리 요제의 모습은 벽화에 이어 그를 형상화한 커다란 짚으로 만든 조형물도 볼 수 있다.

마을에서 내려와 이제 로빈으로 향했다. 로빈을 가기 위해선 반대편 산길을 타야 한다. 한참을 오르다 자동차 뒤쪽 창 밖으로 모토분의 성과 그 아래 마을이 한눈에 들어오는 조망을 만났다. 이스트리아 반도의 한 중앙에 있는 중세 마을 모토분이 270m 높이의 작은 언덕 위에 앉아 있는 특이한 모습을 한눈에 볼 수 있다. 맨 위에는 성벽이 둘러쳐져 있고 그 아래로 마을의 집들이 빼곡히 들어 차 작은 언덕을 모두 집들이 메우고 있는 형상이다. 모토분 산길을 벗어나 다시 고속도로를 1시간 남짓 달려서 로빈에 도착했다. 로빈 시내에 들어서니 어느새 날이 어둑어둑해졌다. 숙소는 차량이 있기에 조금 외곽지역이라도 괜찮을 것 같아 시내 변두리 쪽 주택가로 정했지만, 관광 중심지에서 먼 곳이니 아무래도 불편함이 더 많을 것 같다.

자동차로 떠나는 발칸반도 여행

    오래되어 거목이 된 야자수가 마당 한가운데 우뚝 자라고 있는 2층짜리 단독 주택이 우리가 묵을 숙소다. 현관문을 열고 들어가니 안경을 코끝에 얹어 쓰신 연세가 많으신 할머니께서 우리를 맞이했다. 자동차를 갖고 시내를 나가면 공영 주차장에 무료로 주차할 수 있다는 둥 서툰 영어로 이것저것 설명해 주시려 애를 쓰시는 모습이 정겹다.

    1층에 앞마당 쪽 거실은 할머니가 쓰시는 내실이고 뒤쪽으로 욕실이 딸린 방 한 칸을 숙소로 내주고 숙박비를 받으며 생활하시는 것 같다. 숙소는 깨끗하고 아주 좋았으나 주방이 없어 아쉬웠다. 별수 없이 밥은 전기밥솥에 짓고 슈퍼에서 사온 상추를 씻어 쌈장과 함께 상추 쌈으로 저녁을 해결해야 했다. 커튼을 걷고 발코니로 나가면 이웃집 마당과 맞닿아 마당에 나온 이웃들과도 금방 친근하게 얘기를 나눌 수 있는 구조여서 정겨워 보여 좋았다.

    또 하루를 보내고 여행으로 지친 몸을 뉘이며 날이 밝으면 펼쳐질 새로운 여행지에 대한 기대를 가득 안고 잠자리에 들었다.

9 일차
로빈, 풀라 Rovinj, Pula

로빈에서 풀라를 거쳐 라스토케까지

3시간 51분
284 km

작은 골목길의 소소한 풍경, 로빈

로빈에서의 아침을 맞는다. 날씨는 매우 좋다. 숙소가 외곽 지역이어서 별수 없이 차를 몰고 구 시가지 쪽으로 나가야 했다. 구 시가지는 주차가 힘들어 일찍 가야 한다고 들었는데 우리가 일찍 나왔음에도 이미 여행객들의 주차전쟁은 한창이었다. 겨우 주차 공간을 찾아 주차하고, 주차 티켓을 끊으려는데 동전이 모자라 1시간만 끊었더니, 시내 구경 시간이 길어져 도중에 다시 주차장까지 와서 주차 시간을 연장하는 해프닝이 벌어졌다.

여느 도시처럼 시가지 중심에는 어김없이 광장이 있다. 로빈 구 시가지에도 사람들의 발길이 얼마나 많았는지 바닥이 반질반질하게 닳아버린 도로를 따라 걸으면 티토 광장을 만나게 된다. 광장 초입에 서 있는 다홍색 시계탑은 후기 르네상스 시대의 작품으로, 한때 로빈을 지키던 성벽의 일부였는데 지금은 로빈의 상징물이 되었다. 광장 중앙에는 작은 소년의 동상으로 장식된 분수가 있다. 이 분수는 1959년 정부가 이곳에 수로를 설치한 것을 기념하기 위해 만들어진 것인데 물을 뿜어 올리는 물고기를 안고 있는 소년의 동상이 깜찍하고 귀엽다. 이 분수대 아래의 수도꼭지에서는 아직도 물이 흘러나와 지나는 시민들의 갈증을 풀어주고 있었다.

자동차로 떠나는 발칸반도 여행

광장 한쪽의 노천 커피숍에서 커피를 시켜 놓고 오가는 사람들을 구경하며 지친 발이 쉴 시간을 갖도록 했다. 일터로 내닫는 시민들과 여행객들로 광장 앞은 부산을 떨었다. 중절모를 갖춰 쓴 10살쯤 돼 보이는 아이가 동생 유모차를 끌고 지나다 동생이 커피숍엘 들어가겠다고 손가락으로 가리키며 떼를 쓰자 난감해 하는 표정이 귀엽다.

　커피숍에서 나와 바다 쪽으로 걸어나가면 해변에서 로빈 구 시가지의 전경이 잘 보이는 뷰포인트 지역을 만날 수 있다. 구 시가지는 언덕배기에 조성되어 있으며 높은 성당의 종탑을 중심으로 아드리아해를 굽어보고 있다. 우뚝 솟은 종탑 아래로 빼곡히 들어선 건물들과 그 아래 돛을 단 요트들과 여행객을 가득 실은 유람선이 항구로 들어오는 평화로운 풍경은 한 폭의 수채화처럼 아름다웠다.

　다시 티토 광장 쪽으로 걸어가 발비 아치를 통해 구 시가지로 올라가 보기로 했다. 발비 아치는 1679년에 세워진 올드타운으로 들어가는 입구다. 1283년부터 1797년까지 베니스 공화국의 지배를 받는 동안 두 겹으로 된 방어벽을 쌓아 도시를 요새화시켰는데 그 당시의 성벽이 지금도 남아 있는 것이다.

성에는 모두 일곱 개의 문이 있었지만 운하를 메우면서 없어지고 세 개만 남아 있으며 1680년에 세운 발비 아치 Balbi's Arch 도 그중 하나다. 발비 아치 윗부분에 성 마르코를 상징하는 날개 달린 사자상을 새겨놓은 것을 보면 베네치아가 지배하던 시기에 만들어졌음을 알 수 있다.

발비 아치라는 관문을 지나 구 시가지로 오르는 골목은 아기자기하고 볼거리가 많다. 한참을 오르자 길 가운데 버티고 앉은 고양이 한 마리가 먼저 반겼다. 오랜 시간 이곳에서 여행객들과 친근하게 지냈는지 사람을 피하지 않는다.

자동차로 떠나는 발칸반도 여행

골목길 양옆으로 지금도 사람이 살고 있는 마을엔 창문을 열고 빨래를 널어놓은 집들이 많았다. 크로아티아의 지방에서 흔히 만나는 테라물라 Tiramola 라고 부르는 골목길 빨랫줄도 볼 수 있다. 테라물라는 테라 당기다 와 물라 놓다 의 합성어이다. 옛날 크로아티아에서는 베란다가 넓을수록 세금을 많이 내야 했는데 빨래를 걸 베란다 공간을 가질 수 없는 사람들은 골목을 두고 마주한 집과 집 사이에 이렇게 빨랫줄을 연결해서 빨래를 널었던 데서 생겨난 말이라 한다.

　디오클레티안 황제 시절에 많은 기독교인들은 핍박을 받고 죽임당하기도 했는데, 그중에는 귀족 집안에서 자란 유페미아라는 이름을 가진 젊은 여자아이도 있었다. 그녀가 15살이 되던 해, 그녀는 디오클레티안 군사에게 잡혀가서 기독교를 포기하라고 강요를 받았다. 이를 거절하자 그녀는 맹수들이 지키고 있는 투기장에 던져져 버렸는데 어찌 된 일인지 사나운 사자는 그녀에게 덤벼들기는커녕 그녀를 혀로 핥아 주기까지 했다. 그럼에도 불구하고 그녀는 결국은 죽임을 당했다. 그 뒤 페르시아 정복으로 인해 유페미아의 석관은 기독교인들에 의해 콘스탄티노플에 있는 교회로 옮겨졌다. 그러나 우상 숭배를 싫어하는 술탄이 권력을 잡자 그녀의 석관은 바다에 던져지고 말았다.

　그 석관은 흘러 흘러 로빈 해안까지 이르렀고 로빈 사람들은 바다에서 유페미아를 건져 올려 성 조지아 성당에 안치하고 로빈의 수호성인으로 삼았으며 그 뒤로 이 조지아 성당은 성 유페미아 성당으로 불리게 된 것이다.

이 석관이 로빈으로 처음 왔을 때, 조지아 성당은 너무 작아서 넘쳐나는 순례자들을 다 감당할 수가 없었다고 한다. 그래서 10세기에 이르러서 사람들은 더 큰 건물을 지어서 성 조지아와 성 유페미아의 목제 동상을 안치했다. 지금 제단에 서 있는 도금된 석상은 17세기 초에 세워진 것이다. 도시 인구가 증가함에 따라 유페미아 성당은 1725년에서 1736년에 사이에 더 크게 확장이 되고 내부는 많은 제단과 그림들로 더욱 화려해졌다.

성당 안에는 기념품을 파는 조그만 가게가 있는데, 그 바로 옆의 좁은 문을 통해 종탑으로 오르는 길이 나 있다. 종탑 꼭대기에 오르니 붉은 지붕을 하고 있는 구 시가지가 한눈에 내려다보인다. 지붕 전체가 붉게 드리워진 아름다운 모습에 또 다시 감탄을 멈출 수 없다. 그러나 이미 피란의 구 시가지의 장엄한 풍경을 보았던 터라 여기서는 감흥이 그리 크지 않아 아쉬웠다. 그래서 사람들이 로빈과 피란을 함께 구경하지 말라고 했던 모양이다. 구 시가지를 걸어 나오며 아내에게 로빈을 보고 난 느낌을 말했다.

"어때? 난 피란과 로빈이 헷갈리네?"

"저도 그래요. 두 도시의 모습이 비슷한 것 같아요."

"이제는 두 도시의 광장과 건축물까지 맞물려 기억하게 된다니까."

"우리처럼 이 두 도시를 함께 본 여행자들은 다들 그렇게 느낀대요."

"해변에 세워진 구 시가지, 종탑을 끼고 있는 성당, 사람들의 삶의 방식까지 다 같은 모습처럼 보인단 말이야."

아무튼 내게 작지만 강한 인상을 준 두 도시, 슬로베니아의 피란과 크로아티아의 로빈을 다 돌아보게 된 것이다.

자동차로 떠나는 발칸반도 여행

발칸 반도 속의 작은 로마, 풀라

　이제 로빈을 떠나야 한다. 로빈을 빠져나와 라스토케로 가는 도중에 풀라에 들르기로 했다. 로빈에서 약 1시간 정도의 거리에 풀라가 있다. 자동차 도로를 벗어나 시내로 들어서자 먼발치에서 거대한 원형 경기장의 모습이 보이면서 풀라에 도착함을 느낄 수 있었다. 풀라 시내로 들어와 입구에 있는 거대한 원형 경기장 앞에 도착했다. 풀라 또한 주차난이 심각하다. 점심쯤 되어 도착했기 때문인지 이미 도로 주변의 주차장은 만원이다. 경기장 인근에 주차하려는데 아무리 돌아봐도 주차할 공간을 찾을 수 없었다. 그렇다고 이곳 사람들은 정해진 주차구역 외에 불법 주차하는 경우는 없다. 시민의식이 좋은 건지 불법주차 단속이 잘 되는 건지는 알 수 없지만.

　겨우 주차를 마치고 원형 경기장으로 들어갔다. 풀라의 상징물인 이 원형경기장은 콜로세움보다 먼저 짓기 시작했다고 한다. 풀라 유적의 대부분은 로마 제국 최초의 황제인 아우구스투스 황제 때 지어졌다. 기원전 1세기

의 일이니 대단한 문화유산이 아닐 수 없다. 풀라 경기장 Pula Arena 은 남
아있는 200여 개의 로마시대 원형 경기장 가운데 여섯 번째로 큰 규모를
자랑하며, 가장 보존 상태가 좋아서 네 개의 측면 탑과 세 개의 로마 건축
양식의 기둥이 모두 보존되어 있는 유일한 경기장이기도 하다.

자동차로 떠나는 발칸반도 여행

석회암으로 지은 외벽은 바다 쪽만 3층으로 되어있고, 나머지는 2층으로 지어 경사를 이루고 있다. 가장 높은 곳은 29.4m에 달한다. 양쪽으로 나뉘어 있는 관람석은 40층의 계단으로 되어 있어 2만 3천 명을 수용할 수 있었으며 장방형 경기장은 철제문으로 구분되어 있다.

로마의 콜로세움을 처음 보았을 때처럼 그 당시의 인력으로 어떻게 이런 엄청난 석조 건축을 해냈을까 하고 또다시 놀랐다. 그리고 많이 훼손된 로마 콜로세움에 비해 이곳은 비교적 보존 상태가 좋아 다행이라는 생각이 들었다.

풀라에는 고대 로마시대 이스트라 반도의 행정 중심지였기에 이 원형 경기장 외에도 고대 로마 유적들이 많이 남아 있다. 천 년 가까이 로마제국의 식민지였기에 이탈리아의 수도, 로마의 축소판이라 불리는 곳이다. 하지만 시간이 모자라 다른 유적들을 더 돌아보지 못하고 다음 여행지로 발길을 옮겼다.

풀라를 떠나 라스토케로 향했다. 목적지까지는 앞으로 3시간을 족히 운전해서 가야 한다. 슈퍼마켓에 들러 몇 가지 물건을 사고 고속도로로 진입하기 전에 주차할 수 있도록 만들어진 넓은 공간에 잠시 차를 세워두고 점심 대용으로 슈퍼마켓에서 구입한 훈제 돼지고기를 입에 넣으며 주린 배를 채웠다. 비록 형식을 갖추지 못한 점심이지만 고기로 끼니를 때운 행복감에 우린 서로를 바라보며 씩 웃었다.

바깥 공기는 태양열에 데워져서 뜨겁다. 그러나 구름 한 점 없이 하늘색 물감을 엎어 놓은 듯 새파란 하늘이다. 그 하늘을 바라보며 잠시나마 여행의 피로를 잊는다. 우리는 끼니도 제대로 챙겨 먹지 못하며 길가에서 훈제 돼지고기 한 점으로 주린 배를 채우는 처량한 신세일까. 아니면 누군가에게는 평생의 버킷리스트일 세계여행을 부부가 손잡고 렌터카로 세계를 주름잡고 있는 행복한 부부일까. 꼭 집어 규정지을 필요 없는 생각을 잠시 해본다.

점심을 끝내고 이제 다시 차를 몰아 라스토케로 향한다. 고속도로로 진입하여 드넓게 펼쳐진 벌판을 가로지르다가 꽤 높은 산들이 감싸고 있는 산 위로 오르기를 반복했다. 깊은 산 숲으로 우거진 길이어서 시야마저 좁고, 게다가 엄청나게 구불구불한 길인데 가끔씩 지나다니는 차를 마주하면 한쪽으로 비켜서야 겨우 통과할 정도로 좁은 도로를 달린다.

숙소 가까이에 왔을 즈음엔 도로는 여전히 좁지만 한가로운 시골 농촌 풍경에 고향 동네와 같은 포근함을 느꼈다. 마을 입구에 다다르자 어느새 해가 저물고 어둑어둑해진 도로에서 강아지 세 마리를 데리고 산책하는 할머니가 길을 가고 있는 모습이 평화롭다.

어렵사리 라스토케 숙소에 도착했다. 집 앞 베란다 전체를 화분으로 예쁘게 장식한 유럽식 전통 가옥이다. 숙소에 들어서니 이제 갓 지어진 집처럼 방이 온통 깨끗했다. 주인 아주머니는 사흘 전에도 한국인 여행객이 들었었다며 한국인에게서는 특유의 향내가 풍긴다고 좋아하신다. 그 말을 듣는 순간, 숙박하고 갔던 그 한국인의 이미지가 이들에게는 한국의 이미지로 남는구나 생각이 드니 우리도 여행 중에 숙소를 깨끗이 사용하고 보다 더 좋은 인상을 남겨야 하겠다는 생각이 머리를 스쳤다.

창문을 열어보니 푸른 잔디밭에 제법 큰 자두나무 두 그루와 사과나무 한 그루가 서 있고 그 너머로 텃밭에는 야채들이 심어져 있어 마치 고향에 온 느낌이다. 고향처럼 포근한 마을의 쾌적한 숙소에 머무르게 되어 시작부터 기대가 된다.

자동차로 떠나는 발칸반도 여행

숙소 이웃집 할머니가 손을 흔들어 반겨주신다

10 일차
라스토케,
플리트비체

Rastoke, Plitvice

라스토케에서 플리트비체까지

Vinica · Skrad · Deln · Duga Resa · E65 · E71 · Vojnić · Topusko · Ogulin · Oštarije · Josipdol · venica · Velika Kladuša · 라스토케 · 23분 26.3 km · 셴 Senj · Baška · Sveti Juraj · Cazin · Bosanska Otoka · Lopar · 플리트비체 국립공원 · Krasno Polje · Ličko Lešće · M4.2 · M14 · Bosanska Krupa · M5 · 비하치 Bihać · Rab · Lun · E71 · Korenica · M11 · E761 · M14.2 · Doljani · ©Google Maps

Mail Art is pushing the envelope

📍 흘러갈 듯 흘러가지 않는 물 위의 마을, 라스토케

라스토케에서의 아침이 밝아온다. 어제 장시간 운전이 피곤했음인지 깊은 잠을 자고 새벽 5시에 잠에서 깨었다. 어디서 장닭이 목을 빼고 크게 우는 소리가 들리자 마을 여기저기서 닭 우는 소리가 줄을 잇는다. 닭 우는 소리가 마을을 깨우는 한적한 시골 마을의 정겨운 아침. 오늘은 또 어떤 새로운 세계가 펼쳐져 나를 맞이할까, 설레는 하루를 맞는다.

아침을 먹고 숙소를 나섰다. 길을 따라 내려가다 커다란 다리를 만났다. 코라나 강의 발원지인데 강물이 흐르는 그 다리 아래로 60명 정도가 모여 사는 작은 마을이 조성되어 있다. 그 마을로 들어서려면 다리 한쪽 아래로 내려와 흐르는 강물을 건너기 위한 작은 다리를 지나야 한다. 이 마을은 1인당 30쿠나의 입장료를 받는다. 입장료를 지불하고 앙증맞게 생긴 작은 다리를 건너서 마을에 들어서니 아침 이슬을 머금은 푸른 나뭇잎들이 아침 햇살에 반사되어 눈이 부셨다. 신기하게도 강 가운데에 마을이 형성되어 있는데 사람과 자연이 함께 이룬 동화 속 마을 같다.

숲 속의 작은 집은 흐르는 물로 인해 습한 까닭에 문자락이며 처마 밑까지 이끼가 가득 끼었고, 어떤 집은 연녹색의 연한 풀이 집보다 더 크게 자라 지붕을 덮어버렸다. 뒤뜰 마루 밑으로 흐르는 냇물이 울타리 너머 옆집으로 이어지는 모습 또한 신비스럽다. 집과 집 사이에 도랑처럼 흐르는 냇물을 건너기 위해 오래된 나무판자를 얹어 놓아 다리를 만들었다. 고인 물이 만들어낸 작은 호수엔 이름 모를 수중 식물이 가득하고 그 식물들 사이로 오리들이 한가롭게 헤엄쳐 다닌다.

누가 접어 띄웠는지 하얀 종이배 여러 개가 출렁이는 물살에 기우뚱거리며 헤엄치는 오리를 뒤따른다. 떨어지는 폭포를 이용한 물레방앗간도 있고 수력을 이용한 세탁기 등 고풍스런 생활 방식의 흔적들도 찾아볼 수 있다. 흘러내리던 강물이 집 앞마당으로 내려와 논에 물이 고인 것처럼 넓게 흐르는 장면은 좀처럼 볼 수 없는 이색적인 마을 경치다.

할머니 한 분이 집 앞에 날아온 나뭇잎을 긁어모아 빗자루로 쓸어내며 청소를 하다가 우리와 눈이 마주치자 밝게 웃으시며 반겨주는 모습은 동화 속의 착한 할머니를 만난 듯한 착각을 불러일으킨다.

시간이 지나면서 수많은 한국인 여행객들이 무리를 지어 나타났다. 한국의 모 방송의 여행 프로그램에서 이곳을 배경으로 촬영해 방영한 뒤에 이 작은 마을은 한국인 관광객들이 빠짐없이 찾는 여행지가 되었다고 한다.

마을이 끝나는 곳에 계곡처럼 깊은 냇가 위에 만들어진 또 하나의 다리를 건너면 마을 전체를 한눈에 바라볼 수 있는 도로를 만난다. 강물은 마을 전체를 휘감고 흘러서 폭포로 떨어지는데, 여기저기서 모여든 물줄기가 다시 냇가로 흐르면서 곳곳에서 이끼를 타고 쏟아지는 폭포들이 장관이다. 초록빛 가득한 마을에 폭포가 떨어지며 만들어 내는 물방울이 운무가 되어 피어오른다. 마침 떠오르는 아침 햇살이 운무 사이로 비추며 만들어내는 마을 전경은 꿈속의 세상처럼 영롱하다.

300여 년 전에 폭포를 이용하여 물레방아를 만든 것이 라스토케 마을의 시초라고 하는데 돈 좀 된다고 무턱대고 개발하지도 않고 또 불편하다고 마음대로 뜯어고치지도 않고 하늘이 내린 처음 모습 그대로 간직하면서 살아온 주민들의 순박한 정서가 오늘의 라스토케를 유명한 관광지로 만들었음에 틀림없다. 쏟아지는 폭포 소리가 귀에 맴돌고 아름다운 마을의 잔영이 머릿속에서 떠나질 않은 채 오던 길을 걸어올라 다시 숙소로 가서 차를 몰고 라스토케를 떠났다.

자동차로 떠나는 발칸반도 여행

♀ 웰컴 투 플리트비체!

플리트비체로 가는 길도 시골 길이다. 가는 길에 넓은 들판 위에 지어진 그림 같이 예쁜 집도 구경하고, 트럭의 탑차 모양을 한 컨테이너에 수십 통의 벌을 키우는 양봉 단지도 구경하면서 30분 만에 플리트비체 숙소에 닿았다. 숙소 앞 도로 건너엔 조그만 구멍가게가 있고 그 앞 커다란 미루나무 그늘 아래엔 동네 주민들이 삼삼오오 모여 앉아 맥주를 마시며 수다를 떠느라 시끄러웠다. 숙소에서 나온 젊은 주인 아주머니는 우리를 반갑게 맞이한 후 숙소 한쪽 건물이 자기가 운영하는 식당이라고 알려주며 그 앞에 차를 주차하게 하고 방으로 안내했다.

플리트비체는 세계적인 관광지여서 늦게 도착하면 주차할 공간이 없어 관광을 못하게 되는 일이 다반사라며 아침 일찍 서둘러 가야 할 것이며, 오늘 오후에 지금 구경을 간다면 관광을 끝내고 나오는 차량들이 많아서 주차가 그리 어렵지 않을 것이라고 플리트비체 여행 팁까지 자세히 설명해주고 주인 아주머니는 방을 나갔다.

"여보, 오늘 오후에 플리트비체를 갈까요? 쉬었다 내일 갈까요?"
"지금 시간이 오후 3시인데 저녁이 되려면 꽤 시간이 남았어. 오후 시간을 그냥 보내긴 그렇지?"
"플리트비체는 너무 넓어서 트레킹 코스가 다양하니 오늘 오후엔 짧은 코스를 다녀오고 내일은 긴 코스로 돌아볼까요?"
"그럽시다. 여기는 날씨도 믿을 수가 없어서 내일은 또 오늘처럼 날씨가 좋지 않을 수도 있으니 오늘처럼 좋은 날씨에 일단 가보기로 합시다."

사실 이번 여행에서 가장 많이 기대했던 여행지이기도 한 플리트비체의 관광이 목전에 이르렀다 생각하니 이미 가슴이 쿵쾅거렸다. 우리의 눈앞에 펼쳐질 플리트비체의 환상적인 경치를 볼 수 있다는 기대에 설레며 숙소를 나섰다. 한여름의 뜨거운 뙤약볕이 차창으로 따갑게 비친다. 숙소를 떠난 지 10여 분 만에 플리트비체라고 쓰인 간판을 발견했다. 플리트비체 입구에 도착한 것이다. 죽기 전에 꼭 봐야 되는 천혜의 비경을 간직한 곳, 플리트비체가 눈앞에 당도했다.

큰 도로에서 주차장으로 들어서 차단기를 통과하니 숲 속에 주차장이 있고, 다시 숲 속으로 들어가면 또 주차장이 있으며 군데군데 어마어마하게 넓은 주차장으로 차량이 빼곡히 들어 차 있는 모습이 관광지의 규모를 짐작하기에 충분했다.

주인 아주머니의 말대로 오후여서인지 간간이 빠지는 차들의 자리로 쉽게 주차를 할 수 있었고 트래킹 준비를 하여 주차장 건너편 플리트비체 공원 매표소로 향했다. 늦은 오후여서 들어가는 사람은 적고 나오는 인파들로 북적거린다. 매표소에서 1일권 티켓180쿠나과 2일권 티켓280쿠나이 있는데 우리는 내일도 올 것이므로 2일권 티켓을 구입했다. 매표소를 통과하여 공원에 들어서서 얼마 지나지 않아 사람들이 많이 모여 있는 곳이 있었다. 역시나 전망대였다. 전망대에서 내려다보니 높은 산에서 떨어져 내리는 거대한 폭포의 모습이 산 너머로 지는 햇빛에 눈이 부셔 잘 보이질 않는다. 내일 다시 와서 보기로 하고 길 아래로 내려갔다. 여기서부터 플리트비체의 트래킹 코스가 시작된다. 사람 한두 명이 지나갈 만한 좁은 길에는 오가는 사람들로 가득했다. 뙤약볕의 더운 날씨에도 아름다운 경치를 즐겨서인지 사람들의 발걸음은 가벼워 보였다.

조금 내려가서 넓은 에메랄드빛 호수 위로 나 있는 데크를 따라 걸었다. 길 옆 호수의 물이 얼마나 깨끗한지 호수 밑바닥까지 속이 훤히 들여다보였다. 호수 속에서 크고 작은 물고기들이 사람들을 향해 몰려다니며 노니는 모습이 그저 신비롭기만 하다.

데크를 걸을 때마다 계단에서 떨어지는 시원한 폭포수들이 걸음을 멈추

자동차로 떠나는 발칸반도 여행

게 했다. 짙은 녹음과 물빛, 그리고 시원한 물소리가 어우러진 플리트비체를 걸으면서 우리는 어느새 마음을 빼앗겨 버렸다. 오가는 사람들에 밀려가면서 1시간쯤 데크 위를 걷다가 플리트비체의 가장 쉬운 코스인 A코스를 따라 되돌아 나왔다. 내일은 제대로 된 하루 코스를 구경하기로 하고 숙소로 향했다.

숙소로 돌아와서 커튼을 걷고 베란다로 나가 보았다. 주인 아주머니가 운영한다는 식당 건물의 삼각형 지붕이 발아래로 보이고 건너편 이웃집에는 마당에 텃밭을 재배하는 농가가 내려다보인다. 키 큰 미루나무 그림자가 이웃집 울타리까지 길게 드리우고 서산으로 기울어 가는 태양의 노을빛이 가로수의 나뭇잎에 반사되어 반짝인다. 농가 지붕 위로 저녁 연기가 모락모락 피어오르는 모습이 아늑하고 평화로운 전형적인 농촌 마을이다.

저녁이 무르익어가는 마을 모습을 내려다보며 운치 있는 식사를 했다. 그 어느 때보다도 사랑스러운 마음으로 지는 해를 바라보았다. 짙푸른 호수를 품은 플리트비체의 환상적인 비경을 떠올리며 오늘 하루를 접는다.

11 일차

플리트비체 트레킹

Plitvice

플리트 비체 트레킹 H 코스

Start

ULAZ / ENTRANCE 1

Exit

ULAZ / ENTRANCE 2
START

©Google Maps

⚲ 크로아티아의 꽃, 플리트비체

산악 지대여서인지 약간 서늘한 온도로 잠을 아주 잘 잘 수 있었다. 새벽에 깨어나 베란다로 나가보았다. 시골 마을의 이른 아침은 온 세상이 쥐죽은 듯이 조용하다. 오늘도 어제와 다를 바 없이 맑다. 플리트비체의 비경을 제대로 볼 수 있을 것 같은 행복한 기분에 들떴다.

오늘은 플리트비체 전 구간을 트래킹하기로 했으니 아침부터 준비를 단단히 한다. 아내는 점심에 먹을 김밥을 싸느라 분주하다. 나는 포도와 자두를 씻어 뭉개지지 않도록 그릇에 담아 배낭에 넣었다. 선크림으로 피부를 무장하고, 지금까지 여행하는 동안 신고 다녔던 샌들을 잠시 집어넣고 챙겨온 운동화로 갈아 신었다. 아차, 양말을 챙겨 오지 않았다. 맨발에 운동화를 신을 수도 없고 고민하던 중에 아내는 본인의 여성용 덧신 한 켤레를 내어주었다. 발목 아래까지만 신는 양말인데 신발을 신어도 양말이 위로 올라오지 않아 발목이 답답하지 않다. 양말의 효과는 충분하고 더위까지 피할 수 있어 일석이조였다. 앞으로 여름에 운동화를 신을 땐 덧신을 신는 게 좋겠다는 생각을 하며 숙소를 나섰다.

엄청난 관광객 인파로 주차장이 금세 차버릴 거라 하여 주차를 못할까 봐 서둘러 나섰다. 숙소에서 5km 떨어진 플리트비체 입구에 도착했다. 한번 와봤다고 길이 눈에 익는다. 다행히 이른 시간이라 아직 주차장은 한산했다. 그러나 관광객이 아직 없을 것이라는 착각은 곧 깨져버렸다. 육교를 건너 매표소에 다다르자 이미 100m 넘게 입장권을 구입하려는 사람들이 줄지어 서있었다. 다행히도 우리는 어제 2일권 입장권을 구입했기에 오늘은 줄을 서지 않고 티켓을 꺼내 보여주고 바로 입장할 수 있었다.

입구에서 얼마 되지 않아 플리트비체의 첫 번째 전망대에 다시 도착했다. 어제는 역광으로 잘 볼 수 없었던 높은 산 정상에서 아래로 쏟아지는 엄청난 물줄기의 폭포가 선명하게 잘 보인다. 사람들의 이목은 대부분 그

자동차로 떠나는 발칸반도 여행

곳을 향하여 있었고, 여기저기서 터져나오는 탄성은 어쩌면 당연할지도 모르겠다. 왼쪽으로는 짙푸른 호수가 산 아래로 넓게 펼쳐져 있는 모습도 좀처럼 보기 드문 비경이다.

이곳에서 왼쪽 능선을 타고 걷는 H코스와 아래로 내려가는 산책로인 A코스로 나뉘어진다. 우리는 오늘 전 구간 코스인 H코스를 걸어야 하므로 왼쪽으로 가야 하지만 어제 벨리키 폭포에 다녀오지 못했기에 내려가서 폭포를 보고 A코스를 잠시 걷다가 다시 H코스에 합류하기로 하고 오른쪽 아래 길로 내려갔다.

구불구불한 자갈길을 걸어 내려가면 호수를 가로지르는 산책길에 이른다. 어제 걸었던 길을 따라 걷다 보면 삼거리에서 'Veliki Slap Large Waterfall'이라고 쓰여진 표지판이 보이는데 이곳에서 오른쪽으로 방향을 바꾸어 산책로를 따라 아래로 내려가면 멋진 장면들이 이어지고 곧이어 산 위에서 굉음을 토해내며 떨어지는 가늘고도 긴 폭포가 눈앞에 나타난다. 플리트비체 국립공원에 있는 92개의 폭포 중에서 가장 큰 폭포로 높이가 78m에 이른다. 얼마나 높은 곳에서 떨어지는지 카메라의 앵글에 폭포를 다 잡을 수 없다. 뒤쪽 산 능선으로 오르는 계단을 타고 올라가서야 폭포 전체를 사진에 겨우 담을 수 있었다. 마침 폭포가 떨어지며 떠오르는 햇살을 받아 무지개가 곱게 피어오른다. 와우. 장관이다. 이 광경을 사진에 담느라 셔터를 누르는 손가락이 부르르 떨리고 있었다.

    1979년 유네스코 세계자연유산으로 지정된 플리트비체는 크고 작은 폭포가 16개의 호수를 연결하고 있는 구조다. 호수가 계단처럼 층층이 이루어져 있고, 높은 층에서 낮은 층으로 폭포가 떨어지는데 호수 상류와 하류의 해발 차이가 130m나 된다고 한다. 본래 하나였던 강물은 석회암 지대를 흐르며 수천 년의 시간 끝에 계단식 호수를 만들었다.

    호수의 데크 산책로에는 엄청난 인파가 몰려 어깨를 맞대며 물 흐르듯 뒤따라 걸어야 할 정도였다. 그래서 가지고 온 삼각대를 마땅히 세울 곳이 없어 폭포의 아름다운 모습을 카메라에 담아가려는 야심 찬 계획은 수포로 돌아가고 말았다. 아쉽지만 카메라를 손에 들고 최선을 다해 사진을 담아보았다. A코스를 따라 걷다가 Supljara Cave를 통과하여 올라가면서 예정되어 있던 H코스로 합류하게 된다.

아, 내 카메라…

능선을 타고 2번 입구 쪽으로 걸어가다가 셔틀버스 정거장 Station 2에 도착했다. 이곳에서 셔틀버스를 타고 Station 4에서 하차하여 걸어 내려오는 코스를 타야 한다. Station 2에는 간단한 스낵을 파는 가게와 그 옆에 공중화장실도 갖추어져 있었다. 그리고 셔틀버스 승강장에는 나무 탁자와 의자가 있어 편히 앉아서 버스를 기다릴 수 있었다.

너무 이른 시간이어서인지 버스는 바로 오지 않고 버스를 타려는 사람들은 점점 모여들고 있었다. 잠시 후에 2량을 이어 매달고 운행하는 셔틀버스가 도착하여 국립공원 직원들이 주로 쓰는 중절모를 쓰고 유니폼을 입은 몸집이 큰 여성 승무원이 버스 탑승을 안내한다. 버스 요금은 공원 입장 티켓에 포함되어 있기 때문에 내지 않아도 된다.

버스는 구불구불하고 삼림이 우거진 웅장한 숲길을 20분 정도 달렸다. 버스가 Station 4에 도착하자 우리와 같은 코스를 가려는 버스 안 대부분의 사람들이 내리려고 준비하고 있는 와중에 갑자기 아내가 화들짝 놀란 표정을 지으며 이야기했다.

"어? 카메라를 두고 왔다."

"카메라? 어디에?"

"아까 버스 승강장 탁자 위에 두고 온 것 같아요."

"그래? 다른 짐들만 들고 그냥 와버렸구나."

일단은 승객들이 내리느라 혼잡하니 우리도 따라 내리기로 했다. 사람들이 다 내리고 나서 다시 버스에 오르려는 승무원에게 소리를 질렀다.

"잠깐만요. 우리가 저쪽 Station 2에서 카메라를 두고 왔는데요. 어떻게…" 하며 말을 이어가려 하자 여자 승무원은 바쁘게 버스에 오르며 "Station 4 사무실에 가서 얘기하세요. 우리는 다른 곳으로 가야 해요."라고 외치면서 정신없이 버스 문을 닫고 출발해 버렸다.

"거기가 많은 사람들이 오가는 곳인데 주인 없는 카메라가 그냥 그 자리에 있겠어?"

"어떡하죠? 찾을 수 있을까요?"

"잃어버렸을 거야. 사무실에 말해보라니까 해보긴 하는데 찾기가 쉽지 않지."

"메모리 칩 속에 사진 자료는요?"

"그동안 어제까지 찍은 자료는 다 받아두었지."

"다행이네요."

"다만 오늘 아침에 찍은 사진, 특히 벨리키 폭포 앞에서 어느 여행객이 찍어주며 예쁘게 나왔을 거라던 무지개 아래 사진이 그 속에 있는데 아쉽네."

"그나저나 어디로 전화도 할 수 없고 일단 사무실에 신고나 해둡시다."

카메라를 잃어버린 아쉬운 마음에 터벅터벅 걸으며 사무실을 찾았다. Station 4 사무실에 들어가 자초지종을 설명했더니 직원은 카메라의 기종과 색깔을 묻더니 바로 무전기를 들고 Station 2에 분실물 습득된 것이 있

자동차로 떠나는 발칸반도 여행

는지 알아보라 했다. 곧이어 그쪽 직원이 그 자리에 가보니 카메라가 없다는 대답이 돌아왔다. 그래서 다른 사무실에도 연락하여 혹시 습득물이 들어오는지 알아봐 달라고 하자, 무전기가 공원 내의 모든 직원이 함께 청취하도록 시스템이 되어 있다고 하며 분실물이 습득되면 출구 사무소에서 찾을 수 있을 거라며 관람을 마친 뒤 나갈 때 사무실로 들러 보라 한다.

이쯤 되니 카메라는 잃어버린 것이 확실하게 여겨진다. 희망적이진 않지만 최종적으로 트래킹을 마치고 오후에 나가면서 출구 사무실에 들러 한번 더 확인해보기로 하고 아내를 다독였다.

"여보, 너무 마음 쓰지 마. 카메라는 여행자 보험을 들어 두었으니 보험처리하고 새로 구입하면 되지 뭐. 그리고 사진자료도 오늘 자료를 제외하고는 모두 받아두었으니 다행이야."

"정말 다행이에요. 사진까지 함께 잃어버렸다면 큰일 날 뻔했네요."

"그래서 저녁마다 불편하더라도 그날 찍은 사진자료들을 카메라에서 저장매체로 모두 옮겨두는 거 아니겠어?"

"다시 생각해도 사진자료를 잃지 않은 게 참 다행이네요. 그런데 카메라가 없으니 손이 허전하네요."

"그래? 잠깐 기다려봐."

그러면서 나는 배낭 저 아래에 깊숙이 넣어 두었던 컴팩트 카메라를 꺼내 아내 손에 쥐여주었다. 여행 중에 갑자기 DSLR 카메라가 고장날 경우를 대비해서 비상용으로 가져온 것인데 제대로 쓰이는 것 같아 좋았다. 카메라를 받아 든 아내는,

"와. 이 카메라가 화각이 더 넓게 잘 보이는데요?"라고 말하면서 카메라를 분실하고 나빠진 기분을 전환하려고 애를 쓰고 있었다. 이렇게 아내와나는 여행에 찬물을 끼얹었을까 봐 서로가 아무 일이 없었다는 듯이 여행에심취하려 노력하고 있었다.

◉ 자연이 만든 위대한 걸작품, 비경의 연속

    Station 4에서 내린 많은 여행객들이 아래쪽 울창한 숲으로 향했다. 플리트비체의 절반 이상을 차지하는 숲은 그야말로 원시림에 가깝다. 야생동물을 주의하라는 안내판도 보인다. 한참을 걸어 내려오며 호수를 끼고 만들어진 둘레길을 걷기도 하고 구불구불하게 나 있는 호수의 데크길을 걷기도 하면서 플리트비체의 비경을 구경했다. 유리처럼 맑은 호수에는 물고기가 무리를 지어 움직이고 청둥오리가 헤엄을 치며 미끄러져 가는 모습은 동화 속 그림처럼 아름답다. 가끔씩 물보라를 만들며 시원스레 쏟아져 내리는 폭포를 지나며 그 비경에 탄성을 지르고 오묘한 자연의 아름다움에 넋을 잃기도 한다. 오래되어 쓰러진 나무가 수정처럼 맑은 물 속에 가라앉아 물 속에 녹아 있는 석회 침전물과 엉겨 붙어 자연 그대로 썩어가는 날것 그대로의 모습도 보았다.

    아래로 좀 더 내려오자 위 호수와 아래 호수를 가르는 제방 위에 만들어진 오솔길이 나 있었다. 꽤 오래 걷기도 했고 점심시간이 되기도 해서 오솔길 한쪽에 있는 벤치에 자리를 잡았다. 앞엔 에메랄드빛 호수가 있고 뒤쪽

자동차로 떠나는 발칸반도 여행

으로는 위쪽 호수로부터 맑은 물이 흘러내리며 만들어진 실개천이 흐른다.

트래킹을 하던 가족들이 실개천 옆에 나뒹구는 나무 위에 걸터앉아 점심을 먹는다. 흐르는 물에 발을 담근 꼬마 아이는 엄마의 만류에도 물장난을 그칠 줄 모른다. 벤치 옆에는 이끼 낀 거목들이 울창하여 파란 하늘을 가리고 나무 숲 위에서는 이름 모를 새들이 시끄럽게 재잘거린다. 벤치에 앉아 잠시 더위를 피하며 시원하게 불어오는 바람을 쐬니 천국이 따로 없었다.

우리는 아침에 싸온 김밥으로 점심을 해결하고 얼마 남지 않은 트래킹을 재개했다. 30분 정도를 더 걷다 보면 상류와 하류를 연결하는 코자크 호수를 만난다. 수심이 47m로 여기서 가장 크고 깊은 호수다. 이곳에서 보트를 타고 2번 입구로 되돌아 나갈 수 있는데, 선착장에는 수많은 사람들이 보트를 기다리느라 북적인다. 우리가 가려는 반대편 선착장은 빤히 보일 만큼 가깝다. 호수 위를 미끄러지는 이 전기 보트는 엔진소리도 덜컹거림도 없이 3km를 가서 하류 시작점에 내려주었다. 우리는 다시 울창한 삼림 사이로 난 길을 통해 위로 올라 2번 입구에 도달하고, 2번 입구에서 능선 길을 따라 우리가 입장했던 1번 입구로 걸어가야 한다.

　플리트비체는 발을 옮기는 곳마다 근사한 장면들을 연출하지만, 그중에서도 우리가 생각하기에 제일 아름다운 곳은 1번 입구로 향하는 전망대에서 만날 수 있다. 이 높은 전망대에서 호수와 폭포를 한꺼번에 내려다보는 풍광은 플리트비체 비경의 절정에 이른다. 진녹색 호수 가운데를 통과하는 길다란 데크길 위로 수많은 관광객들이 개미처럼 줄지어 지나가는 광경은 그야말로 장관이다. 우리는 투명하고 맑은 호수, 그리고 울창하고 웅장한 숲 속의 초록빛에 온 눈과 마음을 빼앗긴 채 트래킹을 마무리하고 1번 입구로 나왔다.

　공원을 빠져나오기 전에 1번 입구 사무실에 들러 직원에게 물었다.
　"혹시 오전에 카메라 분실 신고를 했었는데 습득물 들어왔는지요?"
　"그렇잖아도 Station 2에 알아보았고 다른 지역에도 확인하였으나 아직까지 카메라 습득물은 없습니다."
　"그렇습니까. 그럼 카메라를 찾을 수 없으니 본국에 돌아가 보험처리를 하고 보상금을 받으려면 경찰서에서 발급한 분실확인서가 필요합니다. 경찰서에 가서 분실확인서를 만들기 위해 이곳 공원 사무실에서 오전부터 있었던

　　　　　　　　　　　　　자동차로 떠나는 발칸반도 여행

카메라 분실에 관한 자초지종을 적어 분실 확인을 해주실 수 없는지요?"

"우리는 그런 확인은 해줄 수 없습니다. 경찰서에 가면 확인 받으실 수 있을 겁니다."

"여기서 가장 가까운 경찰서가 어디에 있는지요?"

"남쪽으로 20km쯤에 자다르 가는 도중에 코레니카라는 파출소가 있습니다."

이렇게 직원이 적어 준 파출소 이름이 적힌 메모지를 받아들고 공원을 나와야 했다. 이제는 카메라 분실은 확실하고 분실 확인서를 받아 보험회사에서 보상금을 받는 절차에 돌입해야 한다. 산속이다 보니 가장 가깝다고 하는 파출소가 이렇게나 멀리 있는지… 하지만 마침 그곳은 내일 자다르로 가야 하는데 가는 도중에 위치하고 있어 가면서 들르기로 하고 주차장으로 향했다.

다시 숙소로 돌아왔다. 숙소 앞 구멍가게는 마을 사람들의 사랑방이다. 큰 나무 그늘 아래에서 맥주를 마시며 시간을 보내는 동네 주민들의 웃음소리가 끊이질 않는다. 베란다로 나가 밖을 보았다. 하루해가 저물어가는 저녁 무렵이다. 큰 트랙터를 몰고 나간 이웃집 남자가 일터에서 돌아온다. 마당에서 전지가위로 포도나무를 전지하던 아주머니는 밖으로 나와 일터에서 돌아오는 남편을 맞는다. 트랙터에서 내린 농부는 웃옷을 벗어 먼지를 한두 번 털더니 어깨에 걸치고 마중 나온 아내와 마당을 가로질러 집 안으로 들어간다. 전형적인 농촌 마을의 소박한 풍경에 따뜻함이 가슴으로 밀려왔다.

이번 여행을 하기 전부터 가장 가 보고 싶었던 여행지였고 이번 여행 중 가장 기대가 컸던 여행지, 플리트비체. 자연이 만든 위대한 걸작품의 비경을 마음속에 하나씩 새기며 푸른 자연과 하나가 되었던 소중한 하루를 맺었다. 플리트비체는 내 기대를 저버리지 않았다.

12일차
자다르
Zadar

플리트 비체에서 **자다르**까지

1시간 42분
133 km

⚲ 도대체 경찰서는 어디에 있는 거야?

이 숙소에서 두 번째 아침을 맞았다. 오늘 아침도 주변은 여전히 적막강산이다. 하늘은 맑고, 창문으로 내다보이는 이웃집 굴뚝에서는 오늘도 연기가 모락모락 피어난다. 이슬 먹은 깨끗한 초원이 아침햇살을 받아 반짝반짝 빛나는 싱그러운 아침이다. 오늘은 아들에게서 잘 먹고 잘 있으니 자기를 염려하지 말라는 문자가 도착했다. 메시지와 함께 스스로 차린 상차림 사진을 보내왔다. 방학 때면 엄마, 아빠가 여행에 나서서 여러 날을 집을 비우게 되어 그때마다 집에 남아 고생하는 아들이 대견기도 하고 미안한 마음인데 아내는 문자를 받더니 또 집에 홀로 남겨진 아들이 안쓰러워 말을 잇지 못한다.

뜨끈한 계란국으로 아침을 해먹고 짐을 꾸려 체크아웃할 준비를 한다. 숙소를 나가기 전, 빠뜨리고 두고 간 짐이 있지는 않은지 습관처럼 한 바퀴 돌아본 뒤 숙소를 나선다. 자동차를 30분을 달려서 코레니카에 도착했다. 도시에 들어서 신호대기를 하고 있는데 도로에서 한 그룹의 한국인 관광객들이 캐리어를 끌면서 관광버스에 오르는 모습을 보았다. 그리 크진 않지만 웬만한 도시인데다 플리트비체가 가까워 패키지 여행객들이 이 도시에서 많이 묵는 듯하다. 우리는 큰 슈퍼마켓을 발견하고 마켓 주차장에 주차했다. 아내는 슈퍼마켓에서 장을 보겠다며 나더러 그사이에 경찰서에 다녀오라 한다.

마침 슈퍼마켓에서 장을 보고 나오는 나이 지긋한 어르신에게 이 근방에 경찰서가 어디 있느냐고 물었더니 자기를 따라오라 하고 앞장서 걸었다. 십 분쯤 걸었을까. 경찰차가 주차되어 있는 건물을 가리키며 경찰서라고 일러주어 감사 인사를 하고 나는 경찰서 건물로 들어갔다.
콧수염을 기른 뚱뚱한 경찰관과 이야기를 하려 하는데 영어를 못하는 바람에 의사소통이 난관을 겪는 중인데 마침 영어 소통이 가능한 젊은 경찰관이 다가왔다. 내가 자초지종을 설명하면서 '분실물 확인서'를 받으러 왔다 했더니 여기는 파출소여서 그런 업무를 담당하지 않고 자다르 경찰서로 가야 한단다. 아니. 이게 무슨 말인가. 파출소와 경찰서 업무가 다르다니. 별 소득이 없이 파출소 문을 나섰다. 그래도 우리가 자다르 방향으로 나가는 일정이어서 망정이지, 그렇지 않다면 '분실 확인서' 하나 받으려고 플리트비체에서 자다르 경찰서까지 60여km를 갔어야 한단 말인가. 참 어이가 없다.

파출소를 나온 우리는 넓은 평원 사이로 난 도로를 신나게 달렸다. 고속도로인데도 모두가 2차선 도로이며 중앙분리대도 없다. 제한속도는 상황에 따라 금방금방 바뀐다. 고속도로이긴 하나 우리나라의 자동차전용도로 수준이다. 산악 지대를 통과해서 그런지 터널들이 나타났다 하면 꽤나 길어 5km의 터널 길이는 긴 축도 아니다. 이런 도로를 1시간가량 달려 자다르에 도착했다. 자다르는 큰 도시답게 번잡했다. 해안을 따라 시내로 접어들다가 일방통행 도로를 따라서 직진과 유턴을 반복하면서 숙소에 도착했다.

숙소는 큰 도로 옆에 있는 3층짜리 건물이었다. 숙소 앞이 도로이기에 주차 공간이 따로 없다. 그래서 내가 차를 도로 가에 주차하고 있을 테니 아내가 숙소로 뛰어 들어가 주차를 어디에 할 것인가를 묻고 오기로 했다. 숙소에 들어간 아내는 금세 여주인과 함께 숙소에서 나왔다. 여주인은 얼른 차에서 짐을 꺼내고 숙소로 올라오면 자기 아들이 공영주차장을 알려줄 테니 그곳에 주차하면 된다고 했다. 숙소는 2층에 있기에 또 계단을 올라야 했다. 숙소는 건물 중앙에 있어서 밖으로 창문이 따로 없다. 그 대신 뒷문을 열면 윗층까지 공간으로 이어져 하늘이 탁 트인 좁은 공간이 있고 그곳에 응접탁자와 의자를 놓아두어 쉴 수 있도록 되어 있었다. 그 공간은 천장이 투명하여 햇빛이 직사광선으로 비추어 그곳만 햇빛을 환하게 받고 있었다.

상추 쌈으로 간단히 점심을 해결한 후에 주인에게 자다르 경찰서가 어디에 있는지를 물었다. 주인은 자다르 지도를 펼쳐놓고 경찰서뿐 아니라 시내여행할 코스를 자세하게 설명해 주었다. 경찰서는 바로 인근 구 시가지 안에 있어서 걸어서 5분이면 닿을 수 있는 곳이라 한다.

밖으로 나오니 한낮의 태양이 숨이 막힐 정도로 뜨겁다. 가능하면 그늘 있는 쪽으로 걸으며 경찰서를 찾아간다. 시내를 걸으며 구 시가지에서 걸어 나오는 많은 관광객들을 만난다. 튜브를 목에 걸치고 수영복 차림으로 도로를 걷는 가족단위의 사람들이 많이 보인다. 가까이에 있는 바다에서 물놀이를 즐기고 숙소로 들어오는 사람들인 모양이다.

자다르는 항구도시다. 크로아티아의 남서부, 아드리아해의 연안에 위치하고 있으며 달마치아의 옛 중심지였던 곳이다. 고대 로마의 식민지가 되기 이전에는 일리리아인이 세운 도시였다. 812년, 아헨 조약으로 비잔티움 제국령으로 귀속되었다가 12세기 후반에 헝가리 왕국이 이 도시를 점령했지만, 1202년에 베네치아 공화국 령으로 귀속되었다. 1797년, 나폴레옹에 의해서 베네치아 공화국이 멸망했고 캄포포르미오 조약의 결과로 다른 베네치아 공화국령의 영토가 프랑스에서 오스트리아로 귀속되었다. 오스트리아-헝가리 제국이 멸망하면서 유고슬라비아 왕국의 일부가 되었지만, 라팔로 조약에 의해 이탈리아 왕국으로 귀속되었다가 제2차 세계대전 뒤인 1947년, 이탈리아와 연합국 사이의 평화 조약으로 다시 유고슬라비아령이 되었다. 1991년 크로아티아 독립 전쟁에서는 세르비아군의 공격으로 큰 피해를 입기도 했다. 참으로 이 도시의 역사는 변화무쌍했다.

구 시가지로 들어서는 입구에는 성벽이 둘러쳐져 있다. 성벽 앞에는 으레 '해자'가 있어서 성문 이외의 진입 경로를 차단하기 위해 물을 흐르게 했던 곳인데 지금 이 해자엔 요트들이 줄지어 정박해 있어 격세지감을 느낀다. 성벽은 가장 오래된 것이 로마인들에 의해 건설된 동쪽 성벽이고 나

자동차로 떠나는 발칸반도 여행

머지는 베네치아인들에 의해 만들어졌다. 아직도 남아있는 4개의 성문 중에서 보존이 제일 잘 되어있는 Land Gate를 지난다. 1543년에 베네치아인들에 의해 르네상스 형식으로 지어진 이 건축물은 아직도 구 시가지로 접근하기에 가장 좋은 문이다.

　Land Gate 안에서도 문이 세 개나 있는 데, 가운데 제일 큰 통로는 차량이 진입하는 곳이고 양옆의 두 개의 작은 통로들은 사람들이 이용하는 문이다. 이 문은 말을 타고 있는 자다르의 수호성인인 성 크리소고누스와 베네치아 왕국의 문장 紋章 들로 장식이 되어 있다.

　성문을 지나 구 시가지로 들어선다. 고풍스런 옛 건물들 사이로 걷다가 시원스레 펼쳐진 푸른 바다를 만난다. 바다 쪽에는 꽤나 오래된 나무들이 서있고, 바다와 맞닿아 서쪽으로 끝없이 이어진 콘크리트 제방엔 물놀이를 즐기는 수많은 피서객들이 태양을 느끼며 쉬고 있었다.

　지나는 사람에게 물으니 경찰서가 바로 코앞에 있었다. 아내는 바닷가에
가서 쉬라고 하고 경찰서에는 나 혼자 다녀오기로 했다. 골목 쪽의 자그마
한 출입문을 통해 들어갔더니 바로 민원실이었다. 내가 플리트비체에서 있
었던 카메라 분실 사건을 소상하게 설명하자 경찰관은 잠깐 메모를 하더니
앞에 기다리는 사람들이 있으니 잠시 기다리라 했다. 경찰관에게 하는 말
을 조용히 듣고 있었던 민원인들 중에 한 명이 내게 묻는다.

　"카메라를 분실했나 봐요?"

　"네."

　"너무 걱정하지 마세요. 보험회사에서 보상받아 더 좋은 카메라를 구입하면 돼요." 하면서 나를 위로했다. 그리고는 그 옆에 앉아 있던 여자 분이 덧붙였다.

"이곳은 관광지여서 소매치기를 조심해야 해요. 이분들은 우리 숙소에 묵은 독일 사람들인데 밖에 나갔다가 여권이 든 지갑을 통째로 잃어버렸어요. 그래서 여행을 망치고 이렇게 수속 중이에요."

내게 말을 붙인 사람들은 숙소의 주인이고, 같이 온 두 사람은 독일에서 여행 와 숙소에 묵은 손님들인 것 같은데 어찌할 바를 모르고 난감해 하는 표정이 역력하다. 그리고는 숙소 여주인이라는 분이 또 옆에 있는 젊은 분들을 가리키며,

"저분들도 카메라를 잃어버려서 왔대요. 그런데 카메라보다는 여행하며 찍은 사진들을 모두 잃어버려 더 속상해하고 있어요. 그런데 어떻게 찾을 수 있겠어요? 카메라나 보상받아야지…."

나보다 딱한 이들의 사연을 들으니 그래도 조금 위안이 되었다. 카메라는 잃어버렸어도 사진은 따로 저장해 두었으니 나는 저들에 비해서 얼마나 다행인가.

한참 지나도 앞 민원인들이 끝날 기미가 보이지 않아 경찰관에게 30분 정도 있다가 다시 오겠다고 양해를 구하고 아내가 기다리는 곳으로 갔다. 나는 아내에게 민원인들로 가득 찬 경찰서 상황을 설명하고 같이 구 시가지 안쪽으로 걸어 들어갔다. 골목길을 지나자 구 시가지 초입에서 조그마한 광장을 만났다. 여행자들에게는 멋진 명소로, 현지인들에게는 만남의 장소로 이용되는 곳이기도 하다. 이 광장 한켠에는 묘한 각을 자랑하며 우뚝 솟은 탑이 있는데 이 탑은 베네치아인들이 터키의 공격을 방어하기 위해 지었다고 한다. 현재는 전시공간으로 사용되고 있다.

근처에 우물이 있는데, 그곳으로 가까이 가보면 다섯 개의 우물이 줄지어 있는 것을 볼 수 있다. 16세기 베네치아는 이 우물을 구축하여 터키의 포위에도 물을 공급받으며 공격을 견뎠다고 한다. 뚜껑으로 덮인 우물 위의 녹슨 도르래가 오랜 역사를 말해주고 있었다. 다섯 개의 우물을 등지고 계단을 내려서면 이번엔 넓은 광장이 나타난다. 커다란 나무 아래 둥근 모양의 터가 있는데 발밑이 강화 유리로 되어 있어 유적지를 발굴하던 흔적을 그대로 볼 수 있게 해 두었다.

이 광장 근처에는 성 시몬 교회라는 교회가 있다. 성 시몬 교회는 성스테판 교회 건물 위에 만든 복합건물이다. 고딕, 르네상스, 그리고 주로 바로크 양식이 가미된 건물로, 1632년 13세기부터 존재하던 성 시몬의 석관과 유품들을 성 마리아 교회로부터 옮겨왔다. 이 교회 주변에는 레스토랑들이 있고 그 레스토랑 바로 앞쪽에는 유물인 듯 보이는 돌덩이들도 전시되어 있다.

자동차로 떠나는 발칸반도 여행

시간이 되어 시내 구경을 멈추고 다시 경찰서 민원실로 갔다. 아까 그 민원인들이 아직도 그대로 있다. 그 경찰관은 담배를 피우며 민원인들과 수다를 떨고 있었다. 내부엔 금연 스티커가 붙어 있는데도.

 "아직도 순서가 그대로이네요. 얼마를 더 기다려야 하나요?" 하고 물었더니 경찰관 대신 아까 내게 말을 붙였던 그 민원인 여인이 대답한다.

 "오늘이 국경일이에요. 그래서 직원 1명이 일을 처리하느라 이렇게 늦는답니다. 시간이 웬만치 흘렀으니 곧 순서가 다가올 거예요. 일을 빨리 처리하려면 저쪽에 가서 수입증지를 미리 사오면 좋을 텐데…" 하고 길 건너 반대편 건물에 수입증지 판매소가 있다고 가리킨다.

 내가 그 위치를 잘 알지 못할 것 같은지 여자의 남편이 수입증지값 20쿠나를 달라 하여 손수 수입증지를 사다 주었다. 참 착한 부부이다. 숙소의 손님이 소매치기당한 것을 신고하러 같이 와준 것도 모자라 아무 상관 없는 내게도 호의를 베풀어 주는 걸 보면 그분들은 천성이 친절한 사람들인 것 같다. 그렇게 30분을 다시 기다린 후에야 내 차례가 다가왔다. 사무실은 탁자 위에 컴퓨터 1대만 달랑 놓여 있고 피의자 조사실마냥 썰렁했다. 경찰관은 카메라 분실 사연을 자세히 들은 뒤에 내 인적사항을 묻고는 '분실 확인서'를 작성한다.

 "국적이 한국이네요?"

 "네. 남한입니다."

 "좋은 나라에 사시는군요."

 "그래요? 왜 그렇게 생각하시죠?"

 "한국은 잘 사는 나라잖아요. 내 휴대폰도 삼성입니다."

 "한국에 가보신 적은 있으신가요?"

 "없습니다만 TV에서 자주 보았습니다."

 "언제 한 번 방문하시지요. 우리 한국사람들은 이 나라에 많이 오지 않습니까?"

"네. 한국사람들 엄청 많습니다. 아버지의 이름은요?"

"네? 아버지 돌아가시고 안계시는데요."

"그래도 말씀해주셔야 해요. 여기 양식에 적도록 되어 있습니다."

"아, 네에."

집 주소, 이메일 주소, 카메라 제조회사, 모델명, 분실 경위 등 자세히 물어 적어 넣는다. 그리고는 작성이 끝났는지 확인서를 출력하여 결재를 받으려는지 다른 사무실로 갔다. 경찰관이 나간 텅 빈 사무실에 홀로 앉아 기다리자니 별의별 생각이 다 떠올랐다. 해외여행 중에 경찰서를 찾아다니느라 생고생을 하는가 하면 또 조사실에 앉아 경찰관 앞에서 조사를 받질 않는가 참 고생도 여러 가지 한다는 생각에 헛웃음이 나왔다. 그렇지만 해볼 만한 고생이라고 여기기로 했다. 어차피 많은 경험을 해보려고 편한 패키지여행을 마다하고 힘든 자유 여행을 선택한 것이고, 이 또한 소중한 경험이라고 생각하니 마음이 훨씬 편해졌다.

잠시 후에 돌아온 경찰관은 수입증지를 붙인 확인서에 경찰서 직인을 찍은 '분실 확인서'를 내게 전해주고 좋은 일이 있길 빈다며 나를 전송했다. 이렇게 해서 카메라 분실 사건이 일단락되었다. 이 확인서 한 장을 받아 내기 위해 얼마나 고생이 많았는가. 하지만 이제는 카메라 분실에 대한 서운한 감정보다는 이 확인서를 얻어내기 위해 사용한 시간들이 더 소중했다는 생각이 들게 되었다. 나는 어렵사리 얻은 이 귀한 '확인서'를 잃어버리지 않도록 배낭 아래쪽에 깊숙이 넣어 두고 경찰서를 나섰다.

카메라 분실 확인서

자동차로 떠나는 발칸반도 여행

📍 자다르의 명물, 바다 오르간

경찰서를 벗어나 남서쪽으로 나가니 바다 빛이 코발트 색인 아드리아해가 펼쳐진다. 해변에서 나를 기다리고 있던 아내를 다시 만나 확인서를 받아낸 무용담을 설명하면서 한참을 걸은 후에 시내 서쪽 끝에 위치한 자다르의 명물인 '바다 오르간'에 도착했다.

자다르를 대표하는 관광지 중 단연 최고로 손꼽히는 바다 오르간은 세계 최초이자 유일한, 바다가 연주하는 파이프 오르간이다. 해변을 따라 있는 산책로에 긴 계단식으로 만들어진 바다 오르간은 2005년에 건축가 니콜라 바시스가 만든 것으로 계단 아래 35개의 파이프가 있어 파도가 파이프 안의 공기를 밀어내며 소리를 낸다. 바람의 세기나 파도의 크기, 속도에 따라 소리가 달라지기 때문에 하루 종일 있어도 계속 다른 음의 연주를 들을 수 있는 것이 가장 큰 매력이다. 특히나 배가 많이 지나다닐 때 파도가 더욱 출렁이기 때문에 소리가 더 웅장하게 들린다.

또한 바다 오르간이 위치한 곳은 자다르의 환상적인 석양을 보기 위한 최고의 명소이기도 하다. 노을빛과 어우러진 오르간 연주를 듣는 것은 자다르 여행의 하이라이트라고도 할 수 있다. 해가 아드리아해의 서쪽으로 기울자 관광객들이 물밀 듯이 몰려든다. 수많은 여행객들이 계단에 모여 앉아 바다 오르간의 소리에 귀를 기울이는 모습은 그 자체가 장관이다.

바다가 연주하는 음악소리를 듣는 사람들(바다 오르간)

바다 오르간을 뒤로하고 계단 위로 올라오니 도로 중앙에는 자다르의 명소들을 담아낸 사진 작품들을 전시하고 있었다. 두 개의 첨탑이 구름 위로 뾰족하게 모습을 드러낸 자그레브의 대성당, 하늘에서 내려다본 돌라츠 시장의 빨간 우산 행렬, 구름에 둘러싸여 섬처럼 보이는 모토분, 푸른 초원 위를 무리지어 달리는 양떼들, 자다르 구 시가지의 빨간 지붕 등 수많은 작품들을 구경하니 시간 가는 줄 몰랐다. 한 가지 특이한 점은 대부분의 사진들이 항공 사진 일색이었다. 일반인들은 아무리 찍으려도 담아내기 힘든 사진들이 카메라를 장착한 드론의 보급화에 따라 색다른 표현 방식의 사진들을 접할 수 있게 된 것이다.

　사진 관람을 하고 있는데 어디선가 음악소리가 시끄럽게 들린다. 중세 복장을 한 합창단원들이 악단들의 음악소리에 맞춰 줄을 지어서 서쪽 끝의 넓은 광장으로 이동하고 있었다. 홀리듯 그들을 따라가 보았다. 맨 앞줄에

　　　　　　　　　　　자동차로 떠나는 발칸반도 여행

는 길게 늘어뜨린 하얀 치마를 입은 중년 여성들이 서고, 뒷줄에는 중절모에 턱시도를 한 남성들이, 그리고 맨 뒤에는 비올라, 기타, 첼로, 만돌린 등의 악기로 구성된 악단들이 열지어 서서 정중히 인사를 하고는 공연을 시작한다. 경쾌한 음악에 맞춰 끼리끼리 손을 맞잡고, 때로는 둥그렇게 원을 그려가며 흥겹게 전통춤을 추면서 여행객들의 박수갈채를 받는다.

　여행 성수기를 맞아 이 도시를 찾아준 여행객들을 위해 준비한 막간 공연으로, 어두워져야 빛을 발하는 '태양의 인사'의 불빛 쇼를 기다리는 동안 무료하지 않도록 행정청이 배려한 특별한 무대인 듯하다. 여행객들을 위한 배려 깊은 행정 정책이 본받을 만하다. 여기저기서 휴대폰을 높이 들고 공연을 촬영하려는 관객들의 모습 또한 진풍경이다. 나 또한 이들의 흥겨운 공연에 매료되어 나중에도 기억하고 싶은 마음으로 휴대폰을 높이 들고 동영상을 찍어 남겼다.

흥을 북돋우던 공연이 끝나고 날이 많이 어두워졌다. 여행객들은 모두 서쪽 끝으로 걸어서 '태양의 인사'를 만난다. 이 역시 니콜라 바시츠의 또 다른 작품이다. 밤이 되면 그 화려한 모습에 누구도 그냥 지나치지 못하는 최고의 로맨틱한 장소다. 300개의 다층구조의 유리판들이 직경 22m 길이의 원 모양으로 만들어져 있는데, 낮에 모아 놓은 태양열이 밤이 되면 조명이 되어 빛을 발산하는 것이다. 그래서 날이 어두워지면 바다 오르간의 음악을 감상하던 여행객들이 환상적인 불빛 쇼를 보기 위해 이곳으로 전부 모여든다.

'태양에게 인사를 Greeting to the sun '이라는 이름을 가진 원형 유리 바닥 면에서 형형색색의 화려한 빛이 발산되고 그 위에 선 여행객들이 친구들과, 가족들과 함박웃음을 지으면서 서로를 부둥켜안고 입을 맞추고, 셀카봉을 높이 들고 추억 만들기에 열중하며 한여름 밤의 축제를 즐긴다. 우리도 사람들 무리에 끼어 원형 안으로 들어가 불빛을 받으며 화려한 불빛 축

자동차로 떠나는 발칸반도 여행

'태양에게 인사를'의 불빛을 즐기는 사람들

제와 한몸이 되면서 평생 잊지 못할 추억을 쌓으며 저녁 시간을 보내고 숙
소로 돌아왔다.

돌아오는 길은 더위가 가신 저녁이어서 차가운 바람이 불고 하늘에는 별
빛이 무성하다. 긴 시간 계속된 여행으로 몸은 피곤해도 마음은 더욱 여행
에 빠져드는 것 같다. 이렇게 자다르의 매력에 푹 빠지고 나니 어느새 우리
의 여행은 중반을 넘어 서고 있었다.

13 ^{일차} 자다르, 트로기르
Zadar, Trogir

크로아티아

자다르에서 트로기르까지

🚗 2시간
145 km

로빈
Rovinj

자다르

Primošten

트로기르

보스니아
헤르체고비나

제니차
Zenica

모스타르
Mostar

마카르스카
Makarska

메주고레
Medugorje

앙코나
Ancona

산 베네데토
San Benedetto
del Tronto

아스콜리
피체노

Banja Luka

아드리아 해

©Google Maps

📍 살아 있는 역사 유적지, 자다르

아침은 또 어김없이 우리를 찾아왔다. 숙소가 건물에 둘러싸여 바깥을 볼 수가 없는데, 다만 창 바깥쪽에 트인 좁은 공간으로 하늘을 올려다보니 무언가로 위를 덮어 놓아 날씨를 가늠하긴 어렵지만 빛이 전혀 보이지 않는 것으로 보아 까무레한 듯하다. 습관처럼 휴대폰을 들어 메시지를 점검한다. 여행 중엔 언제나 고국의 소식이 그립다. 친구나 친지들과의 SNS 소통은 여행 중 생명수와도 같이 반갑다. 잘 지낸다는 안부에서부터 잘 다니라며 힘을 주는 메시지까지 하나하나가 내게는 마음을 붙일 수 있는 금과옥조가 된다.

오늘은 특별히 행복한 아침이다. 메시지를 검색하다가 고등학교 시절에 국어를 가르쳐주신 은사님께서 보내주신 메시지를 발견했다. 우연히 SNS에서 내 여행기를 보시게 되었다며 책으로 출간해도 좋겠다고 급 칭찬을 해주셨다. 물론 격려하시려는 말씀인 줄은 알지만 부끄럽기도 하고 기분이 좋으면서도 연락을 먼저 해주신 데 대해 죄송한 마음이 나를 더 부끄럽게 했다. 여행을 마치고 귀국하는 대로 찾아 뵈어야겠다.

은사님의 메시지를 받고 기뻐하는 사이에 아내는 복도에 비치된 커피머신에서 커피를 내려와 내게 건네고는 "Wake up and smell the coffee!"라며 영어 관용어를 인용하여 너스레를 떤다. 제대로 갖춰지지 않은 배낭 살림을 갖고 겨우 숙박만을 해결해가며 전전긍긍 여행하다가 마음껏 커피를 마실 수 있도록 마련된 커피머신을 사용할 수 있다는 것만으로도 부자가된 듯 행복했던 모양이다.

우리는 커피를 마시면서 오늘 여행 경로에 대해 논의했다. 우선 짐을 꾸려 숙소에 남겨두고 어제 돌아보지 못한 구 시가지를 오전 중에 다녀온 후 짐을 챙겨 체크아웃하기로 했다. 그리고 스플리트로 떠나야 한다. 자드라에서 트로기르까지는 140여km의 여정인데, 고속도로와 지방도로 두 가지 루트가 있다.

자동차로 떠나는 발칸반도 여행

고속도로로 가면 1시간 반, 해안선을 따라 지방도로로 가면 거의 3시간이 걸리지만 해안선 도로가 볼거리가 많으며, 중간에 들를 계획인 '프리모스텐'도 마침 지방도로 가까이에 있으니 시간이 좀 걸리더라도 아드리아해안선을 따라 멋진 경치를 음미하며 가기로 마음을 모았다. 오늘도 날씨는 맑아 하늘이 파랗고 아침인데도 햇볕은 따갑다.

숙소에서 도보로 5분 만에 구 시가지에 이르렀다. 어제처럼 Land Gate를 통해 들어가서 제일 먼저 나로드니 광장을 만났다. '나로드니'는 '사람'이라는 뜻이다. 그래서 People's Square라고도 부른다. 이곳은 16세기에 지어진 이후로 줄곧 자다르 시민들의 삶의 중심이 되어오고 있다. 제일 눈여겨 볼 만한 것은 1500년대에 지어진 구 시가지 경비소, 감시탑이다. 광장 서쪽에 있는 시계탑은 18세기에 세워졌다. 시계탑 건너편에는 1565년에 지어진 Renaissance City Loggia Gradska Loza 가 있는 데 지금은 예술 작품을 전시하는 갤러리로 사용되고 있다. 1930년대에 지어진 시청사도 광장 주변에 있다. 이곳의 노천카페는 시민들의 휴식처이며 만남의 장소로 이용되고 있다.

로마시대 유적들이 곳곳에 보이는 시민을 위한 광장이었던 포럼 Forum 주변에는 성 도나트 성당 Crkva Sv. Donata, 성 마리아 성당과 수도원 Crkva i Samostan Sv. Marije, 성 스토샤 대성당 Katedrala Sv. Stošije 등이 옛 모습을 간직하고 있어서 눈길을 끈다. 또한 중세부터 19세기까지 죄수들을 쇠사슬로 묶어 모든 사람들이 볼 수 있도록 했다는 '수치의 기둥'이 있다. 수치심을 느껴 다시는 죄를 짓지 않도록 하였다는데 1840년까지 유지되었다고 한다. 광장을 중심으로 시대별 다양한 양식의 건축물이 즐비해 있어 그 자체로 건축박물관이다.

광장의 동편에 보이는 성 마리아 교회는 11세기에 지어진 뒤 그동안 여러 차례 리모델링을 겪으면서 현재의 모습으로 자리잡았다. 이 교회의 자랑거리는 콜로만의 타워 Koloman's Tower 라고도 불리는 종탑이다. 이 교회 옆에는 오래된 수도원이 있는데 지금은 금으로 만든 작품들, 그림, 그리고 조각상들을 보관하고 있는 Museum of Church Art로 이용되고 있다. 아쉽게도, 성 마리아 교회와 미술관은 문이 굳게 닫혀져 있어 들어가지 못하고 돌아 나와야 했다. 성 마리아 교회 앞 계단을 따라 포럼을 한 바퀴 돌아본다. 어느새 여행객들이 쏟아져 나와 광장은 번잡하기 이를 데 없다.

천천히 바닷가 쪽으로 걸어나와 구 시가지 쪽을 바라보니 전시된 유물들과 구 시가지의 건물에서 중세시대의 향기가 물씬 느껴진다. 다시 포럼 안으로 들어가 정면에 있는 성 도나트 성당에 들어갔다. 9세기에 지어진 이 성당은 달마티아 지역에서 가장 큰 규모를 가진 비잔틴 양식의 건축물 중 하나로써 자다르를 대표하는 건축물이다. 원래는 삼위일체 성당 Church of the Holy Trinity 으로 불리다가 후에 주교 도나트 Donat 의 이름을 따서 부르게 되었다. 원통형의 이 성당은 로마 포럼 위에 지어진 탓에 포럼에서 가져온 많은 돌로 지어졌고, 내부 바닥은 원래 포럼의 모습을 보여주고 있다. 천장은 마치 공연장처럼 높았고, 2층까지 계단을 타고 걸어 올라가 내려다볼 수 있도록 설계되어 있었다.

성 도나트 성당 바로 옆에는 성 아나스타시아 성당이 있다. 이 성당은 12세기에서 13세기 사이에 지어진 로마네스크 양식의 건축물이다. 자다르 성당이라고도 불리는 이 성당은 건축학적으로 특이한 혼합 양식을 취하고 있다. 원래는 9세기에 비잔틴 양식으로 지어졌다가 12세기에서 13세기에 로마네스크 양식으로 다시 지어졌다. 이 성당에서 제일 흥미를 끄는 것은 세 개의 입구와 많은 아치 모양의 벽장식이 있는 파사드이다. 파사드의 윗부분에는 두 개의 장미 모양 창문이 있는데, 위쪽 창문은 고딕 양식이고 그 아래 창문은 로마네스크 양식으로 만들어져 있다. 성당 내부에는 19세기 성아나스타시아의 유물들이 있고 목조 성가대석도 인상적이다.

달마티아 교회의 특징처럼 이 성당도 종탑이 본 건물에서 분리되어 있다. 15세기에 지어진 이 종탑은 오르는데 입장료가 1인당 15쿠나 한화 3,000원이다. 쿠나가 모자라 2인 5유로를 지불했다. 종루에 올라 시내를 내려다

자동차로 떠나는 발칸반도 여행

보았다. 안전을 위해 쇠그물로 둘러쳐진 사이사이로 시내 전경이 한눈에 들어온다. 높은 성 도나트 성당의 둥그런 지붕도 한참 아래에 내려다보이고 포럼에 이르는 시로카 대로에는 오가는 사람들이 개미들마냥 빼곡히 들어차 있다.

종탑에서 내려와 자다르 기념품을 사기 위해 가게에 들어갔다. 아내는 방문하는 여행지마다 머그컵을 구입하는데, 7유로 50쿠나 나 요구한다. 값이 비싸다고 망설이는 아내에게 나는 사라고 권유했다.

"이 기념 컵값을 단순히 우리가 알고 있는 일반 머그컵값과 비교하면 되겠어. 나중에는 돈을 더 주고도 구입할 수 없는 것이 기념품이야. 그냥 사둬."

나는 습관처럼 가게를 나서다 말고 입구에 서서 휴대폰을 꺼내 머그컵의 값을 메모했다. 메모하는 데 걸리는 시간이 10여 초나 되었을까. 메모를 마치고 가게를 나섰더니 시로카 대로에는 사람들이 엄청나게 많다. 그리고 아내가 없어졌다. 분명히 앞에 나가고 있을 아내를 찾을 수 없는 것이었다. 까치발을 들고 두리번거려도 아내의 모습이 보이질 않는다. 그러면서 머릿속에는 여러 가지의 상상이 맴돈다. 아내가 대로로 직진했을까. 아니면 골목길로 들어갔을까. 직진해서 군중 속에 묻힌 것일까. 아니면 골목길로 들어갔기에 시야에 없는 것일까. 이렇게 망설이면서 내린 결론이 또 서로 헤어진 그 자리에 있기로 한 것이다. 그래서 나는 수많은 사람들이 오가는 시로카 대로의 중앙에 서서 없어진 아내가 오기를 기다리고 있어야 했다.

이 상황을 좀 더 자세히 설명하자면 물론 내가 숙소에 가는 길을 모르는 것은 아니다. 내 임의로 길을 찾아 숙소에 간다면, 그림자처럼 따라와야 하는 남편이 없어졌다고 아내가 또 나를 찾아 헤매고 있지 않을까 염려되기 때문에 그럴 수도 없는 노릇이다. 그래서 지금 이렇게 아내가 되돌아와서 만나기를 기대하고 서 있는 것이다. 그런데 지금 기술하고 있는 이 상황은 긴 시간이 아니고 1—2분 이내의 그야말로 순간적인 상황을 묘사하고 있는 것이다. 만약 길게 헤어져 못 찾는 상황이라면 물론 휴대폰으로 통화하면 연락이 가능하기 때문에 그런 정도의 마음을 졸이는 상황은 아닌 것이다.

아무튼 시로카 대로에서 메모하는 순간에 금방 없어져 버린 아내가 되돌아오기를 기다리며 이리저리 두리번거리다 반대쪽 오던 길을 되돌아보니 높이 치솟은 아나타시아 성당의 종탑이 파란 하늘을 배경으로 매우 아름답게 보인다. 나는 긴박한 순간이지만 사진 욕심이 발동하여 얼른 저 모습을 사진에 담으면 좋겠다는 생각이 들었다. 물론 이러고 있을 때가 아닌 걸 알지만 어차피 아내가 올 때까지 기다리면서 멍하게 있느니 얼른 사진 한 컷을 찍어도 되지 않을까 하는 생각으로 카메라를 들고 화인더를 보았더니 종탑이 높아 화각에 들어오지 않는 것이다. 별수 없이 광각 렌즈를 써야 되겠는데 렌즈를 바꿔 끼려면 배낭 속의 렌즈를 꺼내기 위해 배낭을 내려야 한다. 그래서 도로에 쭈그려 앉아 배낭을 벗어 땅에 내려두고 배낭에서 렌즈를 꺼내서 막 카메라에 바꿔 끼우려고 하는 순간에 아내가 나타났다.

아내는 아무 말도 않고 지금 뭐하고 있느냐는 듯이 노려본다. 순간 당황하여 지금까지의 상황과 내 심정을 설명할 겨를도 없이 아내와 눈이 마주쳤다. 아무 생각 없이 여유롭게 사진이나 찍고 있는 듯이 보여진 나를 보며 아내가 어떻게 생각할지는 뻔한 일이었다. 일단 사진을 찍지도 못하고 주섬주섬 렌즈를 배낭에 다시 집어넣고 배낭을 짊어지고 일어섰다. 아내는 어이가 없다는 듯이 다시 돌아서더니 앞장서 빠른 걸음으로 걷는다. 그리고 나는 큰 잘못을 저지른 아이처럼 무거운 발걸음으로 아내의 뒤를 터벅터벅 뒤따른다. 나는 입이 열 개라도 할 말이 없게 됐지만, 마음속으로는 이렇게 되뇌며 따랐다.

"실은, 그게 아닌데…."

구 시가지를 벗어나서 나는 주차장에서 차를 빼오고, 아내는 숙소로 가서 체크아웃을 하고 나와 숙소 앞에서 다시 만나기로 하고 서로 다른 방향으로 헤어졌다. 나는 공영주차장에서 차를 픽업하여 숙소로 갔고, 숙소에서 내려오는 아내를 만나 짐을 싣고 자다르를 떠나 트로기르로 향했다.

이제부터는 아드리아해안을 따라 쭈욱 아래로 내려가게 된다. 자다르 시내를 벗어나자 내비게이션은 고속도로 쪽으로 안내를 했지만, 우리는 아침에 상의한 대로 내비게이션의 안내를 무시하고 IC를 지나치며 지방도로를 타고 내려갔다.

내려가는 도로는 한산한데 자다르로 들어가려는 차량들이 정체되어 끝이 없이 도로 위에 멈춰 서있었다. 20여 분을 달릴 동안까지 차량이 주차된 채 꼼짝 못하고 있었으니 한 20km는 정체되어 있지 않나 싶다. 막히지 않아 다행이라 생각한 지 얼마 지나지 않아 우리 쪽도 정체가 시작되었다. 차량이 밀리기를 거듭하니 주변 경치고 뭐고 간에 오늘 중으로 목적지에 도착할 수 있을지가 걱정일 정도였다. 주차장처럼 되어버린 도로 위에서 우리는 다시 심사숙고하기 시작했다.

"안되겠어. 해안도로를 피하고 다시 고속도로를 타야 하려나 봐."

"그럽시다. 지금이 피서철 성수기라서 이런가 봐요."

해안 도로를 타고 내려가며 푸르른 아드리아해의 바람을 맞으며 낭만의 여유를 부려 보겠다는 야심 찬 계획 또한 물거품이 되었다. 우리는 내륙 쪽으로 운전대를 돌려 5km 정도를 더 달려서야 고속도로에 진입할 수 있었다.

한참을 달리다 시베니크 IC로 진입했다. 가는 도중에 해안에 위치한 아름다운 도시 프리모스텐을 방문하기 위해서다. 이번엔 또 시베니크로 들어가는 진입로가 밀리기 시작한다. 시베니크가 꽤 큰 도시로서 볼거리가 많은 관광지이기 때문일 것이다. 시베니크에는 상징적 존재이며 2000년에 세계문화유산에 등재된 성 야고보 대성당을 비롯하여 성 바르바라 교회와 성 미카엘 요새 등 볼거리가 많은 곳인데 지나쳐야 되니 아쉽기 그지없다. 이렇게 아쉬워할 때마다 아내는 이렇게 말한다.

"어떻게 다 볼 수 있나요? 우리가 다니는 곳마저 못 본 사람들도 많은데."

맞는 말이긴 하지만 다시는 못 올 여행지라 생각이 드니 욕심을 부려 더 많이 보고자 하는 마음은 여전하다. 그래서 우리의 여행은 늘 빡빡하고 여유가 없어진다. 그럼에도 불구하고 이렇게 속절없이 지나쳐야 되는 곳도 많다. 어쩌겠는가. 아내 말대로 다 볼 수는 없는 것인데.

시베니크 진입로에서 오랜 시간을 정체하여 겨우 톨게이트에 진입했다. 그리고는 시베니크에서 남동쪽으로 1시간쯤 더 달려 자그마한 해안 도시인 프리모스텐에 도착했다.

자동차로 떠나는 발칸반도 여행

♀ 섬의 도시, 프리모스텐

　도시로 들어서는 입구에서 둥그런 분수대가 우리를 맞이한다. 분수대를 지나 도시 안으로 들어서자 수영복을 입은 여행객들이 북적인다. 우선 주차장에 차량을 주차하고 해변으로 나왔다. 마을 주변에 서성이는 관광객의 수에 비하면 해변은 한가했다. 몇몇 사람들만이 해변에 누워 선탠을 즐기고 있었으며 해변에서 구 시가지가 보인다.

　구 시가지는 원래는 섬이었지만, 지금은 본토와 연결돼 있다. 외세의 침략을 수없이 받아온 보니스아계의 달마티아 사람들이 터키의 침략을 피해이 섬에 정착하면서 마을이 생겼는데, 이들이 생존을 위해 바다를 메워 본토와 연결한 것이다. 프리모스텐이란 이름도 '다리를 놓아 가까워지다'라는 뜻이라 한다. 수려한 경관 덕분에 일찍이 관광 산업이 발달해 달마티아 지방에서도 가장 많은 관광객이 찾는 도시가 되었다. 섬에서 가장 높은 언덕에는 성 조지 성당이 우뚝 서 있다. 성당은 15세기 후반에 세워져 1760년 확장된 것인데 바로크식 제단이 인상적이다. 구 시가지의 성당 주변으로는 다른 달마티아 구 도시처럼 좁은 골목길이 미로처럼 이어진다는데 지체된 시간 때문에 들어가 보지 못하고 아쉽게도 먼발치에서만 조망하고 나왔다.

　프리모스텐에서 나와 큰 도로를 타고 트로기르로 향했다. 이정표는 트로기르까지 30km 남았다고 알려주었다. 도시를 벗어나서는 구불구불하게 난 도로를 따라 가파른 산을 올랐다. 산 중턱 즈음 되니 조그마한 주차 공간이 있고 차량들이 잠시 쉬고 있는 모양새이다. 우리도 잠시 차를 주차하고 나가보았다. 오른쪽으로 내려다보니 프리모스텐 구 시가지가 커다란 배처럼 바다 위에 떠있는 모습이 그림처럼 아름답다. 차에서 내린 아내는 탄성을 자아낸다.

　"와. 섬이 참 예쁘다. 여보. 여긴가 보네요. 책에 나온 조망이"

　"맞네. 저기 성 조지 성당이 우뚝 솟은 구 시가지는 한 척의 배처럼 보이누만."

　"그러게요. 육지와 연결된 부분은 배를 묶어 놓은 것처럼 보이구요."

　"우리처럼 창밖으로 보이는 섬이 아름다워 차를 멈추곤 하니 이렇게 주차 공간까지 마련하게 됐나 봐."

　"구 시가지에도 들어가 보았으면 좋았을 텐데 아쉬워요."

　"어떻게 다 볼 수가 있나?"

　하고 이번엔 내가 아내에게서 들었던 말을 아내에게 해주었다. 그리고 우리는 같은 마음이라는 듯이 서로 웃었다.

　　　　　　　　　　자동차로 떠나는 발칸반도 여행

📍 아드리아의 푸른 항구, 트로기르

이곳을 떠나 구불거리는 산길을 한참 달리다 아래쪽으로 내려와 마을의 샛길을 따라 등나무가 마당 전체를 드리운 숙소에 도착했다. 들어가는 입구마저 매우 좁아 운전이 조심스럽다. 마당 한쪽에 주차하고 차에서 내렸다. 우리가 묵을 방은 1층에 있었다. 손님이 빠져나가고 막 청소를 마쳤는지 문도 열어둔 채였다. 방은 허름하였으나 큰 냉장고가 있어 맘에 들었고, 아내는 욕실 한쪽에 비치된 탈수기를 발견하고는 빨래를 할 수 있게 되었다며 좋아라 한다.

숙소에 들어오면 어떻게 짐을 풀어야 편리하게 사용할 수 있을까 고려하는 일이 맨 처음 하는 일이다. 비록 하룻밤이지만 우리가 묵을 이 방은 우리가 평소에 생활하는 집의 축소판이 되기 때문이다. 이 숙소는 방이 좁아서 이리저리 궁리를 하다가 문 앞에 놓인 책상이 눈에 들어왔다. 테이블보를 씌우고 조그마한 꽃병이며 시내 관광 안내 책자들을 올려놓아 예쁘게 진열해 두었다. 하지만 우리에게 미적인 것은 딱히 필요 없다. 살아야 할 공간이 필요하다. 책상 위의 물건들을 내리고 테이블 보도 걷어서 가지런히 한 쪽에 개 두었다. 그리고 이 책상은 식탁으로 쓰기로 한다. 또 한쪽 바닥에 신문지를 깔고 캐리어를 열어 짐들을 펼쳐 두고 사용하기로 한다. 음식물과 의복 등 정리되고 나서야 하룻밤의 생활 공간이 제대로 마련된 것이다.

식사를 마치고 외출에 나섰다. 숙소의 마당에는 토마토가 제법 자라 열매를 틔우고, 울타리 옆에는 능소화 줄기가 늘어져 빨간 꽃을 피웠다. 현관 앞에는 아이들 빨래를 널어놓은 건조대가 삶의 냄새를 물씬 풍긴다. 걸어 나와 도로에 이를 즈음 커다란 건물을 만나고 건물 외벽에는 '현대 자동차 서비스' 간판이 크게 눈에 들어온다. 외국에서 만나는 우리나라 기업의 간판은 괜히 반갑다. 큰 도로로 나오니 한여름 뜨거운 태양열에 데워진 도로 위에 아지랑이가 피어난다.

트로기르는 아드리아해안에 있는 항구 도시이며 '트로기르'라는 지명은 그리스어로 숫염소를 뜻하는 '트라고스 tragos'에서 유래하였다고 한다. 1123년에 이슬람교도인 사라센족의 공격으로 도시 전체가 대부분 파괴되었으나 12세기에서 13세기에 걸쳐 빠른 속도로 재건되었다. 그 이후에 도시를 둘러싼 성벽 안에서 그리스·로마·베네치아 등 다양한 문화의 영향을 받아 발전했다. 시내 도로를 따라 5분 정도 더 걸으니 구 시가지로 건너는 다리를 만날 수 있었다.

트로기르 구 시가지는 섬에 세워진 도시다. 따라서 달마티안 육지와 치오보 섬 사이의 좁은 해협에 떠있는 트로기르 섬으로 건너가기 위해서는 본토와 구 시가지 사이에 흐르는 좁은 물길을 건너야 한다. 육지와의 거리가 매우 짧아 다리 아래로 흐르는 물길이 도랑처럼 가깝다. 다리를 건너자마자 바로 앞에 벽을 성벽처럼 쌓아올려 지은 둥그런 건축물을 발견했다. 방어 목적으로 지어진 성 마르크 탑이다. 카메르렝고 성이 지어진 이후에 르네상스 양식의 동그란 형태로 지어졌다.

탑으로 올라가니 성벽 가운데에 구멍을 내어 적으로부터 보호하기 위한 대포를 설치했고, 넓은 탑 꼭대기에서는 섬과 육지를 한눈에 볼 수 있어 적의 동향을 살피기 좋은 위치였다. 꼭대기에서는 아래로 커다란 경기장처럼 보이는 운동장 하나를 사이에 두고 건너편에 카메르렝고 성이 빤히 보인다.

자동차로 떠나는 발칸반도 여행

탑에서 내려와 해변 쪽을 따라 걸어서 금방 카메르렝고 성에 도착한다. 성의 입구에 들어서니 성벽이 둘러쳐져 있고 그 안으로 광장에 하얀 의자들이 정리되지 않은 채 널부러져 있었다. 여름철에 이곳은 다양한 공연과 음악회가 열리는 공연장으로 쓰인다고 한다. 한쪽 벽면에 붙어 있는 계단을 걸어서 성 위의 탑에 오른다.

　탑에서 내려다보면, 중세 도시의 모습을 고스란히 간직하고 있어 도시 전체가 1997년 유네스코 세계문화유산으로 지정된 트로기르가 한눈에 들어온다. 구 시가지와 푸른 아드리아해, 그리고 건너편의 치오보 섬의 전경 등 사방 어느 쪽으로 시선을 돌려도 매우 아름답다. 저녁이 되면서 해는 서쪽으로 기울고 아드리아해에 석양이 반사되어 환상적인 풍경을 연출한다. 유람선들이 노을빛을 받은 붉은색 물살을 가르며 항구로 돌아온다. 눈앞에 펼쳐진 트로기르의 아름다운 모습에 넋을 잃고 한동안 상념에 젖어보았다.

　요새에서 내려와 바다를 끼고 걷다가 종탑과 함께 서 있는 성 도미니크 수도원과 성당을 만났다. 이 아름다운 수도원의 하이라이트는 수도원 내부에 있는 15세기의 유명한 인문학자인 Ivan과 Simun Sobot의 무덤이다. 아치형 개선문과 목재로 만들어진 '제대祭臺'도 볼만하다. 성 도미니크 수도원에서 나와 해안 산책로를 따라 걸었다. 야자수가 줄지어 선 바닷가 넓은 길에는 여행객들로 붐빈다. 한쪽에는 비보잉을 하는 춤꾼들이 현란한 춤사위로 수많은 관중들의 시선을 사로잡는다. 산책로에 나온 여행객들은 모두가 편안한 표정이다. 손을 허리에 감싸고 걷는 연인들, 엄마가 사준 아이스크림을 입에 물고 좋아하는 어린아이, 벤치에 앉아서 밝은 미소를 띠며 담소를 나누는 사람 등 여행의 피로를 풀면서 트로기르의 한여름 밤을 즐기는 사람들로 북적였다.

산책로를 걷다 보면 성벽에 붙여 지은 비투리 Vitturi 궁전과 그 옆에 르네상스식 문이 보이는데, 성벽 아래로 가게들이 들어서 있어 궁전이라는 생각은 전혀 들지 않는다. 이어서 '베네딕트파 수녀원'과 '성 니콜라스 성당'을 발견한다. 섬 가장자리로 나가 치오보 섬으로 건너가는 다리를 끼고 걸을 때 치오보 섬의 휘황찬란한 불빛이 바다에 비친 반영도 볼만한 장면이다.

골목길로 들어서면 트로기르의 중심 이바나 파블라 광장을 만난다. 광장 북쪽에는 크로아티아의 자랑이자 로마네스크 양식으로 지어진 '성 로렌스' 성당이 있다. 입구에 있는 라도반 Radovan 의 문과 함께 이 성당은 트로기르에서 가장 유명한 건축물로써 트로기르에서 가장 높이 솟아있어 어디에서나 잘 보이는 랜드마크이다. 서쪽에 있는 성당 입구에는 이 지역의 뛰어난 조각가 라도반이 제자들과 함께 1240년에 완성한 로마네스크 양식의 조각 작품이 장식되어 있다.

성당 맞은편에는 시계탑이 있는데 시계탑 앞에 15세기 니콜라스 플로렌스가 만든 것으로 추정되는 예수상과 성 세바스찬 St. Sebastian 동상이 있다. 예수상의 머리에는 비둘기가 있었고, 오른손에는 포도와 장미넝쿨이 있었다는데 지금은 파손되어 보이지 않는다. 그 아래에 있는 동상의 성 세바스찬은 로마 황제의 근위장교였는데 기독교 신자라는 이유로 손을 뒤로 묶인 채 여러 개의 화살에 맞아 순교한 성인이라 한다. 광장의 동쪽 건물은 로마네스크 양식으로 된 15세기의 시청이다. 시청과 시계탑 사이의 조그만 입구로 들어가면 13세기에 만든 로마네스크 양식의 세례 요한 성당을 만난다. 옛날에 큰 성당이었던 곳으로 지금은 협소한 그 안에는 정면으로 성 세바스찬과 같은 모양의 대리석상이 있고 한쪽에는 독립운동을 하다 죽은 사람들을 추모하기 위한 제대로 꾸며져 있다.

광장의 노천 카페에선 맥주를 즐기는 여행객들로 가득 차 있다. 나도 광장으로 나와 한가운데 서서 한 바퀴를 빙 돌아본다. 타운로지아, 시계탑, 요한 성당, 시청사, 성 로렌스 성당, 그리고 시피아 궁전까지 보물 같은 건축물들을 한눈에 살펴볼 수 있었다. 우리가 지금 오랜 역사의 현장에 서있음에 놀라울 따름이었다.

성당의 서쪽 끝과 마주하고 있는 시피코 궁전은 가장 눈에 띄는 건축물이기도 하다. 건물 사이에 좁게 나있는 길로 들어서 바닥이 반들반들하게

자동차로 떠나는 발칸반도 여행

닳아 윤기가 흐르는 골목길을 걸으면 마치 타임머신을 타고 중세로 이동한 듯한 느낌을 받는다.

기념품을 파는 가게들이 즐비한 골목길을 지나면 곧바로 북문으로 통하게 된다. 르네상스 양식으로 된 성의 북문 위에는 이 도시의 수호성인인 성 이반 오르시니 St. Ivan Orsini 조각상이 우뚝 서 있다. 이 조각상은 트로기르를 벗어나는 우리의 안녕을 기원하며 전송하는 듯했다.

북문을 나와서 왔던 길을 되짚어 구 시가지를 벗어났다. 다리 건너편에는 야채를 비롯한 생필품이며 여행객들을 대상으로 한 기념품들을 파는 마켓이 줄지어 열려 있다. 우리는 이곳에서 트로기르를 상징하는 기념품 한 개를 구입하고 숙소로 향했다.

14 ^{일차} 스플리트 split

트로기르에서 스플리트까지

🚗 32분
28.1 km

©Google Maps

○ 황제가 사랑한 낭만의 도시, 스플리트

트로기르 숙소에서의 아침이 밝았다. 창문의 커튼을 여니 맑게 갠 파란 하늘 아래 석류와 사과가 주렁주렁 열린 나무들, 포도나무 몇 그루가 가지런히 서 있고, 텃밭엔 케일과 상추가 자라나 초록 대지를 형성하며, 울타리 위로는 붉은색 능소화가 무성하다. 이 그림 같은 풍경 위로 싱그러운 아침 햇살이 금빛을 내며 반짝이는데 오늘 하루도 다시 눈을 뜨게 함을 또 한 번 감사했다. 오늘은 또 무슨 역사와 문화가 나를 감동시킬 것인가. 매일이 기대와 설렘의 연속이다.

오늘은 준비가 좀 늦었다. 해가 중천에 떴다. 우리는 서둘러 체크아웃하고 스플리트로 출발했다. 트로기르 시내를 벗어나자마자 도로에 공사를 하느라 교통체증이 이만저만이 아니다. 스플리트까지 30분이면 갈 수 있는 거리를 거진 1시간이 넘게 걸려 도착했다. 우리는 스플리트 구 시가지 인근 공원 옆의 숙소 주차장에 주차하고 좁은 골목길을 들어서자마자 왼편의 자그마한 샛문을 통해 숙소로 들어갈 수 있었다. 숙소 앞에는 잎이 넓은 열대 화초들이 무성하게 자라고 있는 정원이 있고, 한쪽에는 등나무가 하늘을 가려서 그늘을 만들고 그 아래에 연두색 식탁과 의자가 깔끔하게 놓였다. 식탁 옆으로 커튼까지 드리워 한층 분위기를 돋운다. 숙소는 가구를 비롯하여 대체로 하얀색 톤으로 간결하게 꾸며져 편안한 느낌이 든다.

짐을 정리하고 있는데 하얀 머리를 뒤로 단정하게 묶은 주인 아주머니가 커피를 들고 우리를 찾아왔다. 그녀는 스플리트의 지도를 들고 구 시가지를 관광하는 방법을 자세하면서도 친절히 설명해주는데, 괜히 이 숙소에 대한 신뢰가 생기고 마음이 편안해졌다. 여행하면서 여러 숙소들을 둘러보다 보니 이제는 첫 느낌으로 숙소에 대한 이미지를 판별해 낼 수 있을 것 같다. 그래서 '괜히'라는 표현을 쓰는지 모르겠다. 딱히 설명할 순 없지만 나도 모르게 숙소에 대한 좋고 싫음이 느껴지기 때문이다.

날씨가 끄무레한 게, 곧 비가 내릴 태세다. 비를 맞고라도 오늘은 스플리트 관광을 마쳐야 내일 일정에 차질이 생기지 않는다. 주인이 놓고 간 커피와 트로기르에서 사온 햄버거로 간단히 점심을 때우고 숙소를 나섰다. 자다르에서 우천 대비 없이 외출했다가 비를 피할 방법을 찾지 못해 애를 태우던 생각이 나서 오늘은 미리 단단히 준비하고 나섰다.

스플리트 구 시가지를 가려면 숙소에서 한참을 걸어 내려가서 넓은 공원을 만나고 그 옆의 큰 도로를 건너야 했다. 큰 도로를 건너 북문으로 내려가는 계단 위에는 엄청 큰 검은 동상이 서 있다. 크로아티아 출신의 세계적인 조각가인 이반 메슈트로비치가 만든 그레고리우스 닌의 동상이다.

그레고리우스 닌은 10세기경 활동했던 크로아티아의 주교로, 당시에 라틴어로만 보던 미사를 크로아티아어로도 볼 수 있도록 바티칸에 간청했던 인물이다. 크로아티아에서는 가장 유명한 종교 지도자 중 한 명으로 알려져 있다. 이 동상은 원래 디오클레티아누스 궁전의 열주 광장 안에 있었으나 제2차 세계대전 당시 크로아티아를 점령했던 이탈리아 군대가 궁전 밖으로 동상을 옮겼고, 이후 금문 바깥에 자리를 잡아 지금에 이르고 있다. 동상의 엄지발가락을 만지면 행운이 온다는 속설 때문에 스플리트를 방문하는 여행자들이 모두 한 번씩은 만진다고 할 정도로 인기가 많기 때문에 엄지발가락 부분만 반질반질하게 광택이 나 있다. 우리도 줄을 서서 엄지발가락을 만지면서 여행이 무사히 잘 끝나길 빌어본다.

동상을 지나 막 계단을 내려서려는데 빗방울이 우두둑 떨어지기 시작한다. 우리는 준비해온 우산을 부리나케 꺼내 들었다. 우산을 쓰고 북문으로 갔더니 북문 앞에 두 명의 청년들이 중세시대 기사 복장을 하고 들어오는 손님들을 반긴다. 북문을 지나 반질반질하게 닳아진 돌바닥 골목길을 잠깐 지나 수많은 사람들이 북적이는 광장을 만났다. 페리스틸 광장이다. 광장에는 사람들이 가득하여 건물들로 둘러싸인 광장 안이 웅성거리는 소리로 가득하다. 과장 조금 보태 스플리트에 여행 온 사람들이 이곳으로 다 모인 듯하다. 사람들이 광장 가운데에 서서 고개를 들어 대성당의 높은 첨탑을 올려다 보는 모습이 진풍경이다.

어느새 비는 그치고 날이 점점 풀리고 있다. 광장에는 돌기둥 12개가 주변에 가지런히 서 있고, 돌기둥 한쪽에는 이집트에서 가져왔다는 스핑크스도 앉아 있다. 사방의 계단에서는 여행객들이 쉴 수 있도록 붉은 방석을 제공하고 있었고, 사람들은 방석을 빌려다 앉아서 음료를 사다 먹으며 휴식을 즐기는 모습을 많이 볼 수 있다. 우리는 바쁜 걸음으로 구경해야 해서 방석을 깔고 앉아 커피를 마시며 늘어지게 휴식을 취하는 여행객들이 한없이 부러울 따름이었다.

남쪽 위 계단을 따라 올라가면 성벽이 둥그렇게 둘러있는 공간이 나오는데, 위쪽 공간은 높게 텅 비어있고 천장엔 구멍이 뚫려 하늘 위로 성당의 첨탑이 빼꼼히 내다보인다. 이곳은 공간의 울림이 특별하여 과거엔 공연장으로 이용되었다고 한다. 책자에서는 아카펠라 합창단의 음악소리를 들을 수 있다고 했는데 오늘은 합창단이 나오지 않았는지 사람들이 직접 소리를 내어

자동차로 떠나는 발칸반도 여행

울림을 확인한다. 공연장 맞은편에 한두 명이 겨우 들어갈 만한 좁은 골목
길을 지나면 쥬피터와 야누스를 숭배하였던 신전이 나온다. 신전 앞에는 5세
기에 이집트에서 수입했다는 스핑크스가 머리가 잘린 채 버티고 앉아 있다.

이어서 우리는 건물들이 다닥다닥 붙어 있어 건물과 건물 사이에 빨래
가 널려 있는 아주 좁은 미로 같은 골목길을 산책했다. 크로아티아에는 건
물과 건물 사이가 좁아 두 건물에 줄을 매달아 빨래를 널어둔 모습을 많
이 볼 수 있다. 앞에서 잠깐 이야기했던 '티라물라'인데, 얼핏 보면 저 높은
곳에 빨래를 어떻게 널었을까 하고 놀라게 되는데, 이 빨래줄 끝에는 도르
래를 연결하여 잡아당기며 빨래를 널고, 또 아래 줄을 잡아당기며 걷을 수
있도록 되어 있다.

중세의 향기를 느끼며 골목길을 따라 한참을 걸으면 곧 또 하나의 광장
을 만난다. 나로드니 광장인데 디오클레티아누스 궁전 서문 철문 과 연결되
어 있다. 광장 안에는 베네치아 고딕 양식으로 15세기에 지어진 구 시청사
가 자리하고 있으며 바로크 양식, 르네상스 양식 등 다양한 양식의 건물들
로 둘러싸여 있다. 시계탑도 우뚝 솟아 있다. 노천카페와 레스토랑이 즐비

하기 때문에 광장에서 여유를 즐기기에도 좋다. 이곳에서도 수많은 사람들이 앉아서 여행의 피로를 푸는 모습이 보인다. 그러나 우리에게는 그림의 떡이다. 바삐 길을 재촉하여 광장을 떠났다.

　광장을 지나서 구 시가지와 아드리아 바다 사이의 리바 거리를 만난다. 디오클레티아누스 궁전 밖 남쪽에 위치한 해변 산책로이다. 높이 뻗은 야자수와 하얀 테라스가 펼쳐진 카페와 레스토랑으로 충분히 휴양지 느낌이 났다. 오고 가는 여행객들로 가득한 이 거리에 비둘기들도 수없이 날아다니며 여행객들을 반기고 있었다. 사람들 사이를 비집고 거닐다 벤치에 앉아 있는 산타클로스 복장의 흰 수염 할아버지를 만났다. 그는 지나가는 어린아이들과 사진을 찍으며 좋아한다. 나도 그 노인을 카메라에 담았으나 무엇하는 분인지 정체를 알아보진 못했다.

　　　　　　　　　　　　자동차로 떠나는 발칸반도 여행

리바 거리는 여행의 여유를 즐기는 사람들로 가득하다. 가족 단위로 바닷가 제방 위에 앉아 아드리아해에서 불어오는 바람을 맞으며 휴식을 취하는 사람들도 있고, 벤치에 앉아 아이스크림을 먹으며 수다를 떠는 젊은이들, 기념품 가게를 기웃거리며 쇼핑하는 사람들, 나처럼 카메라를 메고 이곳저곳을 사진에 담느라 여념이 없는 사람 등 평화로운 여행의 분위기가 무르익은 거리이다.

리바거리를 걸어 마르얀 언덕에 가기로 하고 아내가 앞으로 먼저 걸어갔는데 또 아내를 놓치고 말았다. 거리에 오가는 사람들이 엄청 많아 도대체 어디에 있는지 찾을 수가 없다. 또 한참을 두리번거리다 저편 사람들 속에서 내 쪽으로 걸어오는 아내를 발견했다. 아내도 나를 찾아 한참을 헤맨 듯한 눈치다. 바쁜 여행 일정이 이렇게 또 우리를 시험에 빠지게 하는가 하면서도 이젠 이런 상황이 익숙해졌다.

⚲ 평화로운 산책길, 마르얀 언덕

리바 거리 끝쪽에서 전망대로 가는 계단을 걸어 올랐다. 계단 옆으로는 그저 조용하고 평화로운 숲 속 마을이 조성되어 있다. 계단을 내려오는 사람들은 언덕 위에서의 감흥이 좋았는지 만족스러운 표정으로 수다를 이어가며 지나쳐 간다. 전망대에 이르자 많은 사람들이 한눈에 내려다보이는 스플리트의 구 시가지 전경에 매료되어 감탄하고 있었다. 구 시가지와 교외 지역, 그리고 스플리트의 항구까지 내려다보이는 아름다운 전경은 그야말로 스플리트 관광의 백미가 아닌가 싶다. 언덕 아래의 아드리아해에서 불어오며 얼굴에 스치는 시원한 바람과 매력적인 전경은 그간 여행에서의 힘들었던 우리를 위로해주는 듯했다.

전망대에서 위쪽으로 더 걸어 올라가면 공원이 나온다는데 우리는 그냥 내려가야 했다. 계단을 내려오면서 달마티안으로 불리는 점박이 개를 끌고 산책에 나선 동네 아저씨를 만났다. 아내는 달마티안 개의 원산지가 여기 달마티안 지역이라며 개 이름의 유래를 설명한다.

오던 길을 되짚어 리바 거리로 돌아와 디오클레티아누스 궁전 쪽으로 걸었다. 낯선 여행지에서 나의 발자국을 남기며 마음 가는 대로 걷는 시간이야말로 여행이 주는 여유가 아닌가 한다. 이윽고 페르스틸 광장으로 다시 왔다.

　광장 옆의 성 돔니우스 대성당은 규모가 매우 작은 성당으로 로마시대의 건축물이다. 성당과 광장 사이의 좁은 부지에 높이 60m의 종탑이 있는데, 입구에서부터 종탑에 오르려는 사람들이 줄지어 서 있다. 입구에서 입장료 1인당 20쿠나를 지불하고 겨우 한 명씩 오르도록 되어 있는 좁은 통로와 계단을 올랐다. 중간쯤엔 사방이 탁 트여 밖을 내다볼 수 있도록 되어 있는데 계단을 오를수록 까마득히 내려다보이는 저 아래 시가지 모습에 공포감이 밀려온다. 어떤 이는 무서운 표정으로 잔뜩 기가 죽어 오르는 것을 포기하고 다시 내려가기도 한다. 사방에서 불어오는 시원한 바람이 몸에 닿는다. 아내는 고공에 대한 두려움은 없어 보였고 세차게 불어오는 시원한 바람이 더위를 식혀 주어 좋은지 땀에 젖은 머리를 흩날리는 모습으로 얼굴에 미소가 가득하다.

　꼭대기에 이르자 좁은 공간에 사람들이 빼곡했다. 아래를 내려다보니 구
시가지의 붉은 지붕이 파도처럼 이어지고 아드리아해의 푸른 바다 위에는
요트들이 떠다닌다. 바로 아래에는 성 도미니우스 성당의 8각형 지붕도 발
밑에 보이고 저 멀리 아르니르 교회 종탑이 우뚝 솟아 있다. 도시를 감싸고
있는 산 아래에 위치한 성채도시 스플리트의 붉은빛에 감탄하며 종탑을 내
려왔다. 어느새 해가 기울어 구 시가지의 붉은 지붕들 위로 석양이 드리웠
다. 짧은 시간이지만 서둘러 스플리트의 구 시가지를 모두 돌아보고 걸어
서 다시 숙소로 향했다.

　　　　　　　　　　　　자동차로 떠나는 발칸반도 여행

잊을 수 없는 리바 거리의 밤바람

된장찌개를 끓여 저녁을 먹고 스플리트의 야경을 보러 다시 외출했다. 페르스틸 광장에는 낮보다 더 많은 사람들이 모여서 밤의 여흥을 즐긴다. 사방의 계단에 삼삼오오 모여 캔맥주를 마시는 사람들, 진지하게 토론을 하는 젊은이들, 그리고 중앙에는 서서 고개를 들어 위를 올려다보며 감탄사를 연발하는 여행객들로 빼곡하다.

여행의 열정은 밤늦은 시간에도 지칠 줄을 모른다. 리바 거리는 밤이 되니 낮보다는 사람들의 연령층이 낮아졌다. 벤치에 앉아 마냥 어깨를 맞대고 휴식을 취하는 연인들과 편한 옷차림으로 거리를 기웃거리며 여행의 즐거움을 만끽하는 젊은이들로 가득하다.

우리도 리바 거리를 걷다가 벤치에 앉아 모처럼 편안한 휴식을 취해 보았다. 아드리아해에서 불어오는 밤바람이 참으로 시원하다. 가만히 앉아 조용한 바다를 바라보고 있으니 지금까지 쉬지 않고 달려온 여행 일정들이 주마등처럼 뇌리에 스쳐간다. 발이 부르트도록 힘들었던 여정도, 눈이 부시도록 아름다운 경치도 여행이 내게 준 선물이 아닌가 생각해 본다. 한편 힘이 들었을 텐데도 군소리 없이 함께해준 아내를 고마운 마음이 들어 슬그머니 쳐다보았다. 아내는 시원한 바닷바람에 취해 바람이 불어오는 먼바다를 응시하며 아무 말이 없다. 그리고 내일부터 또다시 펼쳐질 새로운 여행지에 대한 기대와 부푼 마음을 추슬러 본다.

어느새 수많은 사람들이 오가며 북적대던 거리가 한산해졌다. 한산한 거리엔 가로등만이 외롭게 빛을 밝히고 있었다. 밤이 깊어진 것이다. 우리도 벤치에서 일어나 천천히 숙소로 향했다. 숙소에 들어 꿀송이 같은 단잠을 청했다.

15 일차 크라비체 폭포, 모스타르
Kravica, Mostar

보스니아   투즐라

🚗 스플리트에서 크라비체 폭포를 거쳐 모스타르까지

자다르
Zadar

세니차
Zenica

사라예보
Sarajevo

쉬베닉
Sibenik

스플리트

마카르스카
Makarska

모스타르

메주고례
Medugorje

몬테네그로

아드리아 해

두브로브니크
Dubrovnik

코토르
Kotor

포드고리차
Подгорица

바스토
Vasto

부드바
Будва

♀ 다시 국경을 넘어 보스니아로

오늘은 할아버지 기일이다. 가족들과 함께 제사에 참석하지 못하고 외유 중인 것이 마음에 걸린다. 가족들에게 문자로 죄송한 마음을 전달하고 자리에서 일어났다. 바깥 날씨는 쾌청하고 인근 공원의 풀벌레 소리가 마치 매미 우는 소리마냥 요란하다. 오늘도 매우 뜨거운 날이 되려나 보다. 아내는 아침을 준비했다. 여행 올 때 챙겨온 카레가루와 어제 슈퍼에서 산 재료를 이용하여 카레를 요리했다.

오늘은 스플리트를 떠나 모스타르로 가는 날이다. 국경을 넘어 보스니아 헤르체고비나로 가게 되는 것이다. 우리가 흔히 보스니아로 알고 있는 이 나라의 원명은 '보스니아 헤르체고비나 이하 보스니아'이다. 국경을 넘는 일은 아무 잘못도 없는데 괜히 긴장된다. 따라서 갖고 가는 짐들에 문제가 없도록 좀 더 꼼꼼하게 짐을 꾸렸다.

10시 넘어 숙소를 나섰다. 모스타르는 승용차로 5시간 정도의 거리에 있어서 오후에 도착할 예정이다. 어제와 달리 오늘의 쾌청한 하늘을 보니 이곳 스플리트를 떠나고 싶지 않은 마음이 들었지만, 다음 일정을 위해 아쉬운 마음을 뒤로하고 숙소를 떠났다.

고속도로를 20여 분을 달리니 갈림길이 나왔다. 오른쪽으로 가면 두브로브니크에 가는 것이고, 우리는 왼쪽으로 진입하여 내륙 도로를 타고 보스니아 가는 길로 들어섰다. 10분쯤 뒤에 톨게이트를 만나 통행료를 지불하고 나서자마자 크로아티아 출국 사무소가 나왔다. 창문을 통해 여권을 제시하고 출국 수속을 밟는다. 출국 사무소를 지나자 바로 이어서 보스니아 입국 사무소가 나온다. 그런데 여기는 입국을 대기하는 차량이 길게 줄을 지어 대기하고 있었다.

보스니아는 EU가 아니어서인지 여권 검사가 까다롭다. 여기는 현지인들도 외국인들과 똑같이 심사하고 입국하는 것 같다. 30분을 기다린 끝에 우

자동차로 떠나는 발칸반도 여행

리의 입국 수속 차례가 되었다. 여기서도 여권을 검사하고 아무 말도 묻지 않은 채 금세 입국 수속을 마친다.

입국 수속을 마치고 바로 고속도로 톨게이트가 또 나온다. 보스니아 톨게이트를 이제 진입하는 것인데 통행료를 먼저 내라 한다. 그런데 큰일이다. 아직 보스니아에 들어서지 않아서 환전을 못 했기 때문에 보스니아 화폐를 갖고 있지 않은 것이다. 통행료를 받는 직원은 1.2마르크를 내라 한다. 그래서 직원에게 유로가 가능하냐 물었더니 유로는 안 되고 신용카드는 가능하다고 한다. 아, 다행이다. 신용카드를 내고 통행료를 지불했다. 통행료는 1.2마르크인데 한화로 계산해봤더니 약 720원에 해당한다. 현금이 없어 이 돈을 카드로 지불했다. 그리고 통행료가 작은 만큼 금방 고속도로를 빠져나와 일반 도로를 달렸다.

♀ 힘겹게 찾•아낸, 크라비체 폭포

우리는 모스타르로 가기 전에 보스니아의 유명한 폭포인 크라비체 폭포를 들러서 갈 계획이다. 얼마 가지 않아 마침 크라비체 휴게소를 막 지나 내비게이션이 가리키는 대로 따라갔다. 그런데 이게 웬일인가. 도로가 없어졌다. 그리고 마을이 나타났다. 나가는 길이 없어졌기에 사람들에게 물어보려 해도 뜨거운 대낮이어서인지 사람들이 보이지 않는다. 한참을 두리번거리다 어느 집 마당 그늘에서 홀로 앉아 계시는 노인을 만나 반가워서 차를 세우고 크라비체 폭포를 가려는데 어디로 가야 하느냐고 물었다. 영어를 못 알아들으시는 듯한데 아시는지 모르시는지 계속 산 너머로 손을 가리키신다. 이 분 말에 확신이 없어 한참을 더 가다 포장되지 않은 도로 가에서 한 가게를 발견했다. 이번엔 차를 세우고 아내가 가서 답을 갖고 왔다.

"뭐래? 어느 쪽으로 가야 한대?"

"그 아가씨 말에 의하면, 앞쪽으로 2km 정도 가다 좌회전해서 5km 가다 다시 또 좌회전하라는데요?"

"그러면 맞게 왔다는 말인데, 왜 이정표가 보이질 않지?"

"그러니까요. 그런데 그 아가씨 말대로 일단 가봐야지요."

이번엔 비포장도로도 끝이 나고 다른 마을로 진입하고 말았다. 이 마을에도 사람들이 보이지 않고 어린 소년 하나가 자전거를 타고 지나가기에 차를 세우고 물었다. 이 아이도 영어를 모르는 듯해서 '크라비체 폭포'만 연신 외치면서 물었더니 손으로 오던 길 쪽을 가리키며 사라진다.

분명 잘못 온 것이 확실하다. 차를 돌려 오던 길로 다시 되돌아 나가기로 했다. 그렇게 한참을 가니 이쪽 방향에는 이정표가 있는 것이다. 이정표가 알려주는 대로 가다 보니 아까 지나쳤던 크라비체 휴게소 뒤쪽으로 길이 나 있었던 것이다. 그러니까 우리는 크라비체 휴게소엘 안 들리고 바로 지나쳤던 것이 실수였다.

휴게소 뒷길로 가니 금방 폭포 주차장이 나타난다. 그런데 관광지 주차장이라는 곳이 포장도 되어 있지 않고 넓은 공터만 덩그렇게 비어 있었다. 우리는 차 안에 들어 있는 음식이 상할까 봐 가능하면 직사광선을 피하여 주차하려고 뺑뺑 돌다가 어느 나무 그늘 밑에 공간을 찾아서 주차했다.

허름한 시골 주차장 모습과는 달리 크라비체 폭포의 매표소 앞에는 입장하려는 사람들이 줄을 지어 서 있었다.

"아니 웬 사람들이 이렇게 많지?"

"여기가 보스니아에서 가장 큰 폭포이고 유명한 피서지이니까요."

티켓을 구매하고 있는 동안 매표소 앞으로 사람들이 10여 명씩 정도 탈 수 있는 탈것 2량을 트랙터가 매달아 이끌고 있는 트랙터 열차가 도착했다. 길을 확인해보니 폭포가 바로 아래여서 열차를 타고 갈 정도는 아니었다. 하지만 길이 구불구불하여 뜨거운 뙤약볕 아래에서 걷기가 귀찮게는 느껴졌다. 그래도 우리는 걸어서 폭포에 도착했다.

폭포는 웅장했다. 100m 정도의 병풍처럼 넓게 드리워진 폭포가 여러 갈래의 수정 빛 물줄기를 이루며 아래로 떨어지며 옥색 호수를 이루고 있는 장관이 펼쳐진다. 보스니아뿐만 아니라 유럽 전체에서도 아름다운 경관으로 이름난 폭포라는 말이 낯설지 않았다. 우리가 앞서 플리트비체에서 웅장한 폭포들을 보고 왔기 때문에 그렇게 감흥이 덜했을 뿐이지 보통 흔히 볼 수 있는 폭포가 아니었다.

폭포의 시원하게 떨어지는 물줄기 아래에는 물놀이하는 시민들이 가득하고 호수 주변으로 피서객들이 빽빽하게 자리를 잡고 앉아 뜨거운 여름 햇살을 피해서 피서를 즐기고 있었다. 몇몇 젊은이들은 카약을 타고 호수 가운데까지 들어와 여름을 즐긴다. 호수에는 폭포에서 떨어지는 물소리 못지 않게 물놀이로 신이 난 피서객들의 환호 소리가 시끄럽다. 물놀이를 하며 땡볕 더위를 피하고 싶었지만, 폭포의 절경을 보는 것만으로 만족하고 되돌아 나와 점심을 간단히 해결하고 모스타르로 향했다.

자동차로 떠나는 발칸반도 여행

♀ '스타리 모스트'의 도시, 모스타르

1시간을 달리니 모스타르 시내에 진입했다. 번잡한 신시가지를 관통하여 예스럽고 비교적 조용한 구 시가지 권역에서 우리가 묵을 숙소를 찾았다. 도로에 주차하고 캐리어를 끌고 올라가서 숙소에 도착했다. 방은 침실과 거실로 나뉘어져 있었고 거실에는 취사실이 곁들여져 있고 쉴 수 있는 응접 소파까지 갖추어져 있어 마음에 쏙 들었다.

대충 짐을 정리하고 뙤약볕이 너무 강해 잠시 휴식을 취하며 열기가 식기를 기다렸다. 쉬다가 오후 6시가 되어서야 숙소를 나섰다. 숙소 앞 도로로 내려서자 지붕 끝이 뾰족한 이슬람 사원이 먼저 눈에 띈다. 이 지구가 무슬림들이 거주하는 곳임을 쉽게 알 수 있었다.

모스타르는 헤르체고비나 지역의 가장 큰 도시로 네레트바 강을 끼고 있으며, 보스니아 헤르체고비나에서는 사라예보 다음으로 잘 알려진 주요 관광지다. 버스 터미널이 위치한 신 시가지는 상당히 현대적인 모습을 하고 있지만, 조금 떨어진 구 시가지 쪽은 타임머신을 타고 시간 여행을 온 듯한 착각을 일으킬 정도로 올드하다. 또한 모스타르는 네레트바 강을 중심으로 보스니아인이 거주하는 지역과 크로아티아인이 거주하는 지역으로 나뉘어 있다. 유고슬라비아 내전이 일어나기 전에는 세르비아인도 상당히 많이 거주하고 있었으나 전쟁 이후 대부분 다른 지역으로 이주했으며 지금은 보스니아인과 크로아티아인이 도시 인구의 절반씩을 차지하고 있다.

네레트바 강 위에 아치형으로 놓여 있는 다리가 나무들 사이로 눈에 들어온다. 상가 때문에 잘 보이지 않아 1m 정도 높이의 둑 위로 올라서서 보자 저 멀리 아치형 스타리 모스트 Old bridge 가 잘 보인다. 우선 이곳에서 양쪽 지역과 아치형 다리의 모습을 사진에 담고 다시 내려와 다리 쪽으로 발길을 옮겼다. 좁은 길을 따라 다리에 가까워지면서 오가는 관광객도 많아졌다. 우리는 곧 다리 입구에 도착했다. 다리가 아치형이어서 경사진 부분을 올라가는데 편리하도록 바닥에 계단처럼 요철을 만들어 놓았고, 사람들의 발길에 반들반들하게 윤이 나 있었다. 너무 반들거려서 곧 넘어질까 걱정이 들기도 했다. 이토록 많은 사람들이 밟고 다녔으니 그 반들거림이 오죽하랴.

자동차로 떠나는 발칸반도 여행

'스타리 모스트'는 오래된 다리라는 뜻을 가지고 있으며, 모스타르의 랜드마크이기도 하다. 1991년부터 유고슬라비아를 집어삼켰던 내전 당시 1993년 크로아티아 포병대에 의해 파괴되었다. '오래된 다리'의 파괴는 내전으로 인한 잔혹한 유혈 사태를 상징하기도 한다. 이후 다리는 유네스코의 지원으로 2004년에 복구되었으며, 그다음 해인 2005년 유네스코 세계문화유산으로 지정되었다. 내전의 아픔을 잊지 말자는 의미로 다리 한켠에는 돌에 「Don't forget '93」이라고 적힌 비문이 있다고 하는데 아직 찾아보질 못했다.

수많은 관광객과 어깨를 부딪치며 다리를 건너는 동안에 해가 서쪽으로 기울었다. 우리는 다리를 건너 아래로 내려갔다. 다리 아래에는 넓은 바위가 놓여 있고 관광객들은 그 위에서 다리를 올려다보며 이 다리가 간직한 아픈 역사를 음미하고 있는 듯했다. 반면에 몇 현지인들은 바위에 걸터앉아 낚시를 즐기는 풍경이 석양과 어우러져 평화롭게만 보인다.

나도 덩달아 '스타리 모스트'의 슬픈 역사를 생각해보고 있을 즈음, 다리 위에 사람들이 운집하기 시작했다. 그때 수영복 입은 한 남자가 다리의 중앙에서 양팔을 벌려 포즈를 취하더니 잠시 후에 아래로 다이빙을 하는 것이다. 그 높은 곳에서 뛰어내려 깜짝 놀랐지만, 다행히 이곳의 전통인 '스코크'라고 불리우는 이 지방의 전통놀이라 한다. 그러나 다이버가 정말 즐기면서 뛰어내리는 것이 아니고 사람들에게 보여주기 위해 관광용으로 시행하는 것 같다는 생각이 들어 마음이 씁쓸했다.

　어느새 어둠이 짙게 깔렸다. 발목까지 물 속에 담그고 강에 들어가서 다리를 바라보며 입맞춤을 하는 연인들이 종종 눈에 띄었다. 나는 스타리 모스트를 배경으로 그들의 아름다운 모습을 사진에 담고 숙소로 향했다. 다시 샛길을 따라 위로 올라가 다리를 건너는데, 이미 날이 어두워져 마을 곳곳에 불이 켜지고 있었다. 다리 위에서 네레트바 강에 비치는 마을의 야경이 매우 아름다워 한참 동안 발걸음을 뗄 수 없었다.

　숙소로 돌아오는 길에 기념품 가게에서 스타리 모스트 모형의 기념품 하나를 구입하고, 조그만 가게에 들러 생수를 구입했다. 우리가 다닌 보스니아에서는 고속도로 톨게이트 외에 유로화로 지불이 가능했기 때문에 굳이 마르크로 환전을 하지는 않았다. 한국에서 준비해 온 멸치 반찬과 단무지로 저녁 식사를 마치고 나니 오늘따라 더욱 커피가 생각이 난다. 가만 생각해보니 자다르 호텔에 구비되었던 커피 티백을 넣어 왔던 것 같아 가방을 뒤져보았다. 찾고 보니 챙긴 기억은 맞았지만 커피가 아니라 설탕을 챙겨 온 것이다. 아니, 이럴 수가. 안타까운 마음뿐이었지만 어쩌겠는가, 한국에서의 흔하디 흔한 커피도 없을 때는 이처럼 귀하게 여겨진다 생각하며 사소한 일용품에도 감사해야겠다는 마음을 가지고 오늘 하루를 마무리했다.

16 일차

모스타르,
사라예보 Mostar, Sarajevo

♀ 'Don't forget 1993'의 뼈•아픈 교훈

아침에 일어나 핸드폰을 켜니 집에 있는 아들에게서 또 문자가 왔다. 맛있게 요리를 해먹었다는 내용이었고, 여행하며 자기를 걱정하실 엄마, 아빠를 안심시키려 애쓰는 모습이 기특하다. 아내는 장시간 엄마 없이 끼니를 해결하느라 고생하는 아들이 안쓰러워 이것저것 헤아려가며 냉장고에서 음식을 찾아 먹으라고 답신을 보내면서 또 안타까워하는 마음이 역력한 아침이다.

오늘의 날씨는 '맑음'이다. 넓은 창 너머로 아침 햇살이 곱게 쏟아진다. 어디서 경전 읽는 방송이 멀리서 낯설게 들린다. 아마 이슬람교 사원에서 나는 소리인 듯하다. 아내가 아침을 준비하는 동안 밖에 나가 스타리 모스트 주변의 사진을 찍고 오겠다고 말하고 카메라를 메고 숙소를 나섰다.

히잡을 두른 여인 한 명이 부산하게 걸어가더니 이슬람 사원 안으로 부리나케 들어가는 모습을 보았다. 아침 기도를 하러 가는 모양이다. 큰 도로 옆에는 신문 등을 파는 잡화상이 있었는데, 사방이 육각형인데다가 지붕이 돔 모양을 하고 있어 마치 이슬람 사원을 연상하게 하는 종교색 짙은 모습이었다.

이른 시간이어서 어제 가는 길에 보았던 기념품 가게들은 아직 문을 열지 않았고, 어젯밤 북적이던 거리는 한산했다. 가게의 기념품들이 정신 사납게 진열되어 있었을 때는 보지 못했던 옛 건물들의 모습이 이제야 눈에 들어왔다. 석재를 쌓아 올려 지어진 건물 벽 위로 담쟁이가 타고 올라 빼꼼히 나 있는 창문 가까이까지 이르렀다. 창문 앞에 놓인 화분에는 페추니아 꽃이 빨갛게 피었다. 그리고 육중한 석재건물에 아치형으로 낸 문이 굳건히 닫혀 있는 가게 앞모습이 황량하게 보였다. 주변을 둘러보면서 사진을 찍고 있는데 큰 도로 쪽 계단에서 꽁지머리를 하고 카메라를 멘 젊은 사진작가 한 명이 후다닥 앞서 지나간다. 그도 나처럼 이른 아침의 풍경을 찍으려 일찍 나왔나 보다.

자동차로 떠나는 발칸반도 여행

　이어서 아무도 없는 조용한 스타리 모스트를 건넌다. 다리 중간에 서서 네레트바 강을 바라본다. 이웃들이 강 양쪽으로 나뉘어져 격렬하게 싸웠을, 그 처참했던 내전을 떠올리며 인간들의 전쟁 역사가 얼마나 많은 희생을 요구하는지 생각해본다. 반대쪽을 내려다보니 빨강 티셔츠를 입은 머리가 백발인 할아버지가 혼자서 강에 낚시를 드리우고 고기를 잡는 모습이 한없이 평화로워 보인다.

　다리를 건너서 다리가 끝나는 지점에서 「Don't forget '93」이라고 새겨진 돌비석을 발견했다. 어제는 가게의 기념품들에 가려서 보지 못했는데 이제야 또렷이 보이는 것이다. 이 비석은 끔찍했던 전쟁의 날을 잊지 말고, 다시는 서로 총부리를 겨누는 어리석은 일을 하지 말자는 그들만의 다짐인 것이다. 코끝이 찡했다. 다시 숙소로 돌아와 아내가 정성스레 준비한 아침식사를 했다. 어제의 반찬에 달걀 국이 추가되었다. 너무 맛있게 먹은 나머지, 아내는 이렇게 맛있게 먹다가는 살이 쪄서 귀국하게 될 거라는 걱정을 늘어놓았다.

　이어 짐을 꾸려 떠날 채비를 했다. 아내는 모스타르를 떠나기 전에 스타리 모스트를 다시 구경하고 싶었는지 아쉬워한다. 그래서 체크아웃 후 짐을 차에 넣어두고 아내와 스타리 모스트로 다시 향했다. 그러고 보니 나는 벌써 이 다리를 세 번째 건너게 된 꼴이다. 아침이 되어 관광객과 현지인들이 상당히 많이 오가고 있었다. 우리는 다리 끝에서 '돌비석'을 다시 찾았고, 아내는 이곳의 역사를 반추하는 돌비석을 놓치지 않고 보게 되어 다행이라며 만족해했다. 그리고는 어제 커피를 못 마셔서인지, 모스타르를 떠나는 것이 아쉬워서인지 별안간 커피숍을 들러 쉬어가자고 한다. 우리는 상가가 시작되는 골목의 첫 번째 커피숍으로 들어갔다. 빨간 꽃의 화분들을 걸어둔 펜스가 인상적인 곳이었다. 우리는 스타리 모스트가 빤히 보이는 바깥쪽에 자리를 잡았다.

"여보, 모스타르가 떠나기 아쉬운 거야?"

"네, 그렇기도 하고 오늘 가기로 한 사라예보는 2시간이면 도착할 수 있는 곳이라서 서두르지 않아도 될 듯해서 그래요."

그러는 사이에 종업원이 메뉴를 들고 왔다. 아내는 메뉴를 훑어 보더니 평소 좋아하는 석류차를 시켰다. 우리는 스타리 모스트를 바라보면서 차를 마셨다. 자꾸만 우리나라의 비극적 역사인 6 ·25 전쟁이 떠올랐다. 이들은 아픈 과거를 잊지 않고 새로운 역사를 기록하며 평화롭게 살아가고 있는 반면 우리나라는 아직 분단의 아픔을 안고 살아가고 있는 현실이 안타깝게만 느껴졌다. 맑은 하늘 아래 아침 햇살이 서서히 따가워지면서 도로에도 슬슬 사람들이 많아진다.

커피숍을 나와 다시 차를 몰고 시내를 벗어나기 시작했다. 오늘은 사라예보로 향한다.

♀ 사라예보의 총성, 역사의 현장

사라예보는 보스니아의 수도이다. 내게는 어렸을 적 우리나라 탁구팀이 세계 탁구선수권대회에서 세계를 제패한 도시로 각인되어 있는 도시다. 그리고 참혹한 내전으로 인해 뉴스에서 가끔 들어야 했던 슬픈 역사를 가진 그 도시에 도착한 것이다. 시내에 들어서자 8차선 큰 도로가 길게 뻗어 있는데 내비게이션을 보니 목적지까지는 한참을 더 가야 했다. 순간 쎄한 마음이 들어서 보니 길가에서 내 차량을 향해 스피드건을 쏘고 있는 경찰을 지나친다. 아차 하고 속도를 보았더니 규정 속도 이하로 달리고 있어 다행이었다.

자동차로 떠나는 발칸반도 여행

잠시 후 도로는 좁아지고 시내를 관통하는 밀야츠카 강을 따라 20여 분을 더 달려서 이 도심지의 끝 부분쯤에 우리의 숙소가 있는 곳 근처 도로에 주차하고 숙소를 찾아보기로 했다. 나는 차를 지키기로 하고 아내는 숙소를 찾아 나섰다. 잠시 후 돌아온 아내는 강을 따라 라틴교가 있는 곳으로 차를 몰아 더 내려가자고 한다. 도로들이 복잡해서 일방통행 도로이기에 좀 아래로 내려가다가 라틴교 인근에서 차를 유턴하여 다시 올라와서야 숙소를 찾을 수 있었다.

깔끔한 방의 창문 너머로 라틴교가 빤히 보이고 다리 너머로 첨탑이 하늘을 찌를 듯이 솟아 있는 풍경이 이색적이다. 또한 숙소 바로 아래 도로는 트램 길이다. 간간이 시민들의 발인 트램이 도착하여 사람들이 오르내리는 모습을 위에서 내려다볼 수 있기도 하다. 여장을 풀고 시내로 나가기로 했다.

숙소를 나서자마자 바로 옆에 밀야츠카 강이 흐르고 그 위를 가로지르는 라틴교가 있다. 이 다리는 역사적으로 매우 의미있는 다리이다. 일천만 명 이상의 사상자를 낸 제1차 세계대전의 진원지가 바로 이 다리이기 때문이다.

1914년 6월 28일, 오스트리아 황태자 프란츠 페르디난트가 사라예보를 방문했다. 당시 세르비아 민족주의자들은 독립을 쟁취하기 위해 끊임없이 저항했는데 황태자가 군사훈련에 참관하러 온 것을 안 독립주의자 대학생 4명은 황태자가 지나가기로 한 곳에 기다리고 있다가 황태자가 탄 차를 향해 폭탄을 던졌다. 하지만 황태자는 오히려 폭탄을 주워 독립주의자에게 던졌고 위기를 모면한 황태자는 자신 때문에 부상당한 관리를 찾아 나섰다가 이 라틴교에서 스무 살 청년 '가브릴로 프린치프'에 의해 아내 조피와 함께 암살당한다. 이것이 1차 세계대전의 시발점이다. 그 후 합종연횡으로 나라와 나라의 연합이 이루어지고 유럽 대부분 나라들이 전쟁에서 벗어날 수 없게 되었으며 독일 유보트 잠수함이 미국 민간 선박을 공격하면서 미국도 참전하게 되고, 결국 중국과 일본까지 참여하게 되는 1차 세계대전의 발단이 되고 만다. 그의 행동이 유럽을 넘어 인류 전체를 비극의 소용돌이로 내몰 줄 그 누가 알았을까. 다리를 보면서 형용할 수 없는 감정이 뒤엉켜 섞인다.

이 다리 바로 옆에는 조그만 박물관이 있다. 벽면에 당시의 사진들과 글들이 전시되어 역사적 사실을 알 수 있게 하였다. 이 건물의 모서리에서 청년이 뛰쳐나가 오스트리아 황태자 암살 사건을 일으킨 곳이라는 설명이 돌에 새겨져 벽면에 부착되어 있다. 바로 이때 박물관 앞 도로에 영화에서나 볼 법한 지붕없는 군용차 한 대가 지나가며 사람들의 이목을 집중시킨다. 이 군용차에는 서너 명의 관광객이 타고 있는데 아마 관광용으로써 전쟁의 아픈 기억을 상품화해서 운행되고 있는 모양이다.

길을 따라 광장으로 왔다. 수많은 비둘기들이 바닥에서 음식을 찾아먹느라 광장이 새카맣다. 어린아이들이 비둘기를 쫓느라 이리저리 뛰어다니고 비둘기들은 아이들을 피하느라 하늘로 날아올랐다 다시 땅으로 내려앉기를 반복하며 광장은 비둘기 천지다. 그래서 비둘기 광장이라고도 부르는 이곳은 역사적으로 그리고 문화적으로 도시의 중심지인 바슈카르지아 광장이다.

자동차로 떠나는 발칸반도 여행

광장의 중앙에는 오래된 미루나무 한그루가 자리잡고 있고 그 옆에는 지붕이 돔형으로 둥글고 아래는 육각형의 모양으로 지어진 세빌리 샘이 있다. 1753년에 만들어진 원래의 세빌리 샘은 화재로 소실되었고 1891년 지금 이 바슈카르지아 광장 한 중앙으로 자리를 옮겨졌다고 한다. 이 우물의 수도꼭지에서 나오는 물을 마시면 사라예보에 다시 올 수 있다는 전설 같은 이야기가 내려오는데 사라예보의 여행업계가 지어낸 것이 아닐까 싶다.

광장 한켠에는 트램 역이 있어 시장에 오려는 많은 사람들이 트램에서 타고 내린다. 트램 역 주변에는 사원을 상징하는 첨탑과 함께 터키식 건축물들이 많다. 광장에서 안쪽으로 들어서면 바닥에 돌이 깔려 있는 작은 골목이 보이는데 이곳에선 터키의 장인들로부터 전통적인 금속 공예 기법을 사사받은 사람들이 수공예품을 판매한다. 눈길을 사로잡는 화려한 무늬의 금속 공예 제품들과 함께 공예 제품을 만드는 모습도 볼 수 있다.

오늘은 대충 이 정도에서 사라예보 구경을 마치고 골목길을 따라 다시 숙소로 돌아왔다. 숙소로 돌아오는 중에 어느 여행사 앞에는 인도 옆에 'Sarajevo'라고 글자로 만든 커다란 조형물을 놓아두었다. 지나는 여행객들은 이곳에서 기념사진을 찍기를 좋아한다. 우리도 이 조형물을 배경으로 사진을 찍으며 사라예보에서의 기념을 남겼다.

17 ^{일차}
사라예보 sarajevo

가슴 아픈 내전, 총성의 비애

　사라예보에서의 첫날 아침이다. 숙소가 큰 도로 바로 옆이라 자동차 지나가는 소리에 잠이 깼다. 창문을 열고 밖을 내려다보니 아직 먼동이 트지도 않았는데 이른 아침부터 트램이 덜컹거리며 첫 운행을 한다. 오늘은 시내 투어를 하고 이곳에서 하루 더 머물다 내일 떠날 예정이어서 짐을 꾸리지 않아도 되어 마음이 한결 여유롭다. 식사를 마치고 나니 창문 앞 창틀에 놓인 꽃이 아침 햇빛에 투광되어 신선하다. 트램은 출근길 시민들을 실어 나르느라 바쁘다. 라틴교에도 사람들이 부산하게 오고 간다. 라틴교 옆 녹지 공원은 아침 햇살과 함께 더 푸르다.

자동차로 떠나는 발칸반도 여행

숙소를 나섰다. 인도를 따라서 걷다가 어제 처음 사라예보 시내에 들어서서 주차했던 지역을 지난다. 우리는 먼저 산기슭에 위치한 전망대에 가보기로 했다. 가는 도중에 외관이 화려한 국립 도서관 건물을 만났다.

이 건물은 오스트리아-헝가리 제국시절인 1896년에 지어져 시청사로 문을 열었는데 2차 세계대전 후에는 보스니아의 국립 도서관으로 사용되었다. 1992년 전쟁 중에 불이 나 도서관 소장품의 90%가 화염에 다 타버렸고, 이 건물은 사라예보의 전쟁과 비극의 상징이 되어버렸다. 1996년에 복구 공사가 이루어지기 시작하여 2014년 5월에 다시 문을 열게 되었는데 이 건물은 아직도 시청이라는 뜻의 비예츠니차 Vijecnica 라는 이름으로 불리고 있다.

도서관 앞의 세히르세히야 다리 건너편에는 범상치 않은 2층짜리 건물 한 채가 눈에 들어온다. 이 건물은 원래 '시 종합 청사' 자리에 위치해 있었던 일반주택인데 다른 곳으로 이전하라 하니 완강히 버티다가 원래의 모습과 똑같이 이전해야 한다는 조건 하에 지금의 장소로 옮겨진 건물이라 한다. 지금은 레스토랑으로 운영되고 있는데 벽면에 쓰여 있는 'INAT KUCA'는 '대단한 건물'이란 뜻이라 하며 자기의 고유한 공간을 그대로 유지해온 것이 참 대단하다는 생각이 들었다.

건물을 지나 경사진 마을 길을 따라 전망대로 올랐다. 오래된 터키식 전통 가옥들이 있는 골목길을 지나는데, 집 울타리 안에는 땔감이 쌓여 있고 마당에는 빨래가 널려있다. 아이들이 서로 잡으러 뛰어다니며 쏟아내는 웃음소리가 청아하다. 어느 정도 올랐을까. 갑자기 산 중턱에 일자형으로 끝이 뾰족한 흰 비석이 수도 없이 줄지어 있는 넓은 공동묘지를 보게 되었다. 묘지가 갑자기 생각지 못한 곳에서 보이니 다소 낯선 느낌이긴 하나 엄청난 수의 비석들을 보면서 보스니아 내전 당시의 참상이 얼마나 끔찍했는지를 생각하게 한다.

시청사 자리에서 원래의 모습 그대로 옮겨진 '대단한 건물'(INAT KUCA)

묘지 옆으로 난 길을 따라 한참을 걸어 올라가는데도 공동묘지의 끝이 보이지 않는다. 얼마나 참담했을지 이루 말할 길이 없다. 묘지 길의 끝이 보일 때쯤 둥그렇게 축대를 쌓아 올려 세워진 전망대가 나온다. 전망대에서는 사라예보의 시내가 한눈에 들어온다. 붉은 집들 사이로 첨탑과 십자가와 돔 지붕이 어지럽게 섞여 있고, 그 사이를 밀야츠카 강이 관통한다. 강을 끼고 나있는 도로에는 트램과 자동차들이 무심히 오고 가고, 앞산에도 건넛산에도 산기슭엔 또 다른 공동묘지가 숲을 이뤘다. 당시의 내전에 희생된 사람들의 숫자가 얼마나 많았는지 가히 놀랍기만 하다. 전망대에는 한 그룹의 학생들이 현장학습을 왔다. 시내를 내려다보면서 지도자의 설명을 듣고 있는데 지도자는 아이들에게 무슨 교훈을 설명할 것인가 하고 짐작해 본다.

자동차로 떠나는 발칸반도 여행

내전으로 희생된 사람들의 공동묘지

🗺 다양한 종교 박물관, 사라예보

전망대에서 나와 시가지 쪽으로 방향을 틀어 걸어 내려갔다. 오래된 건물들의 벽에는 아직도 선명하게 남아 있는 총탄 자국들이 눈을 사로잡는다. 군데군데 포탄과 총탄 자국이 남아 있긴 하지만, 나지막한 2층 건물들로 이루어진 구 시가지에는 전통 공예품과 실크 제품을 파는 가게들이 즐비하다. 시가지를 지나니 금방 바슈카르지아 광장이 나온다.

광장은 어제 들렀던 곳이라서 낯설지 않다. 광장 한쪽에서는 두 젊은이들이 양동이에 비누액을 풀어 놓고 길다란 막대 모양의 호스를 불어서 커다란 비눗방울을 만들어 하늘로 날아 올리는 이색 퍼포먼스를 했다. 어느새 그곳은 어린이들로 인산인해를 이루었다. 공중으로 날아오르는 비눗방울을 잡으려 뛰어다니는 아이들의 얼굴엔 함박웃음이 가득하다. 부모들은 이 아이들의 모습을 사진에 담아내며 행복해한다.

광장을 지나자 여행자 거리가 이어지며 본격적으로 구 시가지가 펼쳐진다. 거리는 카페와 상점, 호텔들로 즐비하다. 중세풍의 목조 주택들이 일부는 그대로 보존되어 있고, 예전 캬라반들의 숙소를 개조해 만든 레스토랑과 상점들도 있다. 사람들은 자그마한 터키식 테이블과 방석에 앉아 커피를 마시거나 연기를 뻐끔거리며 물담배를 피운다.

구 시가지를 걷다가 사라예보에서 가장 유명한 이슬람 건축물인 가지 후스레프 베이 모스크 Ghazi Husrev-bey's Mosque 를 보러 들어갔다. 16세기 당시 보스니아 지배자인 가지 후스레프 베이의 지시로 오스만튀르크의 술탄을 위해 세워졌다는 모스크는 돔 형식 지붕을 하고 있다. 특이한 점은 정문에 남녀 출입구가 각각 따로 나 있다는 것이다. 천장에 아름다운 문양이 수놓아진 수도 시설이 있는데 기도하러 들어가기 위해 손발을 씻는 무슬림들로 가득하다. 모스크 앞에는 기도 의식을 위한 세면실과 화장터가 있고 우뚝 솟은 시계탑도 있다. 이 사원도 내전으로 인해 많이 파괴되었지만, 사우디아라비아를 비롯한 중동지역의 이슬람 국가들의 지원 덕에 1996년에 모두 복원되었다. 모스크 옆에는 웅장한 초록색 돔 지붕을 한 팔각형 건물 두 채가 눈길을 끌었다. 하나는 학교로, 하나는 기도와 예배 장소로 사용되고 있다고 한다.

사원을 나와 이슬람 정취에 흠뻑 빠져 걷는데 점점 사람들이 모여들기 시작한다. 도대체 어디서 이렇게 많은 관광객들이 쏟아져 나오는지 의문이다. 얼마 걷지 않아 도로 바닥에는 'Sarajevo Meeting of Cultures 문화가 만나는 곳'이라고 새겨진 문구가 보였다. 도로변 카페에는 휴식을 즐기는 여행객들로 가득하다. 우리도 자리를 잡아 커피를 마시며 거리를 바라본다. 다양한 문화와 종교가 뒤섞인 지역답게 히잡을 둘러쓴 이슬람 여인과 일반인들이 함께 오가고 가이드가 인솔하는 수많은 여행자들이 떼지어 지나간다.

카페를 나와 조금 걸으니 두 개의 첨탑을 가진 로마 카톨릭 대성당을 만났다. 보스니아에서 가장 큰 성당으로 수용인원이 1,200명이 넘는다. 네오고딕 양식과 로마네스크의 건축요소를 사용하였고 파리 노틀담 성당을 모델로 하여 지어졌다고 한다. 공사는 1884년에 시작하여 1889년에 완공하였으나 보스니아 전쟁으로 여러 차례 파괴되었다가 재건되었다고 한다. 카톨릭이 국교였던 합스부르크 제국이 보스니아를 지배하는 정신적인 상징이기도 한 이 성당은 아치형의 입구 장식이 인상적이고 내부의 스테인드글라스가 매우 화려하고 아름답다. 성당 입구에는 1997년에 사라예보를 찾았던 성 요한 바오로 2세 교황상이 서 있는데 보스니아의 평화를 간절히 기원하는 모습이다.

대성당 건너편에서 갈색으로 지어진 보스니아 정교회 건물을 찾을 수 있었다. 교회 건물은 도로에서 올려다보기에는 목이 뒤로 완전히 젖혀져야만 위가 보일 만큼 높이 솟아 있다. 맨 위에는 다섯 개의 돔이 옹기종기 세워졌고 돔 위에는 각기 십자가가 달려 있다. 벽면의 작은 교회 모양의 창문 문양이 인상적이다. 사라예보는 이슬람교, 카톨릭교, 기독교, 보스니아 정교회 등 각양각색의 종교가 한데 어우러져 존재하는 종교 박물관 같았다.

숙소로 돌아와 저녁을 차려 먹고 시내 야경을 보기 위해 다시 숙소를 나선다. 시내는 불야성이다. 바로슈카지아 광장에는 낮보다 사람들이 더 많이 북적거린다. 광장 주변은 평화롭고 여유로우며 낭만이 넘친다. 광장 한쪽에서는 트램이 덜컹거리며 여전히 시민들을 실어 나른다. 여행자 거리로 나서자 고풍스러운 건물들 앞의 가게에는 여행객들이 와인잔을 기울이며 담소를 나누는 풍경도 쉽게 찾아볼 수 있었다. 낮은 지붕의 터키식 건물들 위로 뾰족하게 솟은 첨탑에 불빛들이 어우러져 도시의 야경이 볼만하다. 우리는 여행자 거리를 벗어나 밀야츠카 강 쪽으로 내려오다 뼈대만 남아있는 건물 벽면과 바닥의 잔재들이 널부러져 있는 타슐리한 유적지 터를 만났다. 가장 오래된 여관이자 대상들의 숙소였던 이곳은 바닥의 규모만으로

자동차로 떠나는 발칸반도 여행

도 당시 커다란 건물의 구조와 규모를 짐작케 한다.

유적지 바로 옆에는 얼핏 보아도 외관이 고급 호텔로 여겨지는 Hotel Europe 건물이 보인다. 이 호텔은 오스트리아-헝가리 제국 시절인 1882년에 건축되었는데 1914년 사라예보에 들른 오스트리아 황태자 페르디난트 부부가 묵었던 장소로도 유명하다. 지금도 사라예보를 방문하는 세계 정상들이나 유명인들이 묵어가는 사라예보를 대표하는 호텔이라 한다.

밤 9시가 넘어 숙소로 돌아왔는데 숙소 밖에서는 아직도 공사를 하느라 중장비 움직이는 소리가 요란하다. 씻고 자리에 누워 스마트폰을 검색하다 메시지에서 친구 아내의 수술 소식을 접했다. 지난번에 병원에 입원했다고 연락이 왔는데 내일은 수술을 하게 되는 모양이다. 쾌유를 기원하는 친구들의 메시지가 이어진다. 당장 친구 옆에서 힘이 되어 주지 못함을 아쉬워하면서, 나도 그분의 쾌유를 기원하는 문자를 보내고 잠자리에 들었다.

18 ^{일차} 페라스트 Perast

사라예보에서 페라스트까지

사라예보

🚗 **4시간 50분**
263 km

몬테네그로

Perast ○ 코토르

♀ 폭풍우를 뚫고 산악 지대를 달린다

오늘도 새벽 일찍부터 운행하는 트램 소리에 잠에서 깨어 창밖을 내다봤다. 비가 주룩주룩 내린다. 오늘은 이곳 사라예보를 떠나 몬테네그로의 코토르까지 국경을 넘어가며 260km나 되는, 자동차로 6시간 거리를 이동해야 해서 이른 아침부터 서둘렀다. 지금까지 경험에 의해, 비는 금방 그치겠지만 장거리 이동에 빗길이 신경 쓰인다. 아내는 아침을 준비하면서 이것저것 먹을 것들을 더 챙긴다. 중간에 먹을 점심 도시락도 싸고, 간식도 준비했다.

오늘 아침 시간은 역사 공부 시간이 되었다. 지도를 펼쳐 놓고 나머지 여정을 체크하면서 크로아티아의 아드리아해 쪽으로 길게 뻗어 내려가다가 끝에 '네움'이라는 보스니아의 영토가 있고, 크로아티아의 두브로브니크 지역이 지도상에는 보스니아 가운데에 마치 섬처럼 놓여 있는 것을 발견했다. 이렇게 요상하게 구획이 나누어진 이유인즉, 옛날 유고슬라비아 연방 시절에 티토 대통령이 행정개편으로 원래 크로아티아 영토였던 남쪽 이 부분을 바다가 없는 보스니아에 편입시키고 바다를 이용하게 했는데, 이후 유고슬라비아가 해체되고 서로 다른 나라가 되어버렸다. 결국 크로아티아는 두브로브니크와 본토가 서로 떨어져 버리게 되었고, 크로아티아는 보스니아에 이 지역의 반환을 요청했지만 보스니아는 바다와 접하고 있는 이 지역이 필요해서 반환을 거절하고 있다고 한다.

내가 이 이야기를 하니 아내는 새로운 정보를 알려주겠다며 보스니아 지역은 물건이 싸서 네움 지역을 통과해 가는 크로아티아인들의 사재기가 골칫거리라는 것이다. 이렇게 서로가 알고 있는 정보를 교환하면서 공부를 마치고 아침을 먹은 후 짐을 싸서 숙소를 나섰다.

라틴교 옆 트램 승강장에는 빗속에 출근하려는 시민들이 우산을 쓰고 모여든다. 우리는 구 시가지를 지나 시내를 벗어나기 위해 밀야츠카 강을 건넜다. 비좁은 구 도심지를 그대로 보존한 사이를 지나려니 차량들은 많고 교통 상황이 복잡하기 이를 데 없다. 그래서 일방통행 도로가 많다. 내비게이션의 안내에 따라 좁은 일방통행 도로들을 돌고 돌아 언덕배기로 올랐다. 경사진 도로를 한참을 오르자 비가 그치고 차창으로 사라예보 시내가 내려다보인다. 비가 그친 맑은 날씨여서 시내가 깨끗하게 보이고 멀리 보이는 산허리에 얇은 구름도 피어오른다. 슬픈 역사를 가진 도시, 사라예보를 떠난다.

구릉을 넘어서자 좁은 자동차 도로가 시골 마을을 끼고 이어진다. 1시간 정도 지났을까, 집들이 운집한 마을을 지나자 도로 옆에는 히치하이킹을 원하는 노인들이 짐보따리를 옆에 두고 지나가는 차량들에게 엄지손가락을 치켜세우는 모습을 보았다. 매우 깊숙한 시골 마을이어서 대중교통 수단이 많지 않기에 저렇게 지나가는 차량을 얻어 타고 이동하곤 하나 보다 싶었다.

높은 산악 지대이고 비가 멎은 뒤여서인지 앞이 안 보일 정도로 운무가 가득하다. 다시 비가 억수로 퍼붓기 시작한다. 비가 얼마나 많이 내리는지 와이퍼를 세게 돌려도 앞을 가늠할 수 없을 정도다. 이렇게 비를 뚫고 또 1시간가량을 달렸다. 구경은커녕 앞만 보고 운전하자니 극도로 피로하여 차를 도로 가에 세우고 보온병에 준비해간 차를 한 잔씩 마시며 잠시 휴식을 취했다.

빗줄기가 약해지자 다시 차를 몰아 나섰다. 산악 지대를 지나 내려가는 도로를 달려가다가 높이 솟은 산봉우리 위를 올려보니 암벽 위에 자라난 소나무 풍경이 예사롭지 않아 차를 세웠다. 사진에 담기 위해 카메라를 들고 차 문을 열고 밖으로 나섰다. 문을 열자마자 바람이 엄청 거세다는 것을 알게 되었다. 강풍에 몸이 날아갈 듯하다. 얼른 사진을 한 컷 찍고는 차 안으로 돌아와야 했다. 평지를 30여 분 더 달리니 한 호수가 나타났다. 호수 옆에는 주차장도 있고 뾰족한 지붕을 한 벤치도 마련되어 있었다. 차를 잠시 주차하고 밖으로 나왔다. 이곳도 여전히 바람이 세고 추웠다. 차량에 설치된 온도계는 13도를 가리켰지만, 해발이 1,060m나 되는 지역이고 바람이 세다 보니 추위를 심하게 느꼈나 보다.

　잠시 쉼을 가지고 우리는 출발했다. 호수를 끼고 구릉을 오르며 내려다본 호수와 어우러진 전경이 모처럼 아름답다. 호수가 끝나는 지역에서 높은 지대로 오르니 도로 옆에 수백 마리의 양떼가 이동하며 풀을 뜯고 있었다. 차를 세우고 카메라를 메고 나섰다. 양들이 풀을 뜯는 지역이 도로에서 볼 때는 잔디로 채워진 걷기 좋은 장소인 줄 알았더니 올라갈수록 움푹 패인 곳이 많고 나무가 베어져 발에 걸리고 걷기 쉬운 길이 아니었다. 멀리보이는 양떼들의 평화로운 모습에 비해 양들이 움직이는 산의 상태는 험하고 거친 곳이었다. 자칫 샌들이 나무에 걸려 넘어질 뻔도 하고 보통 위험한 길이 아니길래 그냥 내려오고 말았다.

　　　　　자동차로　떠나는 발칸반도 여행

30분쯤 더 달려서 내비게이션은 2차선 도로를 벗어나 좌측 샛길로 안내한다. 자동차 한 대가 겨우 달릴만한 좁은 도로가 굽이굽이 이어지더니 농촌 마을 안으로 접어든다. 마을을 끼고 내려서니 다시 큰 도로가 나온다.

"아… 아까 2차선 큰 도로로 계속 갔더라면 멀리 돌아서 이곳으로 오게 되나 봐요."

"그래. 마을을 가로지르는 샛길로 안내해서 금방 큰 도로로 오게 하면서 먼 길을 돌아오지 않게 했나 봐."

"이놈이 똑똑한데요?"

"그러게. 샛길까지 안내하는 걸 보니 믿을 만하네."

우리는 잠시 후에 이 녀석이 우리에게 안겨줄 엄청난 해프닝을 알지 못한 채 똑똑한 녀석이라고 칭찬하기에 여념이 없었다.

그리고는 얼마를 달리다 큰 삼거리를 만났다. 모스타르 쪽에서 오는 도로와 만난 것이다.

"아. 저쪽 길이 모스타르에서 오는 길이에요."

"맞다. 만약 모스타르에서 사라예보를 들르지 않고 바로 왔더라면 이 길을 타고 와서 여기서 만났을 것이야."

"그렇다면 몬테네그로로 넘어가는 국경 가까이에 왔다는 뜻이에요."

두 도로가 합쳐져 큰 도로를 시원히 내달린다. 그래도 아직 산악지대여서 도로 양옆으론 삼림이 우거졌다. 비가 멎었다. 우리의 다음 행선지인 페라스트에서는 비가 내리지 않기를 간절히 빌어본다.

잠시 쉬면서 빵으로 요기를 때우고 내리막 산길을 한참 달렸다. 해발이 낮아짐에 따라 햇볕이 점점 따가워지고 더워지기 시작했다. 20여 분이 지나서 도로는 한 도시를 관통하여 지났다. 이 도시는 빌레카 Bileca 라는 도시로 지도상으로 보아도 꽤나 큰 도시였다. 도시를 지난 지 얼마 지나지 않아 보스니아 출국 사무소에 도달했다. 차량 차단기와 조그만 건물 하나가 전부인 다소 단촐한 출국 심사대였다. 커다란 트럭들이 줄을 기다리기에 나도 줄을 기다리는데, 승용차 한 대가 내 옆을 지나쳐 앞으로 갔다. 왠지 모를 마음에 나도 그 승용차를 따라 앞으로 갔다. 알고 보니 물건 운반이 목적인 트럭은 운전사가 내려서 직접 사무실에 가서 여권 수속을 밟아야 하고, 승용차는 차 안에서 여권을 내밀고 바로 출국 수속을 밟을 수 있었다. 그 차량 아니었으면 우리는 트럭 뒤에서 한참을 기다렸을 것이다. 역시나 출국 수속은 간단했다. 현지인들은 바로 보내고 우리처럼 외국인들은 여권을 받아 사무실에서 검사를 마친 후 다시 내주는데 시간이 그리 오래 걸리지 않는다.

출국 사무소를 지나자 바로 몬테네그로 입국 사무소가 나온다. 그곳에서도 같은 방법으로 간단히 입국 수속을 마쳤다. 수속을 마치고 여권을 받아 들었을 때 갑자기 차단기의 지붕 위로 비 떨어지는 소리가 두두둑 들린다. 그리고 그때부터 굵은 비가 주룩주룩 내리기 시작하더니 비를 맞고 한참을 산길을 달리다 또 갑자기 비가 멎고 맑은 하늘을 드러낸다. 비가 멎었기에 좀 빨리 달려볼까 하고 엑셀레이터를 밟으며 속도를 내려 할 즈음 도로변에 경찰 단속에 걸린 차가 한 대 보였다. 지나치면서 보니 앞쪽 커브길에는 경찰차가 숨어 있었다. 저 차가 단속에 걸리지 않았더라면 우리도 충분히 걸릴 수 있었던 속력이었다. 마음을 졸이며 속력을 낮추었다. 이 상황을 어찌 모면하긴 했지만, 간이 콩알만 해졌다. 범칙금 지불 방법도 모르고 아무튼 단속에 잡혔더라면 골치 아픈 일이었기 때문이다. 그런데 이렇게 한가한 도로에 제한 속도가 너무 터무니없다. 심지어 시속 50km인 곳도 많고 제한 속도를 준수하자니 답답해서 속이 터진다.

📍 네비게이션의 망령, 아찔한 산꼭대기 주행

이렇게 몬테네그로의 한적한 도로를 달렸다. 도로 주변은 여전히 발가벗은 산악지대여서 황폐한 돌산 사이로 생명력 강한 작은 나무들이 물 속의 수초마냥 띄엄띄엄 자라는 삭막한 풍경이 계속되었다. 갑자기 도로 위에 염소 떼가 나타나 주행을 막는다. 목동도 없이 개 두 마리가 염소 떼를 몰고 있는 것이 신기했다. 차 안에서 사진에 담아본다. 우리는 염소 떼들이 모두 길을 건너고 나서야 다시 주행을 할 수 있었다.

되돌아보니 지금까지 꽤 오래도 달려왔다. 천천히 운전하느라 계획된 6시간이 넘어 버렸고 이제 조금만 가면 목적지다. 목적지인 코토르에 도착 예정 30분쯤 남겨두고 자동차는 산꼭대기로 들어서더니 산봉우리를 넘어섰다. 그리고는 시야가 탁 트였다. 도로가 산 반대편으로 들어선 것이다. 얼마나 높이 올라왔는지 산 아래 집들이 쌀톨만 하게 보인다. 이 산은 얼마나 가파른지 마을이 앞으로 보이는 것이 아니고 고개를 빼고 내밀어야 보일 정도로 아래에 위치해 있다. 갑자기 현기증이 난다. 세상에 이런 도로가 있다니…

▲ 천길 낭떠러지가 보이는 아찔한 산길 도로
▶ 내비게이션이 안내한 엄청 구불거리는 산길 모습

TV에서 험한 도로의 다큐멘터리를 본 적은 있지만 내가 직접 이런 곳을 직면하니 머리가 하얘진다. 그리고 산을 휘감는 도로가 이어졌다. 도로는 차 한 대 겨우 다닐 만큼 좁고 심지어 도로 옆으로 가드레일도 없다. 그래서 시야가 훤히 트였던 것이다. 도로 아래는 천길 낭떠러지다. 약간 넓은 곳에서 차를 멈춰 세웠다. 그리고 도로 아래를 내려다보았다. 아찔하다. 갑자기 오금이 저린다. 운전할 마음이 없어진다. 오른쪽 조수석에 앉은 아내는 오른쪽 바로 아래의 높이에 질렸는지 눈을 감아 버렸다. 내가 놀란 이유는 길이 엄청 구불구불한데 바로 5m 앞은 굽은 도로이기 때문에 왼쪽으로 돌아가는 길은 아직 시야에도 없고 바로 앞 도로는 가드레일은 고사하고 바윗돌이라도 걸쳐 있어야 하는데 아무것도 없으니 그냥 천길 낭떠러지로 직행할 수 있는 허공만 보이기 때문이었다.

나를 더 공포스럽게 한 것은, 이 렌터카가 내게 덜 익숙하고 게다가 수동 기어여서 변속할 때면 '덜컹'하면서 차가 앞으로 주욱 나가기도 한다는 것이다. 이런 도로에서 그런 상황이 온다면? 만약 마주 오는 차량을 만나기라도 한다면? 오는 차량은 내 왼쪽, 산 쪽으로 지나가게 될 것이고, 나는 오른쪽 낭떠러지 쪽으로 차를 비켜 가야 하는데 그것이 가능한가 생각하니 등에서 식은땀이 주루룩 흐른다. 차를 비키는 건 고사하고 이 도로에서 나 혼자 지나가기도 어려워 산쪽으로 바짝 붙여 가야 하고 오른쪽 낭떠러지는 무서워서 쳐다보기도 어려운데 말이다. 놀이기구에서도 이렇게 심한 공포를 느껴보지 못했다. 놀이기구는 기계에 의존하면서 눈을 감아버리면 되지만 여기서는 내가 기계를 작동해서 헤쳐나가야 하니 눈을 감을 수도 없고 난감하기 이를 데 없다. 운전할 의욕을 잃고 아무 생각이 없이 멍해진다.

그러나 어쩔 것인가. 되돌아갈 수도 없으니 앞으로 나아갈 수밖에 없다. 차 안은 격한 공포감에 냉기가 흐른다. 숨을 죽이고 차를 천천히 움직여 조금씩 앞으로 나아갔다. 운전대를 잡은 손이 땀에 젖었다. 오로지 생각은 올라오는 차량을 만나지 않았으면 하는 마음뿐이다. 낭떠러지 쪽은 차마 볼 수 없어 산쪽으로만 보면서 자갈이 툭툭 튀는 비포장도로를 덜컹거리며 조금씩 천천히 내려간다. 공포스러운 시간이 지나고 한참 후에야 도로 옆으로 나무들이 나타나면서 낭떠러지를 가려주니 공포감이 사라졌다. 이제야 제대로 숨을 쉬는 것 같다. 이제는 앞도 옆도 잘 보인다. 지금까지는 너무 놀란 나머지 바짝 긴장하고 있느라 다른 생각을 할 여유가 없이 앞만 보고 운전했던 것 같다. 그제서야 옆에 앉은 아내를 쳐다 보았다. 아내도 그제서야 얼굴에 화색이 돌고 말문이 열렸다. 놀라서 아무 생각이 없었단다. 이제는 산 위에서 내려다볼 때 쌀톨만 하게 작았던 집들이 있었던 지역으로 내려온 것이다. 정말로 다행인 것은 내려올 동안 올라오는 차량을 한 대도 만나지 않았다는 것이다.

목적지에 도착하여 우리가 고생했던 도로가 있는 산을 올려다보았다. 고개를 완전히 뒤로 젖혀야 산봉우리가 보일 정도로 산이 높기도 높다. 그런데 저렇게 높은 산길을 왜 와야 했을까? 가만 생각하니 이 차의 내비게이션은 그동안 지름길로 안내를 곧잘 해 주었다. 마을 안길로도 안내하여 빠른 길을 알려준 적도 있었다. 오늘 이 도로를 타게 된 것도 구석구석 지리정보를 잘 아는 이 똑똑한(?) 내비게이션이 지름길을 찾아 산길로 잘못 안내했던 때문이었다. 헛웃음이 나온다. 오늘 여행은 난생처음 겪어 본 공포감이었으며 지나고 보니 자유여행이 선물한 또 하나의 추억이 되고 말았다. 그리고 진퇴양난의 상황에서 겪는 무력감은 살면서 수없이 닥쳐오는 삶의 여정 중 하나일 수 있다는 생각이 들었다.

♥ 쌍둥이 섬의 전설, 페라스트

바다를 끼고 있는 큰 도로를 달리니 푸른 바다가 시원스레 펼쳐진다. 페라스트가 2km 정도 남았다는 이정표를 보며 드디어 도착했다는 생각에 마음이 편해졌다. 페라스트에 도착하니 바다에서는 수영을 즐기고 해변가에서는 휴식을 취하고 있는 휴양객들이 많았다. 입구부터 주차장엔 차들이 빼곡하여 주차할 공간을 찾을 수 없었다. 한 젊은이가 빈 공간에 차를 댈 수 있도록 안내해 주었다. 차에서 내리자 그는 우리가 배를 타고 섬에 들어갈 여행객이라는 것을 알고 호의를 베풀었던 것이며 섬에 들어가는 배를 연결해주는 호객꾼이었다는 것을 알게 되었다. 주차요금은 2유로에 뱃삯은 1인당 5유로라고 한다. 그래, 어차피 배를 타야 했기에 그가 안내하는 배를 타고 섬으로 향하기로 했다.

선착장에서 기다리니 그 젊은이의 연락을 받았는지 햇볕을 피하도록 지붕에 천막을 친 작은 보트가 나타나서는 우리를 태웠다. 보트는 서너 명이 타기에 알맞은 작은 배였다. 우리를 태운 보트는 엔진소리를 거세게 내면서 푸른 바다를 가르며 섬 쪽으로 향했다. 코토르만의 드넓은 바다는 햇빛을 받아 눈이 부시게 반짝인다. 쪽빛 바다에서 불어오는 시원한 바람은 오늘의 긴 자동차 여행에서 쌓인 피로를 한방에 날려줄 만큼 상쾌했다. 10여 분 후에 섬에 당도했다. 이 섬은 Our Lady of the Rocks라 불리는 인공섬이다. 돌을 가득 실은 배들이 가라앉으면서 이 섬이 만들어지기 시작했다고 한다. 이 섬에서 가장 큰 건물은 17세기에 세워진 바로크 양식의 로마 카톨릭 교회다. 이 교회 내부에는 마리아의 탄생과 죽음까지를 나타내는 68개의 유화로 장식되어 있고 벽에는 약 2,000여 개의 은색 판화가 붙여져 있는데 전쟁을 떠나는 군인들이나 뱃사람들이 자신의 안전을 지켜달라고 기원한 것이라 한다. 무엇보다도 한 어부 형제가 발견했다는 중앙 제단 위에 모셔진 성모님 모자의 성화가 가장 인상적이다.

자동차로 떠나는 발칸반도 여행

성당 안에는 해양 도시의 유물들을 전시한 박물관도 있다. 페라스트 마을 골동품 같은 오래된 봉헌물부터 근대 작품들까지 다양한 유물들이 전시되어 있다. 이 섬의 시작이 되었던 주춧돌도 놓여 있다. 성당에서 나와 동쪽 선착장으로 나오면 정면에 두 개의 쌍둥이 섬 중 하나인 조지 섬이 보인다. 성모 섬과는 달리 이 섬은 자연적으로 만들어졌는데 섬에는 12세기에 만들어진 성 조지 베네딕트 수도원과 오래된 페라스트 귀족들의 무덤이 있다.

　이 섬에는 안타까운 전설이 전해져 오고 있는데, 내용인즉, 나폴레옹이 1797년 페라스트 섬을 점령했을 때 한 병사가 아름다운 여인과 사랑에 빠졌는데 상관의 명령에 따라 마을을 폭격한 프랑스 병사는 자신이 사랑하던 여인이 폭격으로 숨진 사실을 알고 큰 죄책감을 느껴 수도자가 되어 이 조지 섬에서 평생을 살았다고 한다. 이 섬에는 외부인은 들어갈 수 없다. 섬을 먼발치에서 바라보며 전설 속의 두 남녀의 순수한 사랑이야기에 괜히 슬퍼진다.

선착장에는 정확히 30분 후에 우리를 태우기 위해 보트가 다시 왔다. 우리는 보트에 올라타고 가면서 반짝이는 바다 위의 항구도시 페라스트의 전경을 한눈에 볼 수 있었다. 거대한 돌산을 배경으로 주홍빛 지붕을 한 중세풍의 집들이 늘어서 있는 페라스트의 전경은 한 장의 그림엽서처럼 아름답다. 교회 첨탑이 우뚝 솟은 작은 마을의 절경에 마음을 빼앗겨 정신없이 사진에 담으며 금세 선착장에 도착했다.

우리는 이제 코토르로 가야 한다. 예약된 숙소 주소를 내비게이션에 입력하려는데 내비게이션이 주소를 찾질 못한다. 아내는 우리가 여행 전에 직접 제작해온 여행용 안내 책자를 펼쳐들고 숙소들마다 출력해 넣은 숙소의 주소를 보여주면서 확인을 시킨다. 아나나 다를까 주소는 맞는데 입력이 되질 않는다. 좌표를 입력해야 하나. N 42˚ 25.791 E 18˚ 46.207… 좌표를 입력했더니 내비게이션이 금방 목적지를 찾아냈다.

좌표 찍는 방법을 알아낸 아내는 갑자기 의기양양해졌다. 부력의 원리를 발견한 아르키메데스가 된 양 기쁘고 자랑스러운가 보다. 나는 그런 아내가 사랑스러워 한 번 더 치켜세워준다.

"당신 아니었으면 길에서 잘 뻔했는데. 그치?"

"됐어요. 너무 오버하지 마세요."

이렇게 얘기를 주고받으며 자동차는 코토르 만의 도로로 달렸다. 왼쪽으로는 거대한 돌산이 높이 솟아 있고 오른쪽으로는 쪽빛 바다가 시원스레 펼쳐진 해안도로가 굽이굽이 이어진다. 이번 여행에서 가장 힘들었던 코스였던 장시간의 이동이 끝나간다. 그리고 기도했던 대로 맑은 날씨에 맞이한 페라스트, 숙소 주소를 찾아낸 또 하나의 발견이 주는 기쁨과 멋진 해안도로의 절경으로 우리는 행복이 충만하다. 차창을 열고 바닷가에서 불어오는 시원한 바람을 맞는다. 나는 오늘의 소회를 이렇게 표현했다.

"여행은 말이야. 목적지에 가기 위해 이동하는 시간을 낭비라고 생각하면 안 돼. 여행은 목적지에 도착하기 위해서 나서는 것이 아니고 여행하기 위해서 나서는 거야."

"네에. 알겠습니다. 오늘은 김치를 담가야겠다. 슈퍼가 숙소 가까이에 있어야 할 텐데…."

아내는 잘난 척하는 내 말을 듣기 싫은 듯, 들은 체 만 체 동문서답을 하고는 오직 숙소를 향한 기대감에 신이 났다.

20여 분을 달려 코토르에 도착하여 이내 숙소를 찾았다. 우리가 묵을 방은 마당 한켠에 따로 지어진 독립된 건물이었으며 응접탁자와 업무용 책상, 옷장까지 갖추어진 넓은 방에다가 탁자 위의 화병에 꽃꽂이까지 장식하여 그 꽃 속에 와이파이 번호를 적은 메모지를 꽂아두는 센스 있는 분위기까지 연출해 두었다. 테라스에서는 코토르 시내가 아주 가까이 내려다보이며, 돌산에 건설된 요새로 오르는 성곽 길도 훤히 보인다. 테라스 옆 화단에는 감귤나무에 감귤이 주렁주렁 열려 있어 탐스럽게 보였다.

잠시 휴식을 취한 우리는 방으로 들어가 짐을 정리하고 시내로 나가 장을 보기로 했다. 우리가 시내로 나서는 동안 어느새 날이 저물어 시내에는 여기저기 불들이 켜지기 시작했다. 코토르 만에 정박 중인 커다란 크루즈 선박에도 환하게 불이 켜지고 구 시가지 쪽으로 수많은 인파들이 오고 간다. 우리는 '카멜리아 쇼핑몰'에 가서 배추, 파, 양파, 생수 등을 구입하고 귀가했다.

아내는 장을 보아온 야채로 집에서 준비해 온 양념들을 넣어서 먹음직스런 김치를 만들어 냈다. 저녁 식사를 위해 된장국에 김치까지 곁들인 멋진 한식 식단이 마련된 것이다. 저녁을 먹고 이렇게 오늘도 피곤한 하루 일정을 마무리한다. 내일은 새벽 일찍 요새를 오르기로 하고 잠자리에 든다. 오늘은 곤한 잠에 빠질 것 같다.

자동차로 떠나는 발칸반도 여행

19 ^{일차}
코토르, 부드바
Kotor, Budva

코토르에서 스베티 스테판까지

♀ 새벽 성곽 트레킹의 희열

눈을 떠보니 6시 26분이다. 바깥은 아직 깜깜하다. 잠자리에서 일어나자마자 아내에게 물었다.

"여보, 어떻게 할까?"

"뭐를요?"

"요새에 올라야 하는데 지금 이른 새벽에 나가려니 피곤하지 않아?"

"그치만 이따 해 뜬 뒤에 오르려면 더워서 힘들 걸요."

"그래? 그럼 얼른 준비하고 나갑시다."

어제는 온종일 차를 타고, 밤늦게까지 시내를 돌아보았고, 장을 보고 난 후 김치를 담그느라 늦게 잠들어 매우 피곤했던 탓에 새벽 일찍 산에 오르는 일이 무리가 아닐까 싶어 물었던 것인데 아내는 흔쾌히 새벽 외출에 동의했다. 실은 내 몸이 천근만근이어서 더 누워 있고 싶은 유혹에 은근히 아내의 새벽 외출 포기 의사를 기대했건만 그런 기대는 단칼에 빗나가고 말았다. 매번 느낀 바지만 여행에 대한 아내의 의욕은 대단하다. 여행 시간을 조금도 허투루 보내려 하지 않으려는 생각이 단단히 배어 있다. 아쉬움을 남기지 않으려는 욕심, 다시는 오지 못할 곳이라는 강박관념이 여유를 즐기지 못하는 여행 습관으로 만들어 버린 것일까.

바깥은 아직도 어둠 속이고, 날씨는 아침이라고 제법 쌀쌀하다. 다들 잠이 든 동네는 조용하고 우리들의 발자국 소리만 뚜벅뚜벅 정적을 깬다.

자동차로 떠나는 발칸반도 여행

발칸반도 남서부에 위치한 몬테네그로는 이탈리아어로 '검은 산'이라는 뜻이며, 인구수가 약 64만 명으로 매우 작은 나라이다. 남서쪽은 아드리아 해, 북동쪽은 세르비아, 남동쪽은 알바니아, 북서쪽은 보스니아 헤르체고비나와 경계를 이루고 있으며, 1991년 유고 연방이 해체된 후에도 세르비아 공화국 연방으로 남아 있다가 2006년에야 독립국가로 분리된, 아직은 사람들에게 많이 낯선 나라이다.

몬테네그로의 작은 도시인 이곳 코토르는 고대로마 시대부터 사람들이 정착해 살았고, 불가리아 제국, 베네치아 공화국 등 여러 제국의 지배를 받았으며, 제2차 세계대전 당시는 이탈리아에 통합되었다가 1945년 이후 유고슬라비아 공화국의 몬테네그로 도시로 편입되었다. 그리고 코토르 구 시가지는 베네치아인이 코토르를 점령하던 시절, 세르비아 네만리치 왕가에 의해 세워진 총 4.5km 길이의 성벽으로 둘러싸여 있다. 우리는 이 성벽 길을 걸어올라 요새에 오르기 위해 나선 것이다.

구 시가지로 들어서는 북문을 통과하여 '성 조바니' 요새로 오르는 입구에 다다랐다. 입구가 건물 사이에 난 매우 작은 골목길이어서 찾는데 한참을 두리번거려야 했다. 겨우 입구를 찾아 산 중턱까지 오르자 서서히 동이 터오며 어둠이 가시기 시작했다. 가쁘게 숨을 몰아쉬며 돌계단을 하나둘 오른다. 잘 따라오던 아내가 뒤로 처지기 시작하며 낮이었으면 더워서 오르지도 못했을 것이라고 넌지시 이야기를 던진다. 그늘이라곤 없는 돌계단을 뙤약볕 아래에 걸어 오르는 일은 상상도 하기가 싫다. 아침 시간을 택해 오르기로 한 선택이 참 잘했다는 생각에 발걸음이 금방 가벼워졌다. 곧, 발아래로 구 시가지의 전경이 보였다. 코토르 만의 아늑한 바다와 붉은색 지붕들로 이어진 구 시가지의 풍경은 오를수록 더 아름다운 모습을 보여주었다. 제일 먼저 첫 전망대에 이르렀을 때 성당의 종소리가 울려 퍼지며 도시의 아침을 깨웠다. 로브첸산 너머에서 떠오르는 아침 해가 얼굴을 내밀면서 코토르 구 시가지 쪽으로 밀고 들어왔다.

　조금 지나 지금은 건물 구조만 남아 있는 아담한 성모 교회를 만났다. 이 교회는 1518년 지어진 것으로 당시 유럽에서 유행하던 페스트 전염병으로부터 살아남은 사람들이 감사하는 마음을 담아 지은 것이라 한다. 교회를 지나고 가파른 계단을 오르고 또 오른다. 젊은 여행객들도 지나가고 운동하는 시민들도 만난다. 이들은 한결같이 거친 숨소리를 내면서도 반가운 아침인사를 보낸다. 약 45분 정도를 더 올라가서야 정상인 일리리안 요새에 닿았다. 요새까지 오른 돌계단의 숫자는 약 1,300여 개에 이른다고 한다. 이마에는 땀이 송글송글 맺히고 숨이 턱까지 차오른다. 이 요새는 워낙 견고하게 지어졌기에 1657년 침입했던 오스만투르크족이 무려 2개월 동안 대치하다 결국 퇴각했다는 일화가 전해지는 곳이다. 뼈대만 남은 요새는 지나다니기에 위험할 정도로 훼손되었지만, 정상에서는 몬테네그로의 국기가 펄럭이며 아직도 코토르를 지키고 있었다.

　이제 해가 중천에 올라 유네스코 세계문화유산으로 지정된 도시 코토르가 새로운 아침을 맞는다. 푸르른 하늘 아래 드넓게 펼쳐진 쪽빛 바다에는 대규모 관광객을 태운 거대한 크루즈 호가 정박해 있고, 멀리서 작은 배들

자동차로 떠나는 발칸반도 여행

이 물살을 가르며 항구를 향해 들어온다. 붉은빛의 지붕들은 아침 햇살을 받아 더욱 붉게 물들어 보인다.

우리는 잠시 정상 한쪽에 주저앉아 시원스레 불어오는 바람에 젖은 땀을 식히며 코토르의 고즈넉한 전경을 내려다보았다. 자연이 만들어낸 아름다운 풍경을 바라보는 이 순간, 더 이상 말이 필요 없다. 이 도시를 찾아오는 것도, 이 요새에 오르는 것도 힘들었지만 이러한 경치를 눈에 담을 수 있다는 것이 마냥 행복했다. 우리는 아무 말도 없이 한동안 경관을 내려다보다가 뿌듯한 마음으로 자리에서 일어나서 다시 성벽 길을 내려갔다. 우리가 올라올 때와는 달리 이제는 올라오는 사람들이 꽤 많아졌다. 계단을 오르는 그들의 거친 숨소리가 값지게 들린다. 정상에서 우리가 느꼈던 행복한 순간을 향한 기대의 발걸음이라 생각하기 때문이다.

요새를 다 내려와 입구에 이르니 성벽 길을 오르려는 사람들이 줄지어 서서 입장료를 내고 있었다. 우리는 너무 일찍 올라 입장료를 내진 않았지만, 입장료가 1인당 3유로씩이니 우리는 6유로를 아끼게 된 셈이다.

📍 중세의 고풍스런 향기, 올드타운

숙소로 돌아와 아침을 먹고 체크아웃을 했다. 시내를 돌아보기로 하는데 주차가 어려우니 숙소에 차를 놔두기로 했다. 구 시가지로 향하기 위해 길을 막 나서자 맑은 물의 스쿠르다 강과 해자로 둘러싸인 코토르 성의 성채가 위용을 떨친다. 이 성벽이 구 시가지를 감싸고 새벽에 다녀온 로브첸 산의 요새까지 이어지고 있는 것이다. 스쿠르다 강을 건너는 교량을 지나 메인 입구인 서문으로 향했다. 코토르 성 출입구는 남문, 북문, 서문의 3곳이 있는데 서문 앞이 예전엔 바다여서 성문 앞에 배를 대고 드나들었다 해서 '바다 문'이라고도 불렸다는데 지금은 매립되어 야자수가 자라고 있는 넓은 광장이 되었다.

자동차로 떠나는 발칸반도 여행

서문 한쪽에는 16세기 베네치아에 점령당했던 시기의 성벽답게 베네치아의 상징인 날개 달린 사자 문양이 조각되어 있다. 또, 성벽의 서문 위에는 코토르가 나치로부터 해방된 날의 숫자가 새겨져 있으며 그 위에는 옛 유고 연방의 지도자였던 티토의 말이 새겨져 있다. "우린 남의 것을 원하지 않고, 우리 것을 주지도 않을 것이다."라는 뜻이다. 티토는 그런 체제가 유지되길 원했던 것이다.

아치형의 서문을 통과하여 들어서면 제일 먼저 눈에 띄는 건물이 1602년에 건축된 시계탑이다. 3층으로 지어진 이 시계탑은 두 면에 시계가 부착되어 있는데 정면 시계 아래에는 당시 왕세자의 문장^{紋章}이 새겨져 있다. 시계탑 앞에는 '수치의 기둥'이라는 피라미드 형태의 작은 돌기둥이 있는데 이것은 죄인을 이곳에 묶어 놓고 사람들이 보게 하는 벌을 주어 수치심을 느끼게 했던 곳이라 한다. 아내는 그 기둥 앞에 서서 포즈를 취한다.

"죄지은 사람이 이렇게 묶여 있었을까?"

시계탑 옆 계단으로 성벽을 올라가 보았다. 성벽 위에는 기둥이 줄지어 세워져 마치 회랑처럼 복도를 이루고 그 위는 지붕으로 덮인 건물이 올라앉았다. 이곳을 걸으며 성 바깥 경치를 볼 수 있었다. 성벽 끝에서는 강과 바다, 그리고 시내 풍경을 한꺼번에 감상할 수도 있다. 성벽에서 내려와 광장으로 향했다. 광장 주변에는 노천 카페가 있고, 건물마다 기념품 가게들이 많았다. 석조 건물 위에 놓인 화분의 예쁜 꽃들이 아침 햇살을 받아 반짝인다. 어떤 가게는 창문을 통해 안을 들여다볼 수 있게 되어 있는데, 안을 보니 중세풍 건물에 최신식 미용 기계를 들인 미용실이어 아이러니하고 흥미로웠다.

골목을 벗어나자 코토르를 대표하는 성당이자 몬테네그로에 있는 두 개의 가톨릭 성당 중 하나인 '성 트리폰 성당'이 보였다. 이 성당은 1166년에 건축되었는데, 이후 1667년과 1979년의 지진으로 피해를 입어 로마네스크, 고딕, 바로크 양식의 다양한 시대에 걸쳐 복구된 로마 시대의 가장 아름다운 건축물 중 하나로 잘 알려져 있다. 두 개의 종탑은 양쪽에 대칭하여 서있지만, 서로 크기와 모양이 다르다. 좌측 종탑에는 처음 지어진 809년이, 우측 종탑에는 복구된 해인 2016년이 표시되어 있다. 성당 내부엔 프레스코화가 심플하면서도 아름답게 장식돼 있다. 그리고 성당에는 성 트리폰의 유해가 안치되어 있는데, 이는 이스탄불에서 옮겨 온 것이라 한다. 내부의 계단을 통해 2층으로 올라가면 많은 유물들이 전시된 전시실을 거쳐 발코니로 나갈 수 있는데, 오밀조밀 밀집된 중세 건물들과 어우러진 사람들의 모습이 마치 중세시대로 온 것 같은 착각을 불러일으킨다.

이어서 성 루카 광장에 이르렀다. 정면에 성 루카 교회가 있다. 이 교회는 12세기 말에 로마네스크와 비잔틴 양식의 두 요소를 갖추어 지어진 중요한 건축물이다. 1979년 일어난 지진에도 심하게 손상되지 않고 버텨준 유일한 건물이기도 하다. 처음엔 카톨릭 성당으로 지어져서 그 역할을 다했지만 전쟁으로 인해 정교회가 들어오자 그만 정교회에 자리를 내주고 말았다. 현재는 두 종파가 같이 사이좋게 교회를 사용하고 있는데, 건축 당시의 카톨릭 제단이 아직 남아 있어 한 교회에 두 개의 제단이 있는 것으로도 유명하다. 복잡한 역사와 문화가 얽힌 몬테네그로, 특히 코토르 지역의 특성을 잘 보여주는 사례라 할 수 있겠다. 교회 내부에는 17세기 황제의 그림과 예수 그리스도, 황제, 황후가 함께 그려진 성화 등 원래의 프레스코화가 아직도 남아 있다.

자동차로 떠나는 발칸반도 여행

　오랜 역사를 보여주듯, 첨탑 꼭대기가 검게 그을린 성 루카 교회 앞에 한 화가가 이젤에 캔버스를 얹어 놓고 그림을 그리고 있다. 조심스럽게 다가가자 그는 내게 반갑게 미소를 지어 보인다. 그는 아일랜드 출신의 여행자로, 교회의 첨탑을 보이는 대로 스케치하고 있었다. 그는 카메라 대신 스케치로 여행의 흔적을 남긴다고 한다. 참 좋은 재능을 가진 분이시다. 사람들은 각자 몰두하는 취미에 관한 가치관이 다르지만, 이 분의 특기이자 취미인 스케치에는 부러운 마음이 든다.

　루카 광장을 나와서 다시 골목길을 걸었다. 골목 한쪽에서 어린 소녀가 가판대를 벌려놓고 그림을 새겨 넣은 조약돌을 팔고 있다. 그 소녀는 나와 눈이 마주치자 가운데 이빨이 빠진 하얀 이를 드러내며 미소를 짓는다. 물건을 구입해주지 못해 괜히 미안한 마음이 들었다. 하얀 천막을 치고 영업을 하는 노천 카페에는 짙은 선글라스를 끼고 커피를 마시거나 맥주잔을 기울이며 담소를 나누는 연인들의 모습도 쉽게 찾아볼 수 있었다. 한참을 걷다 보니 눈에 익은 골목에 다다랐다. 새벽에 요새에 오르려고 어둠 속에서 찾아 헤맸던 골목이 또 다른 모습으로 눈에 들어와 새로운 장소에 온 듯한 느낌을 받았다. 입구에서 사진을 찍는 가족 여행객들의 밝은 표정에서 행복이 철철 넘쳐 흐른다.

북문을 나서 스쿠르다 강을 건너는 교량을 지나기로 했다. 영국 시인 바이런은 코토르를 '땅과 물이 가장 아름다운 조화를 이룬 도시'라고 칭송했다는 말이 떠오른다. 짧은 시간이어서 아쉬웠지만 코토르 구 시가지는 다시 오고 싶고, 다시 온다면 긴 시간을 내어 머무르고 싶을 정도로 내게 깊은 인상을 주었다. 숙소로 돌아와 맡겨두었던 차를 몰고 코토르를 떠났다.

⦿ 스베티 스테판 마을의 설렘

코토르 시내를 벗어나 1시간 정도를 달리자 해안도로가 나온다. 아드리아해의 푸른 바다를 감상하며 달리고 있을 때 아내가 차창을 가리키며 소리친다.

"여보, 오른쪽 바다를 좀 보세요."

아내가 가리키는 쪽을 보았다. 바다 위의 조그마한 섬, 부드바를 상징하는 '스베티 스테판' 섬을 발견한 것이다. 그 섬을 발견하자마자 바로 오른쪽에 작은 주차구역이 만들어진 전망지가 있었다. 말할 것도 없이 차를 주차장에 세우고 차 밖으로 나왔다.

아내와 나는 바다 저쪽에 떠 있는 기이한 풍경의 스베티 스테판 섬을 바라보며 탄성을 금치 못했다. 여행을 오기 전, 여행 책자에 소개된 스베티 스테판 섬의 사진을 보면서 실제 존재하지 않을 것이라 의심했을 정도로 기이한 풍경이어서 만날 수 있을까 기대하고 있었던 그 경치가 바로 눈앞에 펼쳐진 것이다. 자연과 경치에 마음을 빼앗기고 넋을 잃은 몇 번 안 되는 기억 중의 하나가 될 것 같다.

짙푸른 바다 위에 떠 있는 스베티 스테판 섬은 붉은 지붕의 건물들과 키가 큰 나무들이 조화를 이루며 빼곡히 들어차 있다. 섬과 육지가 둑으로 연결되어 있는데 둑을 기준으로 한쪽은 백사장에 비치 파라솔이 줄지어 들어 서 있고, 반대편에는 정박해 있는 하얀 요트들이 파도를 따라 넘실대고 있었다. 아무리 보아도 범상치 않은 풍경이다. 섬을 사진에 담았으나 서쪽으로 기울고 있는 태양이 사진에 역광을 만들어 깨끗한 사진을 남길 수 없었다. 내일 아침에 다시 와서 사진을 찍어야겠다고 마음먹으면서 차에 올랐다.

이곳에서 조금 더 가면 우리가 오늘 묵을 숙소가 있는 스베티 스테판 마을이 나온다. 그런데 아무리 천천히 살펴보아도 우리가 예약한 숙소의 간판을 찾을 수가 없다. 아무래도 너무 마을 아래로 내려온 것 같아 다시 올라가려 했으나 일방통행 도로였다. 별수 없이 마을을 한 바퀴 돌아서 처음 그 자리부터 다시 찾아보기로 했다. 무심하게도 숙소 간판은 보이지 않았고, 결국은 아내가 내려서 직접 찾아보기로 했다. 한참 후에 나타난 아내는 숙소를 찾았다며 도로에서는 간판이 보이질 않는 곳이어서 못 찾았던 것이라 했다.

좁은 언덕을 올라 숙소에 도착했다. 마당에는 잘 익은 청포도가 주렁주렁 매달린 포도나무 넝쿨이 넓게 자라 지붕 역할을 하는 덕분에 마당은 시원한 포도밭 그늘을 이루고 있었다. 우리가 묵을 방은 바다가 보이는 방으로 전망이 아주 좋았다. 우리는 코토르에서 담근 김치와 멸치 반찬으로 점심을 먹고 스베티 스테판 섬을 가까이에서 보기 위해 외출에 나섰다.

숙소에서 나와 마을 관광 안내소를 통과하면 해변가로 갈 수 있었다. 그러다 보니 해수욕을 즐기고 올라오는 사람들을 많이 만날 수 있었다. 계단 길은 조그마한 산책로인데 가파르게 아래로 내려가도록 되어 있었으며 길

좌우엔 낮은 돌담으로 울타리가 되어 있고 울타리 너머엔 올리브 나무가 심어져 있다. 한참을 걸어 해변에 도착했지만 아쉽게도 스베티 스테판 섬의 투숙객이 아니면 섬 안에는 출입이 허용되지 않아 먼발치에서 볼 수밖에 없었다.

스베티 스테판 섬은 지금은 리조트다. 원래 15세기에 지어진 요새였는데 18세기에는 일반인들이 거주하는 마을로 바뀌었다가 유고슬라비아 시절에 전세계의 유명인들이 즐겨 찾는 휴양지로 변모하였다. 지금은 한 기업이 인수하여 휴양지를 호텔로 리모델링하여 30년 장기임차로 사용하고 있다고 한다. 비수기에도 스탠다드룸 1박에 150만 원이 넘어가는 초호화 리조트라고 하니 그림의 떡일 수밖에 없는 리조트이지만, 우리는 그 리조트의 외관 경치를 보는 것만으로 충분하다. 다시 숙소로 돌아가는 길은 허탈함에 땡볕 더위까지 더해져 힘이 하나도 없었다. 어찌나 더운지 숙소에 돌아왔더니 아무것도 하기가 싫다. 남은 오후는 숙소에서 휴식을 취하기로 하고 밀린 일기도 정리하고 모처럼 낮잠을 즐기면서 한가하게 부드바에서의 오후를 즐기며 시간을 보냈다.

일차

20

두브로브니크
가는 길 Dubrovnik

스베티 스테판에서 **두브로브니크**까지

🚗 2시간 29분
101 km

📍 부드바의 아침

바람이 얼마나 세게 부는지 옆집의 현관문이 바람에 열렸다 닫혔다를 반복하면서 간간이 쾅 소리를 내어 의도치 않게 잠에서 깼다. 일어나 보니 목이 따갑고 침을 삼키기가 힘들다. 감기몸살이 오려나 보다. 지난 중남미 여행에서 아내가 감기로 고생하며 여행 일정에 차질을 빚었던 때가 떠오르며 걱정이 앞선다. 그동안의 여정에 몸살이 날 법도 하지. 나보단 아내가 걱정되어 깨워보았지만, 다행히 아내는 별문제가 없어 보인다. 감기 기운이 있다고 하자 아내는 차를 끓여준다며 전자레인지에 물을 데웠다. 그동안 나는 침대에 누워 가족들에게서 온 SNS의 댓글을 보면서 답글을 적어 보낸다.

아내가 끓여 준 차가 효능이 있었는지 특별한 증상 없이 몸을 일으켜 일어날 수 있었다. 일어나자마자 바다로 낸 창문을 열고 하늘을 보니 아직 동이 트지 않은 하늘에 별이 총총 빛난다. 그리고 파도소리….

'아, 여기가 부드바 숙소였지.'

어제 갔었던 해수욕장과 스베티 스테판 섬의 아름다운 경치가 눈에 아른거리면서 지금 내가 묵고 있는 곳이 아드리아 해변의 숙소임을 새삼 깨달았다.

오늘은 그동안 타고 여행한 승용차를 반납하는 날이다. 아직까지도 내 차가 아닌 차를 운행하는 것이 불안하여 얼른 무사히 렌터카를 반납하고 자유의 몸이 되기를 학수고대한다. 우리나라와 다른 교통문화, 우리나라 사람들과 다른 시민의식에서 오는 문화 차이, 그리고 언제 어디서 예기치 못한 사고가 닥칠지 모를 자동차 사고에 대한 우려, 슈퍼보험을 들지 않았다는 이유 때문인지 모두 불안감으로 따라왔다. 운전대를 잡기만 하면 늘 조마조마하면서 운전해야 했던 긴장의 끝이 점점 다가온다.

오늘은 곧장 두브로브니크로 가는 일정만 남은 셈이다. 발칸 반도의 위에서부터 아래로 내려오는 코스로 여행 일정을 잡는다면 두브로브니크를 거쳐 코토르나 부드바로 내려갔어야 하지만 거꾸로 올라와 두브로브니크를 마지막으로 여행을 장식하려는 것은 그만큼 두브로브니크가 우리에게 기대가 큰 여행지이기 때문이다.

♀ 기다려라, 두브로브니크!

　오늘은 그 두브로브니크를 향하여 떠난다. 아침을 먹고 짐을 꾸려 나섰다. 스베티 스테판 마을을 벗어나기 직전에 우리는 섬의 전경이 잘 보이는 전망대 앞에 차를 세웠다. 그리고 카메라를 들고 차에서 나와 전망대에서 전경을 감상하며 사진에 담는다. 어제와 달리 아침이어서 순광에 보이는 섬의 전경은 또 다른 모습으로 다가왔다.

　"아 예쁘다. 어쩜 저렇게 작은 섬에 집을 지으며 살게 되었을까요?"

　"두 손을 바다에 담구어 퍼 올리면 손 안에 섬만 남고 물이 죽 흘러내리면서 두 손에 섬이 안길 것 같군요."

　우리는 파란 바다에 떠 있는 붉은색 지붕의 작지만 매혹적인 섬의 절경에 취하여 낭만적인 동심을 나눈다.

　어제 들어왔던 길을 거꾸로 돌아 나가 아드리아해의 푸른 바다가 펼쳐진 도로를 달린다. 어제 다니느라 눈에 익은 길을 통해 코토르 읍내를 지나가니 비록 하루였지만 고향을 만나기라도 한 것처럼 반갑다. 코토르의 '바다의 문' 광장과 스쿠르다 강에 솟은 성벽 옆을 지나 구 시가지를 통과해서 코토르 읍내를 벗어났다. 우측으로 로브첸 산의 높은 돌산이, 좌측으로는 코토르 만의 푸른 바다가 드넓게 펼쳐진 해안도로를 시원스레 달린다. 점점 여행도 막바지를 달려가고 있다. 한참을 달리다 바다 위에 성모 섬과 조지 섬이 쌍둥이처럼 떠 있는 페라스트 지역도 지난다.

그런데 자동차의 오일이 다 떨어져 가는데, 주유소를 발견할 수가 없다. 이 오일로 목적지까지 가긴 턱없이 부족하기에 주유소 찾기만을 학수고대했다. 그리고는 다소 작은 동네, 리산을 만났다. 지난번에 사라예보에서 산길을 넘어오며 내려와 만났던 지역이다. 도시 뒤에 높이 솟은 산을 올려다보니 그때의 악몽이 되살아난다. 다행히도 이곳을 조금 지나서 주유소를 발견했다. 주유소에 들어가 기름을 가득 채웠다.

두브로브니크에서 자동차를 반납해야 하는데 반납 시 기름을 가득 채워 돌려주도록 규정되어 있기 때문이다. 여기서 두브로브니크가 아주 가까운 지역이므로 이곳에서 기름을 가득 채운 채 몰고 가서 반납하면 될 것 같다는 생각이 들었다. 기름은 32.34리터가 채워지고 29.11유로를 지불했다. 1리터에 0.9유로로 한화 1,170원 정도에 해당한다. 물가가 싼 지역이라서 기름값도 꽤 싸다.

주유를 마치고 우리는 다시 두브로브니크로 달려갔다. 해안을 따라 펼쳐지는 차창 밖의 풍경은 영화 속의 한 장면처럼 아름답다. 끝없이 맑고 푸른 하늘과 한눈에 다 들어오지 않는 검은 산들, 그리고 도로 옆의 예쁜 동화 속 마을 같은 풍경들을 눈에 담으며 자동차는 막힘없이 잘도 달린다.

한 시간쯤을 달려서 몬테네그로 출국 사무소에 도착했다. 다시 국경을 넘어 크로아티아로 들어가려는 것이다. 앞쪽에 예닐곱 대의 차량이 대기하고 있었고 비교적 빠른 심사를 마치고 출국 사무소를 통과했다. 그런데 출국사무소를 통과하자 꽤 경사진 도로를 올라간다. 구불구불 오르막길을 오르다 채 5분도 안 되어 차량이 밀려 움직이질 않는다. 앞에 줄지어 서 있는 많은 차량들 앞으로 멀리 입국사무소의 지붕이 보인다. 수많은 차량들이 크로아티아 입국사무소를 지나기 위해 줄지어 서 있는 것이다. 내 차량 뒤로도 속속 차들이 줄지어 꼬리를 물고 따라온다. 두브로브니크로 들어가려는 관광객들이 많은 모양이다. 너무 오래 기다리게 되니 슬슬 짜증이 나기 시작했다.

기다리는 것은 문제가 없는데 자동차에 채워진 기름이 닳으면 다시 주유하고 반납하게 되지 않을까 걱정이 되기 때문이었다. 기다리는 시간만 50분을 허비하고서야 출국사무소에서 우리 수속 차례를 맞았다. 이곳에서도 수속은 여권 검사만 하고 금방 마쳤다.

출국 사무소를 나와 국경을 넘었으니 내비게이션에 목적지를 다시 입력해야 한다. 30분 후면 목적지에 도착할 예정이다. 자동차는 산허리를 감고 돌아서 나 있는 2차선 전용도로를 시원스레 달린다. 높은 지역에서 내려다보니 아드리아해의 검푸른 바다는 저 아래 넓게 펼쳐져 있다. 바다 저쪽에는 울창한 삼림으로 이루어진 큰 섬들이 보인다. 그늘 속에서 한참을 달리다 산허리를 돌아나오자 햇빛이 정면으로 비친다. 불쑥, 저 아래 검푸른 바다 위에 붉은색 마을이 나타났다.

아! 두브로브니크다. 내 눈앞에 펼쳐진 푸른 바다와 바다 위에 오밀조밀 형성된 마을의 붉은색 지붕들. 그리고 바다는 한낮의 햇빛을 받아 넘실대는 물결 덕에 반짝반짝 빛이 난다. 그 위에 얹혀진 두브로브니크의 붉은색 지붕들 또한 보석처럼 빛을 발한다. 멀리서 보는 이 경관만으로 심장이 뛴다.

"여보, 저기 봐봐. 아…."

"두브로브니크예요. 너무 예쁘다. 어쩜 저렇게…."

우리 부부는 감탄하느라 입을 벌린 채 말을 잇지 못했다. 꿈이 아닐까, 허벅지를 꼬집어보았다. 솜씨 좋은 종이 예술가가 예쁘게 접어서 만들고 색을 칠해 놓은 예술 작품처럼, 실제로는 존재할 수 없을 것만 같다. 숨이 멎을 것 같은 기분을 느끼며 여행자들의 입에 두브로브니크가 그토록 끊임없이 오르내리는 이유를 실감한다. 마지막 여행 일정이 잔뜩 기대된다.

산 위를 달리던 자동차가 도심으로 들어간다. 시내엔 수많은 사람들이 발 디딜 틈도 없이 빼곡하다. 역시나 이름난 관광지에 걸맞는 풍경이다. 높이 솟은 성벽이 둘러쳐진 구 시가지를 지나 바다를 끼고 쭈욱 계속 내려가 도로가 끝날 즈음, 우리 묵을 숙소에 도착했다. 겨우 공간을 찾아 차를 세우고 짐을 내렸다. 차 밖으로 나오니 지열에 후끈하다. 아내는 숙소 문을 열러 올라가고, 나는 우선 트렁크에 실린 캐리어를 꺼냈다. 이제 차를 반납해야 하니 이 차 안에 있는 모든 짐들을 빠짐없이 챙겨 내려야 한다. 거의 20여 일을 타고 다녔으니 차 안에는 이것저것 자잘한 짐들이 꽤 많다.

캐리어를 들고 땀을 뻘뻘 흘리며 힘들게 아파트 계단을 올라 3층에 위치한 숙소의 현관문을 열고 들어섰다. 들어서자마자 식탁 위에 나 있는 유리창으로 푸른 바다가 보이는데 마치 액자 같다는 착각 속에 빠지게 한다. 주인 할머니는 유독 두브로브니크의 전경이 이곳에서 환히 보인다는 것을 강

자동차로 떠나는 발칸반도 여행

조하신다. 숙소를 운영하는 주인으로서는 여행객에게 어필할 수 있는 좋은 조건이기 때문이다.

"저기가 두브로브니크예요."

"와. 아름다워요."

"20여 분이면 걸어서 닿을 수 있고."

"그래요. 경치가 참 좋아요."

"네. 우리 숙소는 묵고 난 뒤에 다들 좋아해요."

"바다에서 불어오는 바람도 시원하네요."

"저쪽은 여객선이 들어오는 길목이구요." 하면서 주인 할머니는 연신 숙소 자랑에 신이 나셨다. 우리는 테라스에서 경치에 감탄하느라 한동안 눈을 떼지 못하고 있다가 방으로 들어왔다. 주인 할머니는 거실 응접탁자에 앉아서 두브로브니크 여행 지도를 펼쳐들고 구 시가지 투어에 대해 설명해 주셨다. 자기네 모국어가 아니어서 좀 서툰 영어로 천천히 이것저것 설명해주시려 애를 쓰시는 모습이 참 친절하시다. 영어를 못하시는 할아버지는 할머니 곁에 서서 할머니의 설명을 조용히 지켜보시며 간간이 미소를 지어보이는 모습이 마치 인자하신 이웃집 할아버지 같다. 친절한 그들의 표정 때문인지 친척 집에 찾아오기라도 한 듯 마음이 평온해진다.

짐 정리가 끝나고 아내는 테라스로 나가 전경의 아름다움을 한 번 더 즐기는 모양이다. "여보, 바람이 참 시원해요." 하면서 나를 불러댄다. 나도 따라 나가 테라스 난간에 서서 푸른 바다를 바라본다.

"저기 크루즈 유람선이 들어오네요."

"큰 배가 항구까지 들어갈 수 없으니 이곳에 저렇게 정박해두고 여행객들은 소형 보트에 태워 항구로 실어 나르는구나."

바다 위에는 여러 척의 큰 배들이 닻을 내렸고, 작은 보트들이 연신 구 시가지 쪽으로 드나들고 있었다. 아래층 테라스에서 들려오는 여행객들의 시끄러운 수다 소리를 들으며 아내는 이렇게 말한다.

"이 아파트는 대부분이 숙소로 쓰이나 봐요."

"여긴 빨래 널어 두면 금방 마를 것 같아요."

"우리도 이런 아파트 하나 사서 게스트하우스 하면 좋을 것 같아요."

"여기서 보면 두브로브니크의 야경도 멋있을 것 같아요."

"이따 여기서 차를 한 잔 마시면 분위기 좋을 것 같지 않아요?"

"숙소가 너무 좋아요. 넓고 전망 좋고."

자동차로 떠나는 발칸반도 여행

아내는 느낌을 끊임없이 쏟아냈다. 숙소에 대한 기대감도 여행에서 빼놓을 수 없는 큰 즐거움인데 마지막 여행지에서의 숙소가 맘에 쏙 들어 하니 정말 다행이다. 이 숙소의 숙박비는 하룻밤에 90유로 _{한화 11만 원 정도} 이다. 그나마 우리가 여행 5개월 전쯤 예약했으니 망정이지, 지금은 성수기여서 120유로씩 받는 것 같은데 그렇게 주고도 방을 구할 수가 없는 실정이다. 그러니 구 시가지 옆의 숙소들은 숙박비가 얼마나 비쌀 것인가 가히 짐작이 간다.

이곳 두브로브니크는 세계적인 관광지로 소문이 난 만큼 숙박비나 물가가 엄청 비싼 것이 문제다. 그래도 우리는 여행 준비를 일찍부터 서두른 덕에 가성비가 좋은 숙소에 머무를 수 있어 참으로 다행이 아닐 수 없다.

⦿ 렌터카여, 안녕...

이제 자동차 렌트 회사로 가서 자동차를 반납해야 한다. 점심도 먹지 못하고 다시 숙소를 나섰다. 자동차를 반납하기로 한 시간이 정오였는데 입국 사무소에서 시간이 많이 지체된 바람에 약속시간에 늦었기 때문이다. 자동차를 몰고 구 시가지 쪽으로 향했다. 렌트 회사가 간판이 워낙 작은 좁은 사무실이어서 찾느라 애를 먹었다. 직원은 차량으로 가서 여기저기 훑어보며 조사를 마친 뒤 이상이 없다며 돌아가도 좋다고 말한다. 사무실을 나온 나는 날아갈 듯이 기뻤다.

"휴우. 이제 자동차로부터 해방이다."

"여보, 정말 고생했어요."

아내는 내 팔을 꼬옥 껴안으며 지금껏 받아보지 못한 최고의 애교를 부려 그간의 노고를 위로한다. 아내도 내가 걱정한 것 이상으로 걱정을 많이 했었던 모양이다.

"말은 안 했어도 나 정말 걱정이 태산 같았어."

"저도 알아요. 운전에 도움도 못 되고, 실은 저도 옆에서 엄청 힘들었어요."

"스페인 여행 때는 슈퍼보험을 들어서였는지 별걱정 없이 다녔던 것 같은데…."

"다음부터는 돈을 더 주고서라도 꼭 오토 기어 자동차를 빌려서 교대로 운전해야겠고, 반드시 슈퍼보험을 들어야겠어요. 그거 돈 아낄 일이 아닌 것 같아요."

"암튼 후련하네. 그리고 무사히 자동차를 반납하게 되어 다행이야. 항상 걱정이 끊이질 않았거든. 예기치 못한 어떤 일이 발생할까 노심초사하면서 말이야."

"이제 멋진 도시를 두 발로 여행할 일만 남았네요. 갑시다. 버스 타러."

우리는 가볍게 걸어서 시내버스 승강장을 찾았다.

    승강장 앞에서 1인당 15쿠나에 버스티켓을 구입하고 잠깐을 기다렸다가
시내로 들어가는 4번 버스에 올랐다. 버스 승객들은 현지인들이 대부분이
었지만 간혹 배낭을 멘 여행객들도 있었다. 버스는 구 시가지 로터리에 도
착했다. 대부분의 승객들이 다 이곳에서 내렸다. 이곳이 종점인가 싶어 따
라 내리면서 버스 기사에게 물었다.

"이 티켓은 1회용인가요?"

"1시간용이에요. 1시간 이내에는 다시 이용할 수 있어요."

    우리는 로터리에서 내려 숙소 쪽으로 가는 8번 버스를 갈아타야 했다.
버스에서 내리니 로터리는 그야말로 인산인해다. 숙소까지 걸어갈까 생각
했지만 구입한 버스티켓이 1시간 이내에 무료로 이용할 수 있어 버스를 기
다려 타기로 했다. 아뿔싸. 그렇게 오래도록 기다려 탄 8번 버스는 우리 숙
소 쪽으로 바로 가는 것이 아니었다. 버스는 신 시가지로 들어가더니 시내
를 한 바퀴 빼앵 돌고 나서는 한참 후에야 우리 숙소 인근에 내려주었다.
물론 걸어온 것보다는 빨리 왔겠지만 너무 오래 걸리니 달갑지만은 않았다.

    숙소에 들어오니 온몸이 땀범벅이다. 얼른 씻고 유리창을 활짝 열어 휴
식을 취한다. 시원한 바람에 더위가 싹 가신다.

"식사를 해야겠지요?"

"그럽시다. 오늘은 식사 후에 좀 쉬면서 이틀 동안의 두브로브니크 투어
에 대해 연구를 해봅시다."

    점심 겸 저녁으로 끼니를 때우고, 마침 거실에 저울이 있어 몸무게를 달
아보았다. 저울에 올라간 나는 깜짝 놀랐다. 내 몸무게가 평소보다 6kg이
나 줄어든 것이다.

"여보, 당신도 한 번 재봐."

"나도 5kg이 줄었어요."

"그렇구나. 우리 여행이 힘들긴 했나 봐."

이번 여행은 그리 못 먹고 돌아다니지도 않은 것 같은데 왜 이리 몸무게가 줄었을까. 무더위에 무거운 배낭과 사투를 벌이면서 밤낮으로 돌아다녔기 때문일 거야. 내가 취미로 마라톤을 열심히 하던 때에 그렇게 도로에서 한참을 달려도 1kg도 빠지지 않을 만큼 몸무게가 줄지 않은 체형인데 6kg이나 줄어든 것은 그간의 여정이 얼마나 힘들었는지를 대변해준다. 생각해 보면 그간의 여정이 고행은 고행이었다. 불현듯 지나온 20여 일의 여행 일정이 주마등처럼 스쳐간다.

"여보, 커피나 한잔합시다."
여행 중 유일한 휴식 시간인 숙소에서의 커피 브레이크. 여행 중 느꼈던 소회와 다음 여행에 대한 기대, 그리고 커피가 곁들여진 이 순간은 우리만의 달콤한 피로회복 시간이다.

"커피 맛도 좋고, 마음이 한결 편안하네."
"자동차를 반납하고서 마음이 편해진 모양이지요?"
"맞아. 그런데 이제 생각하니 정말 아쉬운 게 있어. 렌터카 회사에서 자동차를 처음 받았을 때 계기판의 운전 시작 km 수를 메모해 두었는데 반납하면서는 정신이 없어서 마지막 km 수를 적어 놓지 못한 거야. 그간 이 자동차와 우리가 발칸 반도를 몇 km나 누볐는지를 알 수 있는 좋은 수치였는데…."
"사실은 반납 시간이 계획대로 맞았는데 크로아티아 입국 사무실에서 너무 오랜 시간을 대기했어요. 이처럼 유명한 관광지이면 사무소에 직원들을 더 채용하여 좀 더 신속하게 입국을 시킬 일이지 왜 그런지 모르겠어요."
"여행하면서 보면, 꼭 우리나라처럼 생각하면 안될 일이더라고. 그들 나름대로의 생각이 있겠지. 우리처럼 빨리 서두르지 않아도 되는 그들의 문화 속에 익숙해 있었다든가 말이야."
"그럴 수도 있겠네요. 암튼 우리 정서상 다급해지고 긴 시간 기다리는 것

자동차로 떠나는 발칸반도 여행

은 짜증이었어요."

"어찌 됐든 그 마지막 km 수를 적어두지 못해 중요한 자료를 빠뜨린 것 같아 아쉬움이 자꾸 마음에 걸리네."

그나저나 내일과 모레, 단 이틀 남은 두브로브니크 여행은 우리에게 어떤 감흥을 안겨줄 것인가. 이제 이번 여행의 마지막 목적지이기도 하며 그토록 고대하며 기다렸던 최고의 명소, 두브로브니크와의 만남을 기대하면서 잠자리에 들었다.

21 일차
두브로브니크
첫날 *Dubrovnik*

⚲ 두브로브니크 여행의 백미, 성벽 투어

잠에서 깨었다. 손을 길게 뻗어 핸드폰을 집어 들어 시간을 보니 다섯 시 반이다. 먼동이 터온다. 침실 앞의 넓은 창문을 열고 테라스로 나가 보았다. 바다에서 불어오는 아침바람이 상쾌하다. 어제 널어놓은 빨래는 밤새 바람을 맞아서인지 이미 다 말라버렸다. 욕실에서 씻고 나오면서, 어제 하루를 묵어 본 이 숙소는 여행객을 편안하게 하려는 주인의 배려가 곳곳에 담긴 집이라는 느낌을 받았다. 종종 숙소 때문에 좋던 여행의 마지막을 망치기도 하지만, 이번 여행의 마지막 여행지에서 이렇게 좋은 숙소를 만난 것은 큰 행운이 아닐 수 없다. 숙소가 편하면 여행의 피로도 잘 풀리고, 다음 여행마저 즐거워지기 때문이다.

거울 앞에서 머리를 말리며 몸을 닦고 있는데 주방 쪽에서 그릇이 부딪치며 나는 달그락거리는 소리가 들린다. 아내가 아침 식사를 위해 요리를 하는가 보다. 이어 보글보글 찌개 끓는 소리가 들려 참지 못하고 주방으로 가 보았다. 냄비 위에는 온갖 야채가 된장과 함께 뒤섞여 열심히 끓고 있었다.

"이제 몇 끼니 남지 않았기에 남은 된장을 모조리 넣어 끓이고 있어요. 맛있을 것 같지 않아요?"

아내는 내가 기대를 하는 눈치를 보이자 은근히 찌개 요리를 자랑한다. 이국에서 장을 보아 한국 음식을 해 먹을 수 있다는 것이 뿌듯한 모양이다. 나는 이런 아내가 사랑스럽다. 잘 끓여 낸 된장찌개로 아침 식사를 맛있게 마친 후 커피도 한 잔 마시며 여유롭게 외출 준비를 한다.

여느 때처럼 작은 가방을 하나씩 들쳐 메고 더위와 싸울 준비를 한다. 오늘은 더위가 얼마나 맹위를 떨칠 것인가. 그리고 또 어떤 감동이 오늘의 여행을 즐겁게 해 줄 것인가 설레는 마음으로 하루를 시작한다. 드디어 대망의 두브로브니크의 여정이 시작된 것이다.

자동차로 떠나는 발칸반도 여행

우리는 숙소를 나서 바다 옆길을 따라 계속 걸어 내려간다. 하늘은 청명하고 이른 아침인데도 벌써부터 내리쬐는 태양이 뜨겁다. 그러나 뜨겁게 느껴지던 뙤약볕의 고통도 눈에 들어오는 푸른 바다의 풍경화에 조금씩 묻혀버린다. 자동차 없이 편안한 마음으로 도보 여행을 즐긴다는 생각에 발걸음이 가볍다. 도로 양옆으로는 숙박업소들이 즐비하다. 민박에서부터 현대식 작은 호텔까지 다닥다닥 붙은 건물마다 모두 숙소들인 것을 보면 관광객들이 얼마나 많은 도시인지 짐작할 수 있다. 이따금 도로에 자동차가 지나다니지만, 우리처럼 걸어서 구 시가지로 향하는 사람들이 더 많다.

20여 분을 걸었을까, 커다란 성벽이 있는 구 시가지의 입구에 다다랐다. 구 시가지로 들어서기 위해 플로체 문을 통과해야 한다. 두브로브니크 성으로 들어가는 문은 모두 세 개로 서문인 필레 문 Vrata Pile 과 동문인 플로체 문 Vrata Ploce , 그리고 성벽 중간에 위치한 부자 문 Vrata Buza 이 있는데, 주 출입구는 서쪽에 있는 필레 문으로 두브로브니크로 들어오는 대부분의 버스가 도착하는 곳이다. 그러나 우리는 숙소가 동문 쪽이어서 플로체 문으로 들어섰다. 플로체 문 역시 여느 성문처럼 해자가 있는 이중문이다. 먼저 성으로 들어서면 시몬 델라 카바 Simon Della Cava 가 만든 다리를 만나게 된다. 이곳은 난간에 앉아서 쉬기에도 그만이지만 바다 쪽을 보면서 사진 찍는 사람들로 북적인다. 지나가다가 한 관광객 무리가 사진을 찍어달라고 요청해왔다. 흔쾌히 카메라를 받아 사진을 찍어주는데 그들은 행복한지 까르르 함박웃음을 짓는다. 여행의 추억을 남기려 사진을 찍고, 여행에 몰입되어 세상에 근심 걱정이 없는 사람처럼 함박웃음을 웃어대며 좋아하는 여행객. 여행은 행복을 충족시켜 주는 최고의 수단임에 틀림없다. 여행은 분명 반복되는 삶에서의 일탈이 주는 행복을 몰고 다니기 때문일 것이다.

　이 다리를 지나자 본 플로체 문이 나타난다. 문 위에는 두브로브니크의 수호성인인 성 블라호 St. Vlaho 의 조각이 있다. 손에 들고 있는 것은 지진이 나기 전의 도시 모형인데 크로아티아의 국민 조각가 이반 메슈트로비치가 만든 작품이다. 10세기에 물 공급을 핑계 삼아 항구에 베네치아인들이 정박했는데 성 블라호는 이들의 진짜 목적이 두브로브니크의 정복이란 걸 알아내고 지도자에게 그 사실을 알려줌으로써 도시를 구할 수 있었다고 한다.

　플로체 문을 통과한다. 이 문은 현재와 과거의 경계이다. 이곳을 통해서 구 시가지로 들어서면 중세시대가 눈앞에 펼쳐진다. 성 안으로 첫발을 내민 순간 다가온 모습은 경이로움 그 자체였다. 먼저 웅장한 성벽과 높은 건물 사이로 난 길을 걸어 들어갔다. 이른 아침인데도 이 길에는 벌써부터 수

많은 사람들이 오고 가느라 북적인다. 이때 어디선가 바이올린 소리가 들려왔다. 조금 더 걸어 들어가자 머리를 길게 기르고 헤어밴드를 두른 두 남자가 길목에 앉아 바이올린을 켜고 있다. 바이올린 연주 소리와 오가는 사람들의 웅성거림은 육중한 성벽을 타고 뻥 뚫린 하늘 위로 높이 울려 퍼진다. 뚜벅뚜벅, 웅성웅성, 그리고 한줄기 길다랗고 청량한 바이올린 연주 소리. 서로 섞여 묘한 조화를 이루는 이 소리는 가히 안정적이다.

곧이어 성벽에 난 큰 문으로 탁 트인 바다가 보인다. 우리는 그 문을 통해 밖으로 나가 보았다. 항구에 정박해 있는 수많은 요트들과 작은 배들이 넘실거리는 파도에 따라 춤을 춘다. 다시 성벽 안으로 들어와 높은 건물 사이의 다소 컴컴한 길을 따라 구 시가지 안으로 향했다. 걸어가는데 '성벽 오르는 길'이란 안내 표지판이 보인다. 하지만 이곳은 티켓 소지자들의 통행로이고, 우리는 아직 티켓이 없기에 서문으로 가야 했다. 우리는 계속 걸어가다가 길이 끝나는 즈음에 제법 큰 광장을 만났다.
"아… 여기가 루자광장이구나."
"맞아요. 저기 올란도 석상도 있네."
"저 건물이 성모승천 대성당인가봐."
"와아. 플라차 대로다."
우리는 이미 사진으로 익혔던 장소들이 눈앞에 나타나자 서로 아는 곳을 대느라 정신이 없었다. 유명한 역사적 유적지를 발견하고 실제 눈으로 보면서 느끼는 희열 또한 여행이 주는 큰 기쁨인 것이다.

오늘은 성벽 투어가 목적이기 때문에 우리는 동서로 쭉 뻗어 난 플라차 대로를 걸어 서문 쪽으로 향했다. 대로 양옆으로 빼곡하게 들어선 상점들은 물을 뿌려 청소하고 입간판을 내놓으며 영업을 준비하느라 부산하다. 골목 사이로 해가 들고 사람들이 하나둘 플라차 대로로 나오기 시작하면서 두브로브니크의 하루가 시작되었다.

우리처럼 일찍 성벽투어를 가려는 사람들이 서문으로 부지런히 모이고 있다. '플라차' 또는 '큰 길'이라는 뜻을 지닌 이 대로는 '스트라둔'이라 불리며, 성곽 내 구 시가지를 가로지르는 중심 거리로 7세기 물자를 수송하던 운하를 매립하여 지금의 모습으로 만들어졌다. 복구하면서 대리석 바닥을 깔았는데 얼마나 많은 세월 동안 사람들이 밟고 다녔는지 반들반들 닳아버렸다.

5분 정도 스트라둔을 걸어 서문 쪽 광장에 도착했다. 서문 쪽에서 여행객들이 속속 들어오면서 점점 북새통을 이루기 시작했다. 서문 필레게이트 앞 오노프리오 분수 앞은 사람들이 서로를 찾고 기다리는 만남의 장소인 듯했다. 우리는 1인당 170쿠나에 성벽 입장 1일권을 구입하여 서둘러 성벽 입구로 갔다.

성벽에 올라서자 바로 아래로 반듯하게 펼쳐진 플라차 대로와 돔 모양의 지붕이 우뚝 솟은 프란체스코 수도원의 종탑이 제일 먼저 눈에 들어온다. 이 장면은 두브로브니크의 상징으로써 사진에서 많이 등장하는 장면이기도 하다. 동쪽에서 올라오는 아침 햇빛을 받아 반질반질한 플라차 대로의 바닥이 반짝반짝 빛이 난다. 그리고 서문 쪽으로 걸어오고 있는 사람들의 모습이 마치 개미들이 몰려오는 것처럼 장관이다.

북적이는 성벽 길을 걷는 동안 어디에 시선을 두어도 보이는 곳이 하나같이 절경이다. 햇볕이 점차 강해짐에도 더위를 탓할 여유가 없을 만큼 아름다운 경치를 감상하느라 여념이 없다. 성벽에는 여러 요새들이 있는데 처음 만나는 곳이 보카르 요새다. 이곳은 15세기 피렌체 건축가가 건설했으며 남서쪽에서 필레 문을 지키는 반원형의 요새이다. 이 요새로 올라가면 바다 건너편에 위치한 로브리예나츠 요새가 바로 앞에 보인다. 유일하게 구 시가지 성벽 외부에 자리하고 있는 로브리예나츠 요새는 11세기 초에 지어졌으며, 서쪽의 해상과 육지를 지키는 요새이다. 성벽을 오르면서 보는 바다 풍경이 아주 절경이다.

중세풍 도시의 향기와 아드리아해의 절경을 눈에 담으며, 총 길이 1,949m이며 최고 높이는 6m, 두께는 1.5~3m 규모의 성벽을 다시 걷기 시작한다. 도시 전체를 원형으로 감싸고 있는 성벽 길을 걸으며 성 안을 굽어보고 성 밖 아드리아해의 평화로운 풍경을 마주하는 걸음걸이가 계속 이어진다. 성 안에는 붉은색 지붕의 주택이 있다. 티라물라 식의 빨래도 걸려 있고, 또 어떤 집의 지붕에는 유리창이 달려 있어 한 아주머니가 유리창을 닦다가 우리와 눈이 마주치자 방긋 웃으며 눈인사를 전한다.

　　크로아티아 최남단 아드리아해의 연안 도시인 두브로브니크에 사람이 살기 시작한 것은 7세기부터라고 한다. 베네치아를 연상케 하는 수상 도시를 건설하기 시작했고 지금의 모양을 갖춘 것은 13세기의 일이라 하니 벌써 800여 년의 역사를 두고 중세와 근현대를 두루 경험한 역사적인 장소인 것이다. 중세를 거치면서 무역의 중심지로 우뚝 선 두브로브니크는 험난한 정세에서도 굳건히 자신의 영역을 방어할 수 있을 만큼 정치, 경제적인 중심지로 자리매김해왔다. 베네치아 공화국의 침공 당시에 주변 국가의 도움으로 전쟁의 피해를 피할 수 있었던 것도 그러한 이유에서였다.

자동차로 떠나는 발칸반도 여행

　한참을 걷다가 넓은 공간을 만난다. 이곳은 5개의 요새 중 가장 먼저 세워진 요새로 남동쪽 해상을 지키는 성 이반 요새이다. 성벽 아래를 내려다보니 담벼락 밖 바닷가 쪽으로 암벽이 볼록 튀어나온 부분에 하얀 파라솔들이 펼쳐지고 그 아래서 일광욕과 해수욕을 즐기는 사람들이 눈에 들어온다. 저 아래에 그 유명한 '부자 카페'가 보인다. 지금 당장은 내려가 볼 수없어 내일 시가지를 돌아볼 때 들러보기로 했다.

　눈을 들어 하늘을 보니 우뚝 솟은 플라차 대로 동쪽 끝 루자 광장에 위치한 시계탑의 뒷면이 눈에 들어온다. 시계탑의 끝부분에는 사방이 아치형의 구멍으로 뚫어져 여느 종탑처럼 검은 쇠종이 매달려 있는 모습도 보인다. 우아한 모양의 이 시계탑은 35m 정도의 높이를 자랑하고 있다. 1444년에 건설되었으나 파괴되어 1928년에 다시 건설되었는데, 맨 위에 있는 종만은 처음에 건축했을 당시의 것이라 한다.

　이제 성벽 아래 동문에서 구 시가지로 들어서는 입구가 보인다. 여전히 지나다니는 사람들은 많고, 한쪽에는 거리의 악사들이 즐거이 연주하고 있으며 그 음악 소리가 성벽을 타고 크게 울려 퍼졌다. 다시 좁은 통로를 타고 완만한 오르막을 걸어 오른다. 이제부터는 아드리아해의 경치가 끝나고 구 시가지의 붉은 지붕 풍경이 눈에 들어오기 시작한다. 이번 여행 중에 많은 중세의 고풍스런 모습들을 보아왔지만 이곳의 풍경은 사뭇 다르다. 이곳의 경치는 보는 위치에 따라 지붕의 색깔들도 달라 보이고 전체적인 분위기도 달리 보인다.

　우리는 북동쪽 해상과 육지를 지키는 레베린 요새가 있는 플로체 문 부근을 지나서 약간 높은 곳에 위치한 넓은 공간을 만난다. 이곳은 구 시가지의 붉은 지붕을 감상하기에 딱 알맞은 전망대이다. 붉은 지붕을 배경으로 사진을 찍으려는 여행객들이 줄을 서서 기다린다. 사진을 찍어 그 배경 속에 서 있는 자신의 모습을 보면서 행복감에 흠뻑 젖어든다. 우리도 이곳에서 기념사진을 찍으며 추억을 또 하나 새겼다.

이제 5개의 요새 중 가장 높고 아름다운 요새이자 성벽 투어의 꽃인 민체타 요새가 눈앞에 보인다. 북서쪽을 지키는 이 요새로 오르는 사람들이 가득하다. 계단 끝에서 옥상에 오르듯 정상에 올라서니 넓은 공간에 사람들이 빼곡히 들어차 있다. 성벽의 국기게양대에는 대형 크로아티아의 국기가 펄럭인다. 앞쪽으로 구 시가지의 전경이 한눈에 들어오고 뒤쪽으로는 필레 지구인 시내 주거지도 볼 수 있다. 구 시가지의 붉은색 지붕들이 그림처럼 펼쳐지고 저 멀리 시계탑, 세르비아 정교회, 두브로브니크 대성당, 그리고 가장 높은 곳에 성 이그나티우스 교회의 모습까지 알만한 건물의 모습이 눈에 들어왔다. 또한 성벽 건너편에는 바다 가운데에 로크룸 섬의 모습도 보이고, 프란체스코 수도원의 돔 지붕이 내려다보인다.

과거의 모습이 그대로 보존되어 한 폭의 그림처럼 아름다운 두브로브니크의 구 시가지 전경을 넋을 잃고 바라보았다. '죽기 전에 가보아야 할 지상천국'이라는 말이 왜 만들어졌는지를 알 것 같았다. 벅찬 감동이 영혼까지 흔들어 놓는 듯했다. 어떤 수식어로 설명해야 잘 설명할 수 있을까.

1991년 유고 내전 당시 두브로브니크는 3개월의 무차별적인 폭격으로 황폐화됐다. 서구의 지식인들이 소중한 문화유산을 파괴하지 말라며 인간 사슬을 자청하고 나섰지만 도시는 야만적인 침략에 허무하게 무너지고 말았다. 당시 성벽 내 건물의 약 70%가 포탄을 맞았고 테라코타 타일 지붕 3개 중 2개꼴로 구멍이 뚫렸다. 성벽 안의 건물과 두꺼운 성벽에도 포탄이 떨어졌다. 궁전 9개가 화재로 완전히 소실됐고, 성당 등 주요 건물들이 심각하게 손상됐다. 하지만 전쟁이 끝난 후 큰 비용이 듦에도 불구하고 수많은 사람들이 재건에 팔을 걷어붙이고 나서서 도시는 다시 지금의 모습으로 복구하고 과거의 위엄을 되찾았다. 핏빛 아픔으로 두브로브니크의 아름다움은 깊이를 더하는 것 같다.

나는 한쪽에서 넋을 잃고 경치를 감상하는 아내 곁으로 다가갔다.
"여보, 죽기 전에 가 보아야 할 곳을 죽기 전에 와 보았구료."
"어쩜 저리 예쁜 색을 만들어 낼 수 있을까요. 처음 이 장면을 접할 때는 가슴이 덜컥 내려앉은 느낌이었어요."
아내는 경치에서 눈을 떼지 못한다.
"그만 내려갑시다. 우리들의 감동은 언제까지일지 아직 모르는 것이니…"
하면서 경치에 넋을 잃고 바라보는 아내를 끌고 민체타 요새에서 내려왔다.

계단을 내려오는 길에 성당의 종소리가 구 시가지 전역에 은은하게 울려 퍼진다. 얼른 시계를 보았더니 12시 정각이다. 어느새 태양은 강렬해져 무척이나 더웠지만, 비를 맞지 않고 경치를 잘 구경할 수 있는 것만도 다행이라고 위안을 삼았다. 이제 오노프리오 분수의 둥그런 지붕도 보이고 길다란 플라차 대로도 보인다. 두브로브니크의 랜드마크인 프란체스카 수도원의 첨탑과 플라차 대로가 어우러진 경치를 카메라에 담으며 성벽 투어를 마쳤다.

분수대 옆을 걷다가 아내는 한쪽 벽면을 가리키며 말을 한다.

자동차로 떠나는 발칸반도 여행

"저기 좀 보세요. TV에서 보았던 그곳이네요."

벽면에는 동그란 두 눈이 인상적인 사람 얼굴 모양으로 볼록 튀어나온 무언가가 있었다. 그 튀어나온 부분 위로 간신히 두 발을 들어 올릴 정도의 공간이 있다. 지나는 여행객들이 그 부분을 발로 딛고 올라 서 있어 보려 하다가 금세 뒤로 떨어지곤 한다. 사람들이 올라서려 하는 이것의 정체는 수도원의 빗물 배출구이다. 전해 내려오는 이야기에 따르면 배출구에 올라서서 벽에 거미처럼 붙어 있으면 행운이 온다고 한다.

우리도 그쪽으로 가까이 가 보았다. 앞사람들의 시도가 실패로 끝이 났고 재미있게 웃으며 자리를 떠나자 나도 시도해보기 위해 목에 멘 카메라와 배낭을 벗어 아내에게 건네고 볼록한 부분에 한 발을 딛고 뛰어올라 양팔을 활짝 펼치며 벽에 붙기를 시도했다. 그런데 0.5초도 붙어 있지 못하고 뒷걸음질 칠 수밖에 없었다. 보기보다 쉽지가 않았다. 이번엔 아내가 도전해보기로 했다. 아내도 두어 번 도전해보더니 포기하고 만다. 우리는 시도해 본 걸로 만족하고 자리를 떴다. 잠깐이나마 더위에 지치려 하는 우리에게 재미를 주는 장소였다. 여행에서는 가끔씩 이런 특이한 장소를 만나게 된다. 터키를 여행할 때, 아야소피아 성당에서 구멍에 엄지손가락을 집어넣고 몸 전체를 360도 돌린 후 소원을 빌면 성취된다고 하는 장소도 문득 떠오른다.

과거 영광의 흔적들, 문화유산의 보고(寶庫)

그리고는 뒤로 돌아 커다란 오노프리오 분수를 둘러 보았다. 비가 잘 내리지 않아 물이 부족한 두브로브니크의 고민을 해결하기 위해 1438년 스르지산에서 물을 끌어다 만든 수도 시설이다. 분수를 만든 이탈리아 나폴리 출신 건축가인 오노프리오의 이름을 따서 오노프리오 분수라 불리게 되었고, 현재까지도 이 분수의 물을 식수로 사용하고 있다. 돔 지붕 아래 16각형 면마다 수도꼭지가 있는데, 각기 다른 사람의 얼굴과 동물 형상이 조각되어 있다. 사람들은 분수의 물을 받아 얼굴도 씻고 한 모금씩 맛을 보기도 한다. 아내도 수도꼭지에서 나오는 물로 손을 씻으며 역사적인 현장에 흔적을 남긴다며 즐거워했다.

자동차로 떠나는 발칸반도 여행

이어서 프란체스코 수도원으로 가보기로 하였다. 마침 수도원 입구 바로 옆에 성 사비오르 교회의 문이 열려 있어 그곳으로 먼저 들어가 보았다. 크지 않은 규모의 교회 안에는 여느 예배당과 다르지 않게 보편적인 모습으로 갖추어져 있었고 얼핏 보아서는 성당인지 교회인지조차 구분이 어려웠다. 두리번거리며 교회 안을 잠시 구경하고 나와 프란체스코 수도원으로 발길을 옮겼다. 입구 위에 있는 성모님의 품에 안겨있는 예수님의 모습, '피에타상'이 눈길을 끈다. 17세기 중반 대지진으로 모두 파괴되었는데 유일하게 이 입구만 파괴되지 않아 1498년에 제작된 피에타상이 아직도 그대로 보존되고 있는 것이라 한다.

입구에 들어서자마자 바로 오른쪽에서 오래된 역사로 유명한 말라 브라체 약국을 발견했다. '작은 형제'라는 뜻이며, 수도원 안에 약국을 두도록 하는 프란체스코 수도원의 계율에 따라 수도원이 세워진 1317년부터 지금까지 운영 중이라 유럽에서는 세 번째로 오래된 약국이라 한다. 아쉽게도 오늘은 약국의 정기 휴일인 일요일이라 문을 열지 않았다.

수도원의 입장료는 30쿠나인데 우리처럼 1day 티켓을 가진 사람들은 티켓을 검사하고는 입장을 허락해주었다. 수도원으로 들어가니 후기 로마네스크 양식으로 만든 회랑과 정원이 나온다. 회랑 위의 벽면과 천장에는 옛 두브로브니크 성곽 도시의 조감도도 있었고, 당시의 생활상을 나타낸 벽화도 있었다. 영화에서나 나올 법한 모양으로 길게 늘어선 아름다운 회랑과 가지런히 잘 가꾸어진 정원을 감상하느라 사람들의 탄성 소리가 여기저기서 터져 나왔다.

수도원에서 나와 태양열로 한껏 데워진 플라차 대로를 걸었다. 이 도로는 종탑 앞 루자 광장까지 300m가량 길게 뻗어 있는데, 여느 대로처럼 대로를 사이에 두고 기념품 가게, 카페, 상점들이 즐비하다. 우리는 오전에 들어왔던 플로체 문을 통해 구 시가지를 나섰다.

도로 앞 슈퍼에서 간단히 장을 보고 8번 버스에 올라탔다. 사실 걸어도 될 만한 거리인데 두브로브니크 1day 티켓에 1일 버스 이용권이 포함되어 있으므로 사용하자는 뜻에서 버스를 탔다. 버스는 5분 만에 우리 숙소 앞에 내려 주었다. 오전 내내 걸어서 피곤한데다 엄청 더운 날씨 탓에 숙소로 오르는 계단마저 힘들게 느껴졌다. 아내는 아직 견딜만한가 보다. 나는 몸이 천근만근이어서 어디에 털썩 주저앉고 싶은데도, 아내에게 누가 될까봐 강인한 척했다. 그나저나 이런 힘든 여정을 놀라우리만큼 잘 소화해 내는 아내가 대단하게 느껴질 수밖에 없다.

자동차로 떠나는 발칸반도 여행

　숙소에 들어오자마자 창문을 열어놓고 벌러덩 누워 그대로 잠이 들었다.
한참을 자다가 깨니 개운하다. 낮에는 여행이 더워서 힘들까 봐 일찍 서둘
러 오늘 해야 할 여행을 마치고 태양이 강하게 내리쬐는 오후엔 숙소에서
시원하게 낮잠을 자며 피로를 풀고자 했던 오늘의 일정은 탁월한 선택이었
다. 이제 오후가 되어 태양도 서산으로 서서히 기울어가고 있다. 저녁을 먹
고 나니 바깥엔 어둠이 내리고 있었다. 오후 7시 반이 되어서야 복장을 가
볍게 하고 고성古城 의 야경을 구경하기 위해 숙소를 나섰다.

마침 숙소 앞의 버스 승강장에는 버스가 실내등을 훤히 밝히고 대기하고 있었다. 나는 "럭키!" 하고 외치면서 버스로 달려갔다. 그런데 버스 문이 잠겨 있었고 기사가 보이지 않는다. 한참을 기다리자 주택가 쪽에서 기사가 나타난다.

"구 시가지 가는 버스 맞지요?"

"아닙니다. 이 버스는 오늘 운행이 끝났습니다. 20분 후에 다른 버스를 기다려야 합니다."

에구머니나. 좋다 말았네. 뒤따라오는 아내에게,

"여보, 이 버스는 운행 안 한다네. 다음 버스를 기다려야 할까?"

"산책도 할 겸 걸어서 가게요. 얼마 걸리지도 않던데 뭐."

아내는 흔쾌히 버스 타는 것을 포기한다. 나는 비록 아무 말도 없이 그러자고 동의는 했지만 여행에 대한 아내의 열정에 또 한 번 놀라는 순간이었다.

바다 옆의 큰 도로를 따라 계속 걸어가기만 하면 된다. 해가 진 뒤라 덥지 않아서 좋다. 바다에 정박해 있는 크루즈는 불이 환히 켜져 있고 소란스럽다. 선상에서 여행객들이 한밤의 여흥을 즐기는 모양이다. 우리가 걷는 도로는 한산한데 가끔씩 우리처럼 성으로 향하는 여행객들이 도로 옆 숙소에서 나와 하나둘씩 우리와 합류하곤 한다. 도로를 함께 걸어가는 여행객들의 발걸음이 가볍다. 딱 30분이 지나서 동문 앞에 당도했다. 이 정도면 걸을 만하다. 숙소에서 구 시가지로 나다니며 앞으로도 이 길을 몇 번은 더 걸어야 할 것 같다.

동문 앞에는 수많은 여행객들이 줄을 지어 고성으로 들어가느라 북적였다. 다리를 막 건너자 성문 양옆에 중세시대의 근위병 복장을 한 병사 두 명이 길다란 창을 들고 입장하는 여행객들을 맞이한다. 성으로 들어서자 어느새 어둠이 짙게 깔려 성벽에 걸려 있는 가로등에도 불이 켜지고, 작은 가게들마다 켜진 예쁜 등이 고성을 몽환적으로 만든다. 루자 광장에는 밤바람에 여행의 피로를 날리고 고성의 산책을 즐기기 위해 나온 수많은 인파로 북적였다. 그중 한국 사람들의 말소리도 많이 들려 둘러보니 여기저기서 한국인 관광객들을 쉽게 찾을 수 있어 반가웠다.

플라차 대로에는 노천 카페가 펼쳐져 시원한 맥주와 음료를 앞에 놓고 두브로브니크의 저녁을 즐기는 많은 여행객들을 볼 수 있다. 8시가 되어 성당의 종소리가 울려 퍼짐과 동시에 어디선가 북 두드리는 요란한 소리가 들려오며 사람들 시선이 하나로 집중되었다. 시계탑 있는 부분에서 아까 동문 앞에 서 있던 중세 복장의 병정 둘이 북꾼들을 앞세우고 플라차 거리를 활보하여 지나간다. 그리고는 또 다른 병사 둘이 반대쪽에서 나타나 시계탑 쪽으로 걸어간다.

아마 병정들의 교대 시간인가 보다. 순간 나는 영화 속의 한 장면으로 빨려 들어온 기분이다. 북적이는 사람들 틈에 끼어 아내와 함께 플라차 대로를 천천히 걷다가 이번엔 어디선가 감미로운 기타소리가 들렸다. 그 소리는 점점 가까워지면서 도로 한편 어두컴컴한 곳에서 젊은 청년 둘이 의자에 앉아 기타를 연주하는 장면을 보게 되었다. 감미로운 음악에 사로잡혀 한참을 감상하고 서 있었다.

자동차로 떠나는 발칸반도 여행

　은은한 불빛 속 고성에서의 산책은 중세의 향기를 듬뿍 느끼면서 여행자의 감성을 수백 년 전으로 돌려놓는다. 고성 안에서의 시간은 느리게 흘러갔다. 공기는 향기를 머금은 듯 감미로웠고, 나는 여기서 시간이 멈추었으면 하는 마음이 간절할 따름이었다. 시간은 나의 마음을 모른 채 흘렀고, 밤이 늦어 작은 기념품 가게로 들어가 두브로브니크의 성벽도시를 형상화한 조그만 기념품 하나를 사들고 고성을 빠져나왔다. 마침 숙소로 들어가는 버스를 만나 오늘 저녁으로 기간이 만료되는 1day 티켓을 이용해 버스를 탔다. 숙소에 들어온 아내는 바닷바람에 빨래가 잘 마를 것 같다며 이것저것 밀린 빨래를 세탁기에 집어넣고 돌린다. 테라스로 나가 보았다. 아직도 불야성처럼 불을 밝힌 두브로브니크의 성벽 구 시가지 모습이 저 멀리 보인다. 그리고 아래층에서는 무엇이 그리 재미있는지 젊은이들의 웃음소리가 윗층인 우리방까지 시끄럽게 들린다.

22 일차

두브로브니크
둘째 날 *Dubrovnik*

스르지산 전망대

🚗 **스르지산** 전망대에서 **올드타운**까지

Mail Art is pushing the envelope

©Google Maps

♀ 바다 위에 떠 있는 성채 도시, 두브로브니크

오늘도 아드리아해의 검푸른 바다를 바라보며 아침을 맞는다. 밤새 불야
성을 이루던 두브로브니크의 아침도 적막을 맞는다. 잔잔한 파도소리만이
적막을 깨고 멀리서 들려온다.

어느새 여행의 마지막 날이다. 매번 여행은 시작할 때의 설렘을 간직한
채 미지의 세계에서 헤매기도 하고 현지의 문화와 역사를 알아가면서 시간
가는 줄 모르다가 이렇게 여행의 끝을 만난다. 힘들고 고달픈 여정이겠지만
이는 여행만이 줄 수 있는 매력이 아닌가 생각한다.

우리게 남은 여행은 이틀. 오늘 마지막 투어를 마치면 내일은 귀국 길에
오른다. 쌀도 적당히 남아 이 정도면 앞으로 남은 끼니는 걱정이 없고, 그
간 준비하여 들고 다니던 야채며 음식용 재료들도 얼마 남지 않아 오늘내
일 다 먹어치우면 될 것 같다.

날이 밝았다. 여느 때처럼 창문을 열고 테라스로 나가 보았다. 바다 저
멀리에서 커다란 크루즈 한 척이 항구로 들어오고 있다. 저 크루즈 안엔
얼마나 많은 여행객들이 있을까 상상해보며 지난 여행을 되짚어 본다. 오
른쪽으로 멀리 보이는 두브로브니크의 붉은색 성벽도시는 짙푸른 아드리
아해에 둥둥 떠있는 한 척의 배처럼 신비롭기만 하다.

남은 모든 반찬을 차려 진수성찬으로 아침을 먹고 숙소에서 나와 구 시
가지 쪽으로 향했다. 오늘은 스르지 산에 올랐다가 내려와서 구 시가지를
조목조목 돌아볼 생각이다. 숙소 입구에서 시내로 나가는데 오늘은 다른
길로 내려가보기로 했다. 숙소 출입문에서 위쪽으로 올라가면 후문이 있는
데 후문을 나서면 작은 자동차 도로가 나있는 것을 알아냈다. 우리는 높은
곳에서 내려다보이는 구 시가지 전경을 사진에 담기 위해 그 도로를 따라
서 내려가기로 했다.

자동차로 떠나는 발칸반도 여행

　도로에 진입해보니 이 도로를 이용하는 자동차는 그리 많지 않고 이따금 몇 대씩 지나갈 뿐이었다. 도로 아래로 펼쳐진 드넓은 바다를 내려다보면서 5분 정도 걸어가자 건물들이 들어선 주택가가 나온다. 아마 이 집들은 이 동네에서 가장 높은 곳에 위치한 마을인 듯싶다. 조금 더 내려가니 건물의 옥상이 도로와 맞닿아 있고, 옥상의 가장자리로 다가가 보니 두브로브니크의 구 시가지가 매우 가깝게 내려다보인다. 마치 도화지 위에 그려낸 그림인 것처럼 믿어지지 않을 만큼 신비스러운 모습에 나는 카메라를 들이대고 연신 셔터를 눌러댔다.

　"아…."

　옆에서 아내의 감탄하는 탄성 소리가 들린다. 사진을 다 찍고서야 카메라를 내려놓으며 묻는다.

　"여보, 낙원의 모습이 저런 것일까?"

　인간이 지닐 수 있는 모든 느낌을 다 동원해낸다 해도 누구도 이런 감정을 표현해 낼 수 없으리라. 그저 말없이 바라보다가 가슴에 스며든 짙은 감정을 꼬옥 간직하고 싶은 마음으로 자리를 떴다. 아내는 발길이 떨어지지 않는지 걸으면서도 자꾸 풍경이 있는 쪽으로 고개를 돌린다.

📍 두브로브니크의 또 다른 매력, 스르지산 전망대

다시 도로를 따라 아래로 내려서면서 20여 분을 더 걸어 성벽 바깥의 도심지에 도착했다. 앞을 보니 깎아지른 언덕에 세워진 집들 위로 케이블카 한 대가 아래로 미끄러져 내려온다. 일반적으로 높은 산악지대에서 케이블카의 탑승장을 주로 봐오다가 주택 위로 커다란 케이블카가 내려오는 모습이 낯설고 신기하기만 했다. 도로를 따라 점점 더 앞쪽으로 가까이 걸어가니 이제는 머리 바로 위로 커다란 케이블카 한 대가 미끄러져 내려오면서 도로 위를 가로질러 왼쪽 아래로 모습을 감춘다. 케이블카 탑승장 바로 앞에 당도한 것이다. 우리는 매표소에서 1인당 120쿠나를 지불하고 왕복 티켓을 구입했다. 사람들이 그리 많지 않아 티켓팅도, 케이블카 탑승도 금방할 수 있었다.

자동차로 떠나는 발칸반도 여행

케이블카가 서서히 올라가기 시작한다. 차창 밖으로는 조금 전에 아래에서 보았던 대로 주택지 지붕을 타고 오르기 시작한다. 전망대나 첨탑 위에서 보던 전망하고는 또 다른 느낌이었다. 케이블카는 금세 스르지산 정상에 도착했고 우리는 하차장에 내렸다. 밖으로 나오자마자 커다란 십자가가 눈에 들어온다. 가까이 다가가 보니 시멘트로 만들어진 육중한 십자가가 파란 하늘을 배경으로 우뚝 솟아 웅장하기 이를 데 없다. 이 십자가는 유고 내전의 희생자들을 기리기 위해 세워졌다고 한다. 당시 세르비아가 주축인 유고슬라비아 함대가 두브로브니크 시가지에 함포사격을 하는 전쟁 통에서 이슬로 사라진 희생자들의 안타까운 삶을 떠올리니 잠시 울적해진다.

울적한 기분을 전환하고자 전망대로 향했다. 아래를 내려다보는 여행객들은 누구랄 것 없이 감탄사를 연발하며 입을 다물지 못한다. 저 멀리 로크룸까지, 두브로브니크가 정말 한눈에 다 보인다. 어제 그토록 힘겹게 걸었던 구 시가지 성곽이 띠를 두른 것처럼 도시를 감싸고 있다. 그리고 구 시가지 안의 붉은 지붕이 마치 물감을 뿌려 놓은 듯하다. 울창한 숲으로 조성된 초록색 로크룸 섬이 바다를 사이에 두고 두브로브니크와 마주하고 있는 모습이 인상적이다. 가끔씩 모터보트가 하얀 포말을 내뿜으며 바다 위를 시원스레 달리다 항구로 들어오곤 한다.

붉은색 일색의 두브로브니크는 아드리아해의 짙푸른 바다에 배색되어 더욱 붉어 보인다. 아내는 전경을 눈에 담고, 나는 연신 카메라에 담아내고 각자만의 방법으로 정신없이 감상에 도취해 있다가 한참만에 아내가 나를 찾는다.

"이제야 바이런이 두브로브니크를 왜 '아드리아해의 진주'라고 표현했는지를 알 것만 같아요."라 하기에,

"극작가 버나드 쇼가 '당신이 진정한 낙원을 원한다면 두브로브니크로 가라'고 했던 말도 이해가 가는데."라고 응수했다.

발아래 전망에만 취해 있다가 정작 전망대 위에 펼쳐진 카페와 음식점들이 오밀조밀 잘 가꾸어진 모습을 보지 못하고 있었다. 아래가 훤히 내려다보이는 비탈진 곳에 가게들은 하얀 파라솔을 펼쳐 성업 중이다. 우리는 잔잔한 음악이 흐르는 전망 좋은 카페를 찾아서 들어갔다. 가게는 손님들로 가득했고, 운 좋게 우리는 제일 전망 좋은 자리에 빈 곳을 발견하고 커피를 한 잔씩 시켜 자리할 수 있었다. 바로 옆에는 여행객들을 가득 실은 케이블카가 오르고 내리는 모습이 너무 가까워 손에 잡힐 것만 같았다. 아래로 붉은 도시와 푸른 바다가 한눈에 내려다보이니 지상낙원이 따로 없다.

"여보, 어때? 오늘 여행 기분이?"

"아무 말 마세요. 그냥 눈에 들어오는 대로 느끼고 싶어요."

아내의 말은 최고의 기분을 더 표현해 낼 말이 없음을 시사하는 것이었다. 그 후로 우리는 한동안 말이 없이 경치만을 바라보고 있다가 자리를 떴다.

♀ 낭만을 품은 올드타운을 거닐다

우리는 다시 케이블카를 타고 내려왔다. 하차장 옆의 계단을 내려서서 좁은 골목길을 통과하면 플라차 대로를 만나고 곧 구 시가지에 진입하게 된다. 어제는 서쪽 구 시가지를 돌아보았으니 오늘은 구 시가지의 동쪽을 돌아볼 생각이다. 대로에서 왼쪽으로 조금 걸어가면 루자 광장에 이른다. 이 광장을 중심으로 종탑, 렉터 궁전, 스폰자 궁전, 성 블라이세 성당이 빙 둘러 자리하고 있다. 정면에는 35m 높이의 종탑이 하늘을 찌를 듯 높이 솟아 있다.

두브로브니크 어디에서도 보일 만큼 높이 솟은 종탑에는 맨 위에 종이 달려 있고 그 아래에 원형 시계가 부착되어 있다. 1400년대에 세워졌으나 지진으로 무너지고 1928년에 다시 만들어진 것인데 맨 위에 2kg의 종이 매달린 부분은 처음에 만들어진 것이라 한다. 탑의 꼭대기에는 왕관 모양의 조각품이 얹혀 있고, 그 아래 4면은 아치형으로 뚫려 있다.

그리고 이글거리는 태양을 형상화한 원형 시계판 아래에는 디지털로 숫자를 표시하는 현대식 시계판이 시간을 알려주고 있다. 특이한 것은 시간을 표시하는 숫자가 로마식 숫자이다. 중세 시대의 모습을 간직한 옛 건물들 사이에서 현대식 디지털 시계판이 놓여 있고 그 시계판의 숫자는 로마식 숫자라. 이거야말로 퓨전 아닌가, 웃음이 났다.

광장 중앙에는 올란도 기둥이 자리 잡고 있다. 3단으로 된 기단 위에 사각형의 기둥이 세워지고 그 기둥 앞쪽에 올란도 석상이 부착되어 있다. 올란도는 14세기 이슬람과의 전투에서 맞서 싸웠던 영웅으로, 긴 칼을 빼 들고 지금이라도 부하들을 호령할 근엄한 모습으로 새겨져 있다. 이 석상 앞에는 유명한 유적지답게 석상을 배경으로 사진을 찍으려는 사람들로 인산인해다. 사방으로 여기저기 석상 앞에서 포즈를 취하고 사진을 찍는다. 어찌나 사람들이 많은지 정면에서는 석상의 이미지를 담기 위해 카메라를 들이댈 겨를조차 주어지지 않는다.

자동차로 떠나는 발칸반도 여행

"찍을게요. 하나 둘 셋!"

반가운 한국말이 들린다. 주위를 돌아보니 이곳에서 사진을 찍는 사람들 대부분이 한국 사람들이다. 그만큼 한국인 관광객들이 많이 찾는 여행지인 것이다. 갖가지 모양으로 포즈를 취하는 젊은 여행자들의 재기발랄한 모습에 슬쩍 부럽기도 하고 싱그러운 마음까지 들었으나, 어떤 이들은 공중도덕을 지키지 않고 그저 자신의 인증 사진만을 위해 소란을 피우며 인상을 찌푸리게 하는 행동거지가 가벼운 여행자들도 있어 그 모습을 볼 때면 옆에 있는 외국인들에게 부끄러운 생각마저 든다. 수많은 사람들 틈에서 올란도를 배경으로 사진 한 장 찍지 못하고 한참 동안 주위를 서성이다가 돌아서서 가려는데 아내가 얘기를 꺼낸다.

"두브로브니크에서 사용하는 길이의 단위는 1엘이래요. 1엘의 길이는 51.1cm인데 그 길이의 근거가 무엇인지 아세요?"

"글쎄."

"올란도의 팔뚝 길이가 51.1cm였대요. 그래서 표준단위의 근거가 되었다네요. 우습지 않아요?"

"정말일까? 재미있는 얘기이긴 하나 믿어지지는 않는데?"

"믿거나 말거나 실제 그렇다고 전해오는 얘기예요."

웃으며 들었지만 한편으로는 얼마나 대단한 장군이어야 사람들에게 이런 대접을 받을 수 있을지 새삼 존경스러웠다.

석상에서 몸을 뒤로 돌리면 종탑 바로 옆에 두브로브니크에서 가장 아름다운 건물로 꼽히는 스폰자 궁전이 자리하고 있다. 구 시가지 동쪽 끝에 있는 관계로 공화국으로 들어오는 상인이라면 누구나 들러야 하는 상업센터 같은 곳이라 1층은 항상 무역 상인의 왕래가 많았다고 한다. 상인으로부터 무역 관세를 걷으려는 용도로 1516년에 지어졌는데 르네상스와 후기 고딕 양식이 혼합된 건물이며 17세기 중반 대지진에도 피해 없이 살아남은 몇 안 되는 건물 중 한 곳이다. 경제 중심지였던 이곳은 건축 당시 물건을 거래하던 장소로 사용되었고, 그 후 조폐국, 은행, 세관 등 주로 나라의 재정에 관련하여 운영되었고, 현재는 1,000여 년 전에 만들어진 고문서와 역사를 기록한 문서들을 전시하고 있는 국립 기록 보관소로 운영되고 있다.

  건물 안으로 들어가 보았다. 크로아티아 내전 당시의 참상을 보여 주는 영사실과 내전 당시 희생된 희생자들을 기념하는 전시실도 함께 운영하고 있다. 내전 당시의 두브로브니크의 모습을 담은 사진들에서 끔찍했던 전쟁의 상흔에 씁쓸한 기분이 들었다. 조금 더 보고 싶었지만, 시가지를 더 돌아봐야 할 곳이 많아서 전시물들을 꼼꼼히 살피지 못하고 나와야 했다. 바깥 날씨는 태양이 매우 강렬해져 걷기조차 힘들다. 올란도 석상 뒤 편에 있는 블라이세 성당으로 향했다. 이 성당은 두브로브니크의 수호성인인 '성 블라이세'를 기리는 성당으로 성당의 가장 높은 곳에는 지진이 나기 전 두브로브니크의 도시 모형을 들고 있는 성 블라이세의 조각상이 우뚝 서 있다.

성당으로 오르는 계단 그늘에서 우리는 더위를 피해 휴식을 취하고 있는데 문이 활짝 열려진 성당 안에서 성가가 울려 퍼진다. 성당 안으로 들어가 보니 마침 미사가 진행 중이었다. 그러고 보니 오늘이 성모승천 대축일이다. 우리도 뒤편에 자리하고 앉아 잠시 미사에 참여했다. 그러나 미사를 마칠 때까지는 참여하지 못하고 성당을 돌아보기 위해 자리를 떠야 했다. 성당 옆 로비에는 초를 꽂아 촛불을 켜놓고 기도할 수 있도록 조그만 테이블이 마련되어 있었다. 우리도 초를 구입해 촛불을 켜고 잠시 기도를 올렸다. 집 떠나온 지 어느새 22일 째다. 그간의 여행이 무탈하게 마무리하게 된 것을 감사하는 기도를 올렸다.

성당을 나오면 바로 앞에 렉터 궁전이 모습을 보인다. 한눈에 보아도 건축 양식이 눈에 익는다. 바로크 양식이다. 그런데 실제 이 궁전은 화마를 입고 르네상스 양식으로 재건되었고 대지진을 겪으면서 다시 바로크 양식이 추가된 관계로 현재 완벽한 바로크 양식은 아니고, 바로크에 여러 건축 양식이 얹혀져 있는 것이 인상적이다. 크네베브 궁전 Knežev dvor 이라 불리기도 하지만, 렉터 궁전 Rector's Palace 으로 더 잘 알려져 있다. '렉터'는 '최고 통치자'라는 뜻으로, 이 궁전은 시 행정을 맡았던 최고 지도자의 집무실이었고, 두브로브니크 정치의 중심지이기도 했다. 궁전 정면에는 화려한 조각으로 장식되어 있는 6개의 기둥이 있고, 중정에는 엄청난 재산을 가지고 있던 '미호 프라차트'의 청동 흉상이 세워져 있는데 그는 전 재산을 시민을 위해 기부했다고 한다.

시계탑과 렉터 궁전 사이에는 작은 오노프리오 미니 분수 겸 음용대가 있으며 그 오른쪽으로는 두브로브니크의 목사이자 크로아티아의 극작가였던 마린 들자 목사의 좌상이 세워져 있다. 사람들은 앉아있는 그 목사의 무릎 위에 올라앉아 목사의 코를 만지면 행운이 온다는 전설을 믿어, 코를 만지려고 줄을 서서 순서를 기다리고 있다. 목사의 무릎과 코는 사람들이 얼마나 많이 만졌는지 반질반질 윤이 나 있었다.

그리고 그 렉터 궁전을 지나면 지붕이 돔으로 되어 있는 큰 성당이 눈에 들어온다. 성모승천 대성당이라고도 부르는 두브로브니크 대 성당이다. 12세기에 두브로브니크 인근 로크룸 섬에서 풍랑을 만나 배가 난파된 배 안에 있던 영국의 리처드 1세가 감사하는 마음으로 봉헌하여 원래 있던 교회 자리에 증축해 지어졌다고 한다. 하지만 17세기 대지진으로 일부가 파괴되고 바로크 양식이 더해지면서 지금의 모습을 갖게 되었다. 대성당답게 건물의 위용이 보통이 아니었다. 성당 안 보물실에는 성 블라이세의 유물이 보관되어 있으며, 이탈리아 화가였던 티치아노의 '성모 승천'과 라파엘로의 '마돈나'라는 작품도 볼 수 있다는데 우리는 시간이 없어 성당 안에 들어가 보지 못하고 발길을 돌려야 했다.

유적지는 다 돌아본 듯하여 발걸음을 돌려 부자 카페로 간다. 태양은 작열하고 발바닥은 뜨겁다. 한 걸음 걷기조차 힘이 든다. 그래도 여행은 새로운 곳에 대한 호기심으로 언제나 행복하다.

어제 성벽 투어에서 내려다보았던 부자 카페로 들어가는 문이 이 근방 어디에 있을 것 같은 마음에 우리는 주위를 살피며 길을 걸었다. 그리고 거닐던 골목길에서 사람 한 명이 벽에 난 조그만 문을 통해 튀어나온다. 이윽고 순서대로 네댓 명의 사람들이 줄지어 나오더니 입구에서 기념 촬영을 한다. 그야말로 벽에 사람 한 명 들어설 만한 작은 구멍을 네모로 내고 아무런 장식이며 표지까지 없다. 이렇게 초라하고 좁은 문이 설마 부자카페 입구일 줄이야.

"여기가 부자카페 문 맞습니까?"

문에서 나오는 여행객들에게 물었다. 그들은 고개를 끄덕이며 엄지손가락을 치켜세운다. 그리고는 "뷰티풀"이라 말하고 환하게 웃는다.

　우리는 그 좁은 통로를 따라 들어섰고, 금세 탁 트인 바다가 훤하게 내려다보이는 부자 카페에 도착했다. 그리고 문 밖으로는 성벽을 따라 깎아 지른 듯한 절벽에 해수욕장이 만들어져 있었다. 좁은 암벽의 평평한 곳에는 파라솔이 펼쳐져 있고, 우뚝 솟은 바위 위에는 수영복을 입은 휴양객들이 선탠을 즐기고 있었다. 파란 바다를 배경으로 하얀 파라솔 아래에서 휴식을 즐기는 그들의 모습은 그저 부러울 따름이다.

　국내 모 방송국 여행 프로그램에서 방영하여 인기를 모은 곳이 바로 저기다. 유명 연예인이 저 바위 위에 앉아 아드리아해를 바라보면서 시원한 맥주를 들이키며 시청자들의 마음을 설레게 했던 곳이다. 우리도 한쪽에 앉아 음료수라도 먹으며 그 분위기에 같이 어울려 보고 싶었으나 드나드는 여행객들이 너무 많아 파라솔 아래에 자리를 잡는 일은 엄두도 못 내고 그냥 돌아서 나와야 했다.

부자 카페를 나와 조그마한 광장에 이른다. 군둘리체바 폴야나 광장이다. 광장 중앙에는 이 지역 출신인 크로아티아의 시인인 군둘리체바의 동상이 서 있다. 그리고 광장에는 천막을 치고 각종 과일이나 야채 등 생필품을 파는 노천 시장이 열리고 있었다. 이제 여행이 막바지니까 여행 중 살림이 필요 없으니 아내는 살 것을 찾다가 그냥 돌아 나온다. 광장의 맞은편 입구 골목으로 걸어 나오니 바로 블라이세 성당으로 통한다.

아직도 수많은 사람들이 웅성거리며 더위 속에서도 여행의 즐거움으로 활기 가득한 올란도 석상 주변을 지나 플라체 문을 통해 구 시가지를 빠져 나온다. 성벽 사이의 길은 높은 건물이 드리워주는 그늘로 시원하다. 통로를 걸으며 여행하느라 더위에 지친 몸의 피로를 풀기에 안성맞춤이다. 또한 이곳은 악기를 연주하는 버스커들의 주 무대가 된다. 오늘은 두 젊은이들의 신나는 기타 연주 소리가 허공으로 높이 울려 퍼진다. 통로에는 구 시가지로 들어오고 나가는 사람들로 가득하다.

플로체 문을 나선다. 두브로브니크에 머무는 동안 하루에도 몇 번씩 오갔던 이 문을 지나 숙소로 향한다. 이번에 이 문을 나서면 이제 이번 발칸 반도 여행을 모두 마치게 된다.

이번 여행이 나에게는 정말 멋진 여행이었다. 사랑하는 아내와 함께 자동차를 타고 발칸 반도를 누빌 수 있었으며, 가는 곳마다 여행 기분을 망치는 궂은 날 없이 대부분 태양이 내리쬐는 축복받은 날씨 속에서 여행을 할 수 있었으니 말이다.

숙소로 돌아와 짐을 꾸린다. 내일 새벽에 숙소를 나서야 하므로 미리 짐을 정리하고 잠자리에 들어야 하기 때문이다. 우리는 20여 일간 정들었던 여러 물건들을 하나하나 기억하며 수하물로 부칠 캐리어와 기내로 들고 갈 작은 배낭을 구분하여 짐을 완전히 정리하고 이번 여행의 마지막 밤을 맞았다.

자동차로 떠나는 발칸반도 여행

테라스로 나가니 두브로브니크에 황혼이 밀려온다. 이 지역이 안고 있는 비통한 역사가 무색할 정도로 아름다운 모습이다. 그동안의 아픈 역사를 보상이라도 하듯 앞으로는 밝은 모습의 삶으로 가득 찬 이들의 미래를 간절하게 염원해 본다.

더위를 식히려 사다 두었던 캔맥주를 한 잔 들이키니 목을 타고 내려가는 탄산에 여행의 피로가 싹 가신다. 정신없이 서성대고, 궁금하여 기웃거리고, 상상을 초월하여 놀라고 또한 즐거움에 눈물까지 흘리며 보냈던 소중한 23일간의 시간들이 빠르게 되살아난다. 멀리 있을 것만 같았던 여행 마지막 날의 밤이 어느새 눈 앞에 다가와 조용히 깊어간다.

23 일차

귀국 Homecoming

♡ •아듀, 두브로브니크…

　새벽 일찍 잠에서 깨었다. 시간을 보니 새벽 3시 반이다. 우리를 공항에 픽업해줄 숙소 주인과 5시에 만나기로 약속이 돼 있어서 서둘러 준비해야 했다. 매일 꾸리고 풀고 하는 짐들이 오늘은 더 단단히 꾸려야 하니 보통 때와 다른 특별한 감정이다. 여행하기 전 준비를 하며 하나씩 가방에 챙겨 넣었던 짐들이 이제는 다 썼으니 마구잡이로 쑤셔 넣어서 집으로 가지고 간다는 생각에 소임을 다한 짐들처럼 느껴져 만감이 교차한다. 큰 캐리어 2개와 작은 배낭 2개로 짐을 꾸리고 혹시 빠뜨린 물건들은 없는지 방 내부를 점검해 본다. 드디어 두브로브니크를 떠나면서 이제 이번 여행이 끝이 난다고 생각하니 숙소와의 이별마저 섭섭한 마음이 든다.

　숙소 주인 내외는 새벽인데도 이미 밖에서 우리를 기다리고 있었다. 그들은 승용차에 우리를 태우고 숙소를 등지며 밤길을 따라 공항으로 향한다. 아직 어둠 속에서 모두가 잠들어 가로등 불빛만이 깨어있는 조용한 두브로브니크 시내를 지난다. 성벽을 지나고 수많은 여행객들로 가득했던 버스 정류장도 지난다.

　며칠 동안 친숙해졌던 도시를 떠나며 이제는 언제 다시 올 줄 모르고 어쩌면 다시 올 수 없을지도 모르는 도시라는 생각에 눈에 들어오는 모든 풍경을 하나하나 더 곱씹어 눌러 담았다.

　저 멀리 먼동이 터오면서 새로운 하루를 밝히는 붉은 태양이 빙긋이 얼굴을 내밀 즈음 승용차는 공항 주차장에 들어섰다. 우리는 차에서 내려 숙소 주인 내외와 따뜻한 포옹을 나누고는 전송하는 그들에게 손을 흔들며 대합실로 들어섰다.

　아, 이제 정말로 여행이 끝나는구나.

　체크인을 마치고 탑승 시간을 기다리면서 그동안 수많은 도시들을 여행한 기억을 더듬어보았다. 하지만 발칸 반도만큼 기대에 차고 가슴이 설레었

던 곳이 드물었다. 유적지와 자
연경관이 다른 어떤 곳보다도 볼
거리가 많은 지역이었고, 사진을
좋아하는 내가 포식하기에 충분
한 지역이었기 때문이다. 비행기
창 밖에 펼쳐지는 두부로브니크
의 아름다운 정취를 한눈에 내
려다볼 수 있었다. 비행기가 점
점 높은 곳으로 오르면서 우리에
게 진한 감동을 주었던 이곳 여
행지에서의 감흥들이 내 가슴을
더욱 뜨겁게 달구었다.

　그리고 모든 일정을 순조롭게 마무리할 수 있어 고마울 뿐이다. 항상 여
행을 시작할 때마다 집에 남겨둔 아이들과 연세가 지긋하신 노모의 형편에
따라 여행이 중단되지는 않을까 염려를 안고 여행을 하곤 하는데 이번 또
한 그런 우려를 씻고 계획대로 여행이 마쳐졌으니 얼마나 다행인지 모른다.

　비행기는 도하를 경유하여 12시간의 비행을 마치고 인천공항에 내렸다.
나는 여행의 피로회복은 꿈도 꾸지 못하고 내일부터 다시 일상으로 돌아와
출근해야 한다. 여행 욕심 때문에 개학 직전까지 여행 일정을 잡아 소화해
내고는 무사히 여행을 마친 자긍심이 피로회복의 원천이 되어 피곤한 줄도
모르겠다. 나는 내일 아무 일도 없었다는 듯이 출근할 것이다.

　공항버스를 타고 집으로 가는 길, SNS를 통해 가족과 친구들에게 다음
과 같은 여행후기를 올리며 여행의 대단원은 막을 내렸다.

곱씹다, 되돌아보다, 아름다웠다

우리 부부가 한국을 떠나 여행한 지 어느새 25일이 훌쩍 지났다. 출발부터 하루도 쉬임없이 이어져 왔던 여정을 되돌아본다. 길 찾느라, 여행지 돌아보느라, 시장 가느라, 사진 찍느라, 걷고 또 걷는 날의 연속이었다.

허투루 여행하지 않으려는 욕심으로 천근만근 무거운 몸으로도 새벽같이 성곽에 올라 두어 시간을 등반하는가 하면, 내려와 밥을 직접 해 먹고 다시 나가 뙤약볕에 시내를 구경하고, 저녁에는 숙소에 돌아와서도 쉬지 못하고 야경을 보겠다고 또 나가 돌아다니는 힘든 일정이 연일 이어졌다. 발바닥엔 물집이 잡히고 발이 부르텄지만 이런 고행에도 투정 한 번 부리지 않고 묵묵히 함께해준 아내는 철녀인가 싶다. 여행 중 몸이 아프면 계획된 일정에 차질을 빚는 난감한 일일진대, 여행이 끝날 때까지 무탈하게 보낼 수 있었던 것은 참으로 다행스러우면서도 서로를 대단하다 여기지 않을 수 없다.

거의 같은 숙소에서 머물지 않으므로 매일 짐을 꾸려 여행지를 옮겨 다녀야 하는 것도 예삿일은 아니다. 행여 물건을 빠뜨리고 나오기라도 하면 큰 낭패일 수 있다. 웬만한 물건들은 현지에서 구입할 수 있지만 카메라 충전기 등은 두고 나오면 맞는 기종을 구입할 수 없어 여행 중 제일 중요한 사진 촬영을 못하게 될 터이니 늘 신경이 쓰이며, 아울러 여행 도중 잃어버린 물건들은 없는지 순간순간이 긴장의 연속이었다.

자동차로 떠나는 발칸반도 여행

또 밤이면 하루 동안 찍은 사진을 저장하고 정리하고, 매일 여행에 대한 기록도 적어야 하고, 빨래하고 다음 날 여행지까지 확인하면 어느 날엔 한두 시간 자고 다음 날을 맞는 경우도 다반사였다. 입맛이 안 맞아서 먹고 다니는데 힘들까 봐 직접 조리하여 잘 먹고 다녔음에도 부부가 각각 5kg씩 몸무게가 준 것은 얼마나 고행이었는지 알려주는 대목이다.

아울러 렌트한 승용차는 어딜 가나 주차 문제로 골머리를 앓아야 했고, 타지라서 장거리를 운행할 땐 걱정스럽기 그지없었다. 사라예보에서 코토르 가는 길은 비가 퍼붓는 산길 7시간 운행 중 불현듯 자동차에 이상이 생긴다면 이 깊은 산 속 도로에서 어떻게 할 것인가 하는 불안감이 엄습해오기도 했다. 정상적으로 산을 빠져나와 도시로 이동하는 데만도 이렇게 오랜 시간이 걸리는데 만약 산 속에서 차에 고장이라도 난다면 보통 난감한 일이 아닐 것이기 때문이다. 교통법규 또한 우리와 차이가 있어 어려운 점이 많았다. 우리와 달리 좌회전 신호는 따로 없고 직진 신호 시에 비보호로 좌회전해야 한다. 그러나 우회전은 반드시 우회전 신호에 따라야 한다.

이를 머리로는 알아도 체득이 되지 않으니 시내 주행은 항상 살얼음판을 걷는 듯 조심스러웠다. 다행히 아무런 불상사는 없었지만 여행을 마치고 자동차를 반납할 때까지 항상 그런 걱정을 안고 지내야 했다.

그러나 그렇게 마음 졸이며 보내야 했던 힘겨운 시간들도 끝이 났다. 아름다운 풍경은 누구에게나 마음을 열게 한다. 여행이 끝나면서 힘겨운 시간들은 가슴 벅차오르는 감동과 환희의 시간들에 묻혀 소중한 기억으로만 남는다.

첫 여행지로서 설렘을 가득 안겨준 곳, 자그레브.
포도밭이 끝없이 펼쳐진 대평원, 예루살렘.
사진을 찍으려 다음날 다시 두 번이나 찾은 프투이.
강가에 비친 올드타운의 반영에 매료된 마리보르.
동화책 속 한편의 그림처럼 예쁜 마을, 바라쥬딘.
푸레세렌의 아련한 사랑 이야기, 류블랴나.
우리가 특별히 의미있는 시간을 가졌던, 블레드.
엄청나게 큰 동굴에 놀라고 추위에 떨었던 포스토이나.
너무 아름다워 눈물을 쏟은 감동의 전경, 피란.
산꼭대기에 삶의 터전을 마련한 신기한 마을, 모토분.
아기자기한 삶을 꾸려가는 골목길의 예쁜 풍경, 로빈.
로마인지 착각케 한 발칸반도 속의 작은 로마, 폴라.
흐르는 강 가운데 자리한 이색적인 마을, 라스토케.
자연의 위대한 걸작품, 신들의 정원, 플리트비체.
살아 있는 역사 유적지, 자다르.

망루에서의 낭만적인 저녁 풍경, 트로기르.
잊을 수 없는 리바 거리의 밤바람, 스플리트.
스타리모스트의 Don't forget 1993, 모스타르.
가슴 아픈 내전의 슬픔을 간직한 사라예보.
새벽 성곽 트레킹의 상쾌한 추억, 코토르.
스베티 스테판의 신비로운 전경, 부드바.
기대만큼 풍요로운 절경, 두브로브니크.

　세상에 존재하는 그 어떤 수식어들로도 우리가 느꼈던 소중한 느낌을 다 표현할 수 없다. 꼭 보이는 풍경의 아름다움만이 감동의 전부는 아니었다. 그들의 굴곡진 오랜 역사에 묻어나는 아픔, 그리고 눈물겨운 노력으로 얻은 소중한 교훈을 마음속에 새기고 평화를 사랑하며 살아가는 삶 또한 감동이었다.
　중세의 유적과 태고의 신비를 간직한 땅. 강대국의 지배와 쓰라린 전쟁을 겪은 슬픈 역사 속에서도 전통을 간직해 온 발칸 반도의 국가들. 나라마다 각기 다른 매력으로 이방인을 맞이했던 그곳의 자연과 사람, 그리고 문화까지 모두 마음속에 소중히 기억될 것이다.

　이제 긴장되고 고달팠던 여행은 접고, 아름답고 소중한 기억들을 하나씩 천천히 펼쳐보려 한다. 여행이란 끝나면서부터 마음으로의 여행이 다시 시작되는 것인가 보다.

　　　　　　　　　　－ 공항에서 집으로 가는 버스 속에서

꿈, 여정(旅情), 그리고 지금

발칸 반도 여행을 다녀온 지 어언 2년이 흘렀다. 사진 찍기를 좋아하는 나, 그리고 여행하는 하루하루 어린 소녀처럼 설레는 아내. 이런 우리 부부의 여행 이야기를 책으로 발간하고 싶은 염원이 이제야 빛을 본다. 드디어 나의 버킷리스트 하나가 이루어지는 것이다.

'아. 우리 부부에게도 여행기를 책으로 출간하는 날이 오는구나.'

그동안 우리 부부는 서유럽, 동유럽, 호주, 남미, 중미, 북인도, 남인도, 인도네시아, 터키, 스페인, 포르투갈, 태국, 라오스, 미얀마 등 배낭을 메고 세계 각지를 여행했지만, 여행기를 책으로 내는 것은 이번이 첫 도전이다.

여행에서 메모해온 내용을 근거로 여행기를 자세히 적어 내려가는 작업을 시작했다. 2년이 지난 지금도 여행의 감동은 여전한데 시간이 갈수록 이 감동을 전달할 마땅한 언어를 찾는 것은 쉬운 작업이 아니었다. 더구나 조각 기억을 짜맞추어 여행 이야기를 독자가 이해할 수 있는 글로 만들어 내는 작업이란 매우 어렵고 막막한 일이었다. 그래서 생업에 바쁘다는 핑계로 차일피일 미루어 가며 조금씩 틈틈이 적었더니 이처럼 2년이란 시간이 지나서야 완성된 것이다.

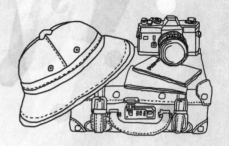

그러다 보니 시간이 흐르면서 내용이 현재와 어울리지 않는 대목들이 발견되기까지 했다. 예를 들어 외국 주유소에서의 셀프 주유 방법이 당시에는 우리에게 낯설고 생소했기에 그 느낌을 적었는데 지금은 우리나라에도 셀프 주유가 일반화된 뒤라 책이 출간되고는 결과적으로 그때의 느낌이 지금과 맞지 않아 어색하게 읽힐 수도 있게 돼 버린 것이다. 그러나 그때의 감정으로 기술한 것이어서 빼지 않고 수록하기로 했다.

또한 책이 늦게 발간되어 아쉬운 개인적인 후회가 하나 있다. 여행 중에 내게 SNS로 여행을 격려해주셨던 문학평론가이신 은사님이 계셨다. 고마워서 여행이 끝난 후에 찾아뵙고 인사를 드렸더니, 은사님께서는 여행기를 꼭 발간하라고 독려하시며 첨삭지도도 해주시겠다고 약속까지 하셨다. 그런데 이렇게 여행기 완성이 늦어지고 은사님께서는 끝내 여행기를 보지 못하시고 갑자기 찾아온 병마와 싸우다 작년에 작고하시고 말았다. 생전 내 인생의 멘토가 되어주셨던 '오하근' 은사님의 영전에 이 여행기를 바친다.

이 책자가 단순히 우리 부부의 '결혼 30주년' 기념 여행기일 수도 있지만 여행 경로와 방법, 그리고 소소한 팁을 상세히 기록하면서 누구나 꿈꾸지만 쉽게 실천하지 못하는 발칸 반도 자유여행, 그리고 자동차 여행을 꿈꾸는 많은 여행자들에게 지침서가 되었으면 하는 마음으로 한 자 한 자 정성들여 집필했다.

또한 여행 때마다 무탈하게 돌아오기만을 손꼽아 기다리시는 연세 많으신 우리 어머니, 여행을 좋아하는 부모 탓에 종종 외롭게 긴 시간을 보내야 했던 우리 아들과 딸, 그리고 여행하는 동안 안위를 걱정해주고 고국의 소식을 전달해주었던 친족들과 지인들께 이 책을 통하여 감사 인사를 전한다.

여행은 물질적, 시간적 여유도 필요하지만 마음 편한 여행 친구가 있어야 한다. 그런데 나와 평생 함께 마음 잘 맞는 여행 친구가 되어준 사랑하는 나의 아내에게 무한한 감사의 마음을 전하면서 앞으로도 힘이 닿는 날까지 계속 같이 여행할 수 있었으면 하는 간절한 바람을 안고 마지막 문장을 접는다.

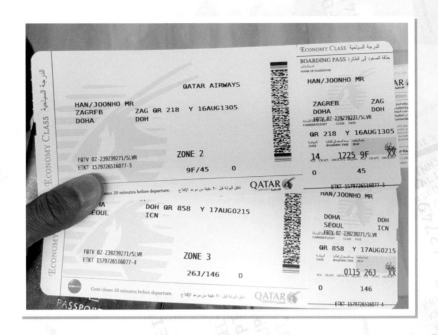

발칸 4국 여행경비	
내역	금액
항공료	2,506,600
여행자 보험료	110,000
숙박비	1,491,000
교통비(렌터카 포함)	1,350,250
입장료	445,525
식비(식재료비, 간식비 포함)	303,375
수브니어(souvenir)	327,135
특별비 (사고처리비, 팁 포함)	197,510
총 지출	6,731,395

초판 1쇄   2018년 07월 9일

지은이   한준호 김은주
발행인   김재홍
교정·교열   김진섭
마케팅   이연실

발행처   도서출판 지식공감
등록번호   제396-2012-000018호
주소   경기도 고양시 일산동구 견달산로225번길 112
전화   02-3141-2700
팩스   02-322-3089
홈페이지   www.bookdaum.com

가격   15,000원
ISBN   979-11-5622-386-3 03810

CIP제어번호   CIP2018018621
이 도서의 국립중앙도서관 출판예정도서목록(CIP)은 서지정보유통지원시스템 홈페이지(http://
seoji.nl.go.kr)와 국가자료공동목록시스템(http://www.nl.go.kr/kolisnet)에서 이용하실 수
있습니다.